POR SIEMPRE MÍA

Mary
Higgins
Clark

Por siempre mía

Título original: *You Belong to me*

Pérez Galdós, 36 bis, 08012 Barcelona

Proyecto gráfico y diseño de la cubierta: Joan Batallé
Fotografía de la cubierta: © Getty One

ISBN: 84-473-1720-X
Depósito Legal: B-34.637-2000

Impresión y encuadernación:
Cayfosa-Quebecor
Carretera de Caldes, km 3
Santa Perpètua de Mogoda (Barcelona)

Impreso en España - Printed in Spain

Con amor para mi marido, John Conheeney,
y para nuestros nietos
Elizabeth y David Clark,
Andrew, Courtney y Justin Clark,
Jerry Derenzo,
Robert y Ashley Lanzara,
Lauren, Megan, Kelly y John Conheeney,
David, Coutney y Thomas Tarleton

AGRADECIMIENTOS

Mil gracias, como siempre, a mi editor Michael Korda y a su socio Chuck Adams, maravillosos amigos y excelentes consejeros.

Mi bendición a Rebecca Head, Carol Bowie y a la correctora Gypsy da Silva que, otra vez, se ha quemado las pestañas con mi original.

También le estoy muy agradecida a mi amiga y agente publicitaria Lisl Cade, cuyos consejos y amistad tanto valoro. También doy las gracias a mi agente literario, Eugene Winick, que siempre me apoya incondicionalmente.

Un aplauso para mi hija Carol Higgins Clark por sus comentarios siempre tan agudos a medida que se desarrolla la novela.

Por último, gracias, a *él*, John Conheeney, mi marido, y a toda mi familia por el apoyo y la comprensión.

Os quiero.

PRÓLOGO

Ya había jugado otras veces al mismo juego y pensaba que la espera resultaría aburrida. Pero se llevó la agradable sorpresa de comprobar que era de lo más emocionante.

Había subido a bordo el día anterior, en Perth, Australia, y pensaba navegar hasta Kobe; pero como la había descubierto enseguida, no serían necesarios tantos puertos. La vio sentada a una mesa junto al ventanal, en el comedor acristalado del transatlántico, un espacio discreto y elegante, típico del *Gabrielle*. El crucero de lujo tenía el tamaño perfecto para sus propósitos; de hecho, siempre viajaba en barcos pequeños y escogía una parte conveniente del recorrido.

Era cuidadoso por naturaleza, aunque en realidad resultaría improbable que lo reconocieran antiguos compañeros de viaje. Tenía un gran dominio para modificar su apariencia, talento que había descubierto en el teatro de aficionados de su época de estudiante.

Mientras examinaba a Regina Clausen pensó que no le iría mal aprender a maquillarse. Era una de esas cuarentonas que, de saber vestirse y presentarse, suelen ser bastante atractivas. Llevaba un traje de noche azul claro, muy caro, que le habría quedado estupendamente a una rubia, pero a ella, con ese cutis tan claro, no la favorecía en absoluto y la hacía parecer marchita y pálida. El cabello castaño claro, natural y favorecedor si no hubiera llevado un peinado tan rígido, la avejentaba y le daba un aire antiguo, como de matrona de suburbio de los años cincuenta.

Por supuesto que él sabía quién era. La había visto en acción en la reunión de accionistas hacía sólo unos meses. También la había observado desempeñarse en la CNBC como analista financiera. En ambas ocasiones se había mostrado muy firme y segura de sí misma.

Por eso, cuando la vio sentada sola y nostálgica a esa mesa, y más tarde, cuando presenció su turbación y su placer casi infantil cuando uno de los pasajeros la sacó a bailar, supo de inmediato que iba a ser una presa fácil.

Levantó la copa y, con un gesto apenas perceptible, le ofreció un brindis: Tus plegarias han sido atendidas, Regina. A partir de ahora serás por siempre mía, le prometió en silencio.

TRES AÑOS MÁS TARDE

1

La doctora Susan Chandler caminaba en medio de una tormenta de nieve desde el edificio de Greenwich Village donde tenía su apartamento a su consulta en el Soho, ubicada en una casa de finales de siglo. No sólo tenía éxito como psicóloga clínica, sino que además era una especie de personaje público gracias al popular programa de radio *Pregúntale a la doctora Susan*, que se emitía de lunes a viernes.

El viento frío de esa mañana de octubre soplaba con fuerza. Susan se alegró de haberse puesto el jersey de cuello alto debajo de la chaqueta del traje.

El pelo rubio oscuro, que le llegaba a los hombros, aún estaba húmedo por la ducha y al ver cómo se lo revolvía el viento, se arrepintió de no llevar un chal. Recordó la sempiterna advertencia de su abuela: «No salgas con la cabeza mojada que pillarás un resfriado de muerte», y se dio cuenta de que últimamente pensaba mucho en la anciana Susie. Claro, la abuela se había criado en Greenwich Village, y Susan a veces se preguntaba si su espíritu no rondaría por los alrededores.

Se detuvo en el semáforo de Mercer y Houston. Apenas eran las siete y media y todavía no había mucha gente en la calle; dentro de una hora estaría repleta de neoyorquinos que volvían al trabajo con cara de lunes.

Gracias a Dios se ha acabado el fin de semana, se dijo entusiasmada. Había pasado casi todo el sábado en Rye con su madre, que estaba muy deprimida. Era comprensible, pensó, ya que de seguir casada habría sido el día de su cuadragésimo aniversario de bodas. Encima, para terminar de empeorar la situación, Susan había tenido un encontronazo con Dee, su hermana mayor, que había venido de California.

El domingo por la tarde, antes de regresar a la ciudad, había hecho una visita de cortesía a la casa palaciega de su padre, cerca de Bedford Hills, para asistir a la fiesta que ofrecía con Binky, su segunda mujer. Susan supuso que la elección de la fecha había sido cosa de ella. «Hoy se cumplen cuatro años de la primera vez que salimos juntos», le había confiado.

Quiero mucho a mis padres, pensó mientras llegaba al edificio de la consulta, pero a veces me gustaría decirles que por favor maduraran un poco.

Susan solía ser la primera en llegar al último piso, pero mientras pasaba por delante de las oficinas del bufete de su vieja amiga y mentora Nedda Harding, se sorprendió al ver que las luces del pasillo y la recepción ya estaban encendidas. Susan sabía que el pájaro madrugador tenía que ser Nedda.

Sacudió la cabeza compungida mientras abría la puerta, porque tendría que haber estado cerrada, avanzó por el pasillo al que daban los despachos, aún a oscuras, de los socios menores y empleados de Nedda, se detuvo ante la puerta de la oficina de Nedda y sonrió. Nedda, como siempre, estaba tan concentrada en su trabajo que ni se dio cuenta de su presencia.

Estaba inmóvil en su postura habitual de trabajo: el codo izquierdo sobre el escritorio, la frente apoyada sobre la palma y la mano derecha extendida para pasar las páginas del voluminoso expediente que tenía delante. Ya estaba con ese pelo canoso y corto todo revuelto y las gafas que le resbalaban por el puente de la nariz. La postura del cuerpo daba la impresión de estar preparado para levantarse de un salto y echar a correr. Era una de las abogadas defensoras más respetables de Nueva York y ese ligero aspecto de abuelita no dejaba entrever la inteligencia y el empuje que tenía en su trabajo, que se veía sobre todo cuando interrogaba a un testigo en el estrado.

Las dos mujeres se habían hecho amigas hacía diez años en la Universidad de Nueva York, cuando Susan era una estudiante de veintidós años de segundo de derecho, y Nedda profesora invitada. En tercer año, Susan se organizó sus clases para poder trabajar dos veces por semana para Nedda.

Todos sus amigos, salvo Nedda, se quedaron impresionados cuando Susan, al cabo de dos años de trabajar en la oficina del fiscal de distrito del condado de Westchester, dejó el empleo de ayudante del fiscal y volvió a la universidad para hacer el doctorado en psicología. «Es algo que debo hacer», fue lo único que explicó en aquel momento.

Nedda, al advertir la presencia de Susan en la puerta, levantó la mirada con un amago de sonrisa breve pero cálida.

—Pero bueno, mira quién está aquí. ¿Qué tal el fin de semana, Susan, o es mejor que no pregunte?

Nedda sabía lo de la fiesta de Binky y el aniversario de la madre.

—Previsible —dijo Susan irónicamente—. Dee llegó a casa de mama el sábado y las dos terminaron llorando juntas. Le dije a Dee que con su depresión lo único que hacía era ponerle las cosas más difíciles a nuestra madre, y la tomó conmigo. Me dijo que si yo hubiese visto a mi marido morir en una avalancha como le había sucedido a ella con Jack, entonces comprendería por lo que estaba pasando. También me sugirió que si dejaba a mi madre llorar un poco sobre mi hombro en lugar de decirle siempre que tenía que seguir adelante con su vida, seguro que la ayudaría mucho más. Cuando le dije que empezaba a tener artritis en el hombro de tantas lágrimas, Dee se enfadó aún más, pero mamá al menos rió.

»Después, me fui a la fiesta de papá y Binky —continuó—. A propósito, mi padre ahora me ha pedido que lo llame Charles, con eso queda todo explicado. En fin —suspiró—, otro fin de semana así y seré yo la que necesite terapia. Pero como soy muy tacaña para pagar a un terapeuta, terminaría contratándome a mí.

Nedda la observó comprensiva. Era la única de sus amigos que sabía toda la historia de Jack y Dee, y todo sobre los padres de Susan y ese complicado divorcio.

—Creo que necesitas un plan de supervivencia —le dijo.

—Quizá se te ocurre alguno para mí —rió Susan—. Apúntalo en mi cuenta junto con todo lo que ya te debo por conseguirme el trabajo en la radio. Eres una buena amiga. Bueno, será mejor que me vaya. Tengo mucho que preparar antes del programa. A propósito, ¿te he dado las gracias últimamente?

Hacía un año, Marge Mackin, famosa presentadora de radio e íntima amiga de Nedda, había invitado a Susan a un programa para comentar un juicio muy importante en calidad de psicóloga y experta legal. El éxito de esa primera aparición fue tal que empezó a ser invitada habitual, y, cuando Marge se dedicó a su propio programa de televisión, propuso que Susan la reemplazara en la radio.

—Qué tonta. No te habrían dado el trabajo si no pudieras hacerlo. Eres muy buena y lo sabes —replicó Nedda bruscamente—. ¿Quién es tu invitado de hoy?

—Esta semana me ocuparé de por qué las mujeres deben preocuparse de su seguridad en situaciones sociales. Donald Richards, un psiquiatra especializado en criminología, ha escrito un libro titulado *Mujeres desaparecidas*. Trata de las desapariciones de las que se ha ocupado. Muchos casos los resolvió, pero otros, muy interesantes, aún siguen abiertos. He leído el libro y es bueno. Examina el origen de cada mujer y las circunstancias de su desaparición. Después discute los posibles motivos por los cuales una mujer inteligente puede verse mezclada con un asesino y sigue paso a paso el proceso de intentar descubrir lo que le ha pasado. Hablaremos del libro y de algunos de los casos más interesantes. Después explicaremos cómo podrían nuestras oyentes evitar situaciones potencialmente peligrosas.

—Un tema interesante.

—Creo que sí. He decidido sacar la desaparición de Regina Clausen. Es un caso que siempre me ha intrigado. ¿Te acuerdas de ella? Siempre la miraba en la CNBC y me parecía fantástica. Hace seis años invertí el regalo de cumpleaños que me hizo mi padre en unas acciones que ella recomendó. Fueron una mina de oro, así que me siento en deuda con ella.

Nedda la miró con ceño.

—Regina Clausen desapareció hace tres años, en Hong Kong, al desembarcar de un crucero. Lo recuerdo muy bien. El hecho fue muy comentado en su momento.

—Yo ya había dejado de trabajar en la fiscalía —explicó Susan—, pero estaba allí visitando a una amiga cuando entró la madre de Regina Clausen, Jane, que por entonces vivía en Scarsdale, para hablar con el fiscal y ver si podía ayudarla. Pero no había indicios de que Regina se hubiera marchado de Hong Kong, así que por supuesto el fiscal del distrito de Westchester no tenía jurisdicción. La pobre mujer tenía fotos de Regina y no paraba de decir que su hija tenía muchas ganas de hacer ese viaje. En fin, nunca he olvidado ese caso, así que hoy hablaremos de él en el programa.

La expresión de Nedda se suavizó.

—Conozco un poco a Jane Clausen. Estudiamos juntas en Smith. Ahora vive en Beekman Place. Siempre ha sido una persona muy reservada y creo que Regina también era muy tímida para la vida social.

Susan levantó las cejas.

—Ojalá hubiera sabido que la conocías. Podrías haberme concertado una cita con ella. Según mis notas, a la madre de Regina ni se le ocurrió que su hija estuviera liada con alguien, pero si pudiera hablar con ella de eso, de algo que en su momento no le pareció importante pero que quizá nos dé alguna clave...

Nedda arrugó la frente pensativa.

—A lo mejor no es demasiado tarde. Doug Layton es el abogado de la familia Clausen. Lo he visto varias veces. Lo llamaré a las nueve para ver si puede ponernos en contacto con ella.

A las nueve y diez sonó el intercomunicador del despacho de Susan. Era Janet, su secretaria.

—El abogado Douglas Layton está en la línea. Prepárese, doctora, no parece muy contento que digamos.

Todos los días, Susan deseaba que Janet, una excelente secretaria en todos los demás aspectos, no tuviera la necesidad de hacer comentarios sobre la gente que llamaba. Aunque el auténtico problema era que por lo general los comentarios resultaban acertados.

En cuanto empezó a hablar con el abogado de la familia Clausen, se dio cuenta de que estaba muy irritado.

—Doctora Chandler, nos disgusta profundamente cualquier explotación del dolor de la señora Clausen —le dijo bruscamente—. Regina era hija única. Habría sido un episodio terrible aunque hubiesen encontrado el cuerpo, pero para colmo no ha sido así, con lo cual su agonía es constante. La señora Clausen está en una especie de limbo, no cesa de preguntarse en qué circunstancias estará viviendo su hija, si es que vive. Cualquiera diría que una amiga de Nedda Harding tendría que estar por encima de ese tipo de sensacionalismo, de explotar el dolor con la excusa de la psicología popular.

Susan apretó las mandíbulas por un instante para reprimir la acalorada respuesta que estaba tentada a dar. Y cuando habló, lo hizo con tono frío y sereno.

—Señor Layton, usted ya ha dado la razón de por qué debe hablarse de este caso. Sin duda es infinitamente peor que la señora Clausen se pregunte cada día si su hija está viva y sufre que si sabe de una vez qué le sucedió. Tengo entendido que ni la policía de Hong Kong ni los investigadores privados que contrató la señora Clausen fueron capaces de descubrir lo que Regina hizo ni adónde fue al desembarcar. Mi programa se difunde en cinco estados. Sé que es una posibilidad remota, pero a lo mejor nos llama algún oyente que estaba en ese barco o en Hong Kong en aquel momento, para decirnos algo útil, quizá que vio a Regina bajar del *Gabrielle*. Después de todo, trabajaba en la CNBC, y alguna gente tiene muy buena memoria para las caras.

Colgó sin esperar respuesta y encendió la radio. Iban a pasar unos anuncios del programa de ese día, anunciando al escritor invitado y el caso Clausen. Ya habían emitido algunos el viernes, y Jed

Geany, el productor, le había prometido que la cadena pondría algunos más durante aquella mañana. Susan rogó que no se hubieran olvidado.

Al cabo de veinte minutos, mientras estudiaba los informes escolares de una paciente de diecisiete años, escuchó el primer anuncio. Esperemos que alguien que sepa algo del caso también esté escuchando, pensó.

2

El viernes, fue un golpe de suerte tener la radio del coche puesta en esa emisora; de lo contrario jamás habría oído el anuncio. El tráfico iba muy lento, casi no avanzaba, y él apenas escuchaba. Pero en cuanto mencionaron el nombre de Regina Clausen, subió el volumen y prestó atención.

No había nada de que preocuparse, por supuesto, se tranquilizó. Después de todo, Regina había sido muy fácil, la más ansiosa en acceder y aceptar sus planes, la más interesada en que los demás no tuvieran el menor indicio de la aventura que mantenían en el barco.

Y él, como siempre, había tomado muchas precauciones.

Ahora, lunes por la mañana, al oír el segundo anuncio, ya no estaba tan seguro. La próxima vez sería especialmente cuidadoso. Y la próxima sería la última. La elegiría la semana siguiente, y cuando fuera suya, habría cumplido su misión y estaría en paz.

Claro que no había cometido errores. Era su misión y nadie iba a detenerlo. Volvió a oír el anuncio, enfadado, y la voz cálida de la doctora Susan Chandler: «Regina Clausen era una prestigiosa asesora de inversiones. Pero además era una hija, una amiga y una benefactora muy generosa de muchas obras de caridad. En el programa de hoy hablaremos de su desaparición. Nos gustaría resolver el misterio. Quizás alguno de ustedes tenga la pieza que falta del rompecabezas.»

Apagó la radio de un manotazo.

—Doctora Susan —dijo en voz alta—, apártate de esto y rápido. No es asunto tuyo. Te lo advierto, y si tengo que ocuparme de ti, tienes los días contados.

3

El doctor Donald Richards, autor de *Mujeres desaparecidas* e invitado del programa, ya estaba en el estudio cuando llegó Susan. Era un hombre de casi cuarenta años, alto y delgado, de cabello castaño oscuro. Se quitó las gafas de leer mientras se levantaba para saludarla. La miró con unos cálidos ojos azules y una breve sonrisa al estrecharle la mano.

—Doctora Chandler, le advierto que éste es mi primer libro. Soy novato en el asunto de las promociones y estoy nervioso. Si me quedo mudo, prométame que acudirá en mi ayuda.

Susan rió.

—Doctor Richards, llámeme Susan. Un solo consejo: no piense en el micrófono. Haga como si estuviera charlando con un vecino en el jardín.

¿A quién quería engañar?, se preguntó Susan al cabo de quince minutos, mientras Richards explicaba con calma y serena autoridad los casos verídicos de su libro. Susan asintió mientras él decía:

—Cuando alguien desaparece, y no me refiero por supuesto a un niño sino a un adulto, lo primero que se preguntan las autoridades es si se trata de una desaparición voluntaria. Como sabe, es asombroso la cantidad de gente que camino de su casa decide hacer un cambio de sentido y empezar una vida nueva, emprender otra existencia. Por lo general se debe a problemas matrimoniales o económicos, y aunque es una manera de huir bastante cobarde, existe. Pero sea por lo que sea, el primer paso para buscar a alguien desaparecido es ver si empieza a haber movimiento en la tarjeta de crédito.

—Gastos hechos por ellos o por alguien que ha robado esas tarjetas —añadió Susan.

—Así es. Por lo general, cuando encontramos a un desaparecido voluntario, vemos que esa persona sencillamente no podía enfrentarse a sus problemas ni un día más. Este tipo de desaparición en realidad es una llamada de auxilio. Desde luego algunas desapariciones no son voluntarias y suponen algún tipo de juego sucio, pero no siempre es algo fácil de determinar. Por ejemplo, es muy difícil demostrar que alguien es culpable de asesinato si nunca se encuentra el cuerpo. Los asesinos impunes a menudo son los que logran deshacerse tan bien de sus víctimas que no se puede demostrar la muerte. Por ejemplo...

Hablaron de varios casos abiertos que aparecían en el libro, ejemplos en los que nunca se había encontrado a la víctima.

—Les recuerdo que estamos conversando con el doctor Donald Richards —explicó Susan al micrófono—, criminólogo, psiquiatra y autor de *Mujeres desaparecidas*, un libro fascinante sobre casos verídicos de mujeres desaparecidas durante los últimos diez años. Doctor Richards, me gustaría oír su opinión sobre un caso que no aparece en su libro, el de Regina Clausen. Permítame explicar a los oyentes las circunstancias de su desaparición.

Susan no necesitaba consultar sus notas.

Regina Clausen era una asesora financiera muy respetada de Lang Taylor Securities. En el momento de su desaparición tenía cuarenta y tres años, y, según todas las personas que la conocían, era muy tímida en su vida privada. Vivía sola y por lo general pasaba las vacaciones con su madre. Hace tres años, la madre se recuperaba de una fractura en un tobillo, y Regina Clausen embarcó en el *Gabrielle* para hacer parte de un crucero de lujo alrededor del mundo. Embarcó en Perth, con intenciones de visitar Bali, Hong Kong, Taiwan y Japón y desembarcar en Honolulu. Sin embargo, en Hong Kong dijo que prefería quedarse allí unos días y que volvería al *Gabrielle* cuando atracara en Japón. Esta clase de cambio de itinerario suelen hacerlo los viajeros expertos, así que su plan no despertó sospechas. Desembarcó sólo con una maleta y un bolso de mano, y, por lo que se ha dicho, aparentemente contenta y de buen humor. Cogió un taxi hasta el hotel Península, se registró, dejó el equipaje en la habitación y salió inmediatamente. Nunca más se la volvió a ver.

»Doctor Richards, si empezara a investigar este caso, ¿qué haría?

—Me gustaría examinar la lista de pasajeros y ver si alguien más hizo arreglos para quedarse en Hong Kong —respondió Richards con rapidez—. Ver si recibió llamadas o faxes en el barco. La oficina de comunicaciones tiene que tener constancia. Interrogaría a los compañeros de viaje para ver si alguno notó si trababa amistad con alguien, probablemente un hombre, que también viajara solo.

—Todo eso ya se hizo —explicó Susan—. Tanto las autoridades de Hong Kong como los detectives privados y de la compañía llevaron a cabo una minuciosa investigación. Hace tres años, Hong Kong todavía estaba bajo la administración británica. Lo único que se sacó en claro fue que Regina Clausen desapareció en cuanto salió del hotel.

—Yo diría que conoció a alguien y prefirió mantenerlo en secreto —dijo Richards—. Es posible que se tratara de una aventura de vacaciones. Pero supongo que también habrán investigado esa posibilidad.

—Sí, pero ninguno de los pasajeros recuerda haberla visto frecuentar a nadie en particular —repuso Susan.

—Entonces es posible que hubiera planeado encontrarse con alguien en Hong Kong, pero por alguna razón quería que la decisión de desembarcar y volver al barco más adelante pareciera espontánea —sugirió Richards.

Susan oyó por los auriculares una señal del jefe de producción que le indicaba que había llamadas.

—Tras una breve pausa, iremos a las llamadas de nuestros oyentes. —Se quitó los auriculares y le dijo a su invitado—: Lo siento, pero sin anuncios es imposible pagar las cuentas.

—No se preocupe, no tiene nada de malo —asintió Richards—. Cuando el asunto de Regina Clausen fue noticia, yo estaba fuera del país, pero es un caso interesante. Sin embargo, por lo poco que sé, me atrevería a decir que el culpable es un hombre. Una mujer tímida y solitaria es particularmente vulnerable cuando se aleja del medio que la protege y le brinda seguridad: familia y trabajo.

No pensarías lo mismo si conocieras a mi madre y mi hermana, pensó Susan.

—Preparado, enseguida estaremos en el aire. Tenemos quince minutos para las preguntas —dijo Susan—. Primero respondo yo y después usted.

—Lo que usted diga.

Se pusieron los auriculares y oyeron una cuenta atrás de diez segundos.

—Aquí estoy otra vez con ustedes. Mi invitado de hoy es el doctor Donald Richards, criminólogo, psiquiatra y autor de *Mujeres desaparecidas*. Antes de la pausa hablábamos del caso de la famosa agente de bolsa Regina Clausen, que desapareció en Hong Kong hace tres años, mientras viajaba en el *Gabrielle*, un crucero de lujo. Vayamos a las llamadas telefónicas. —Miró el monitor—. Tenemos una llamada de Louise, de Fort Lee. Adelante, Louise.

Las llamadas eran de lo más normales: «¿Cómo es posible que mujeres tan inteligentes se dejaran engañar por un asesino?» «¿Qué piensa el doctor Richards del caso de Jimmy Hoffa?» «¿Es verdad que se puede establecer la identidad de un esqueleto años más tarde gracias al ADN?»

Después hubo otra pausa para los anuncios.

Durante la pausa, el jefe de producción le dijo a Susan desde la sala de control:

—Quiero pasarte una última llamada. Sea quién sea, ha bloqueado en su teléfono el identificador de llamada, de modo que no sabemos desde qué número llama. Al principio no queríamos pasarla, pero dice que quizá sepa algo sobre la desaparición de Regina Clausen, así que a lo mejor vale la pena escucharla. Dice que la llamemos Karen, pero no es su nombre.

—Pásamela —pidió Susan mientras se encendía la luz que indicaba que estaban en el aire—. La última persona que nos llama hoy es Karen —dijo al micrófono—, y la gente de producción me avisa de que quizá tenga algo importante que decirnos. Hola, Karen.

La mujer hablaba con una voz tan ronca y un tono tan bajo que casi no se la oía.

—Doctora Susan, hace dos años hice un viaje en un crucero. Me sentía muy mal porque estaba en medio de un divorcio. Los celos de mi marido se habían vuelto insoportables. En el barco había un hombre. Me cortejó durante todo el viaje, pero de una forma muy discreta. Me citaba en los lugares en los que atracábamos y recorríamos juntos ese puerto. Después volvíamos al barco separados. Me dijo que tanto secreto era porque le molestaba que fuéramos objeto de cotilleos. Era bastante atractivo y muy atento, algo que yo necesitaba en aquel momento. Me propuso que desembarcara en Atenas y me quedara allí unos días. Después podíamos ir en avión a Argel y volver al barco en Tánger.

Susan recordó la sensación que tenía cuando trabajaba en la fiscalía y estaba a punto de escuchar algo importante de boca de un testigo. Se dio cuenta de que Donald Richards también estaba inclinado, esforzándose por captar cada palabra.

—¿E hizo usted lo que el hombre le propuso? —preguntó.

—Iba a hacerlo, pero justo entonces me telefoneó mi marido y me suplicó que le diera otra oportunidad. El hombre con el que tenía que encontrarme ya había desembarcado. Traté de llamarlo para decirle que me quedaba en el barco, pero en el hotel donde me dijo que se alojaría no estaba registrado, así que no volví a verlo. Pero tengo una foto de él y un anillo con la inscripción «Por siempre mía» que me regaló y que, por supuesto, nunca pude devolverle.

Susan escogió las palabras con cuidado.

—Karen, lo que nos está contando puede ser muy importante para esclarecer la desaparición de Regina Clausen. ¿Le importaría verse conmigo y enseñarme el anillo y la foto?

—No... no puedo. Mi marido se pondría furioso si supiera que llegué a pensar en cambiar mis planes porque había conocido a un hombre.

Hay algo que no nos cuenta, pensó Susan. No se llama Karen y trata de impostar la voz y pronto va a colgar.

—Karen, por favor, venga a verme a mi despacho —dijo Susan rápidamente—. Aquí tiene la dirección. —Se la dio deprisa y añadió con tono de súplica—: La madre de Regina Clausen tiene que saber lo que le ha sucedido a su hija. Le prometo que protegeré su anonimato.

—Iré a verla a las tres. —Y colgó.

4

Carolyn Wells apagó la radio y se acercó nerviosa a la ventana. Al otro lado de la calle, el Museo Metropolitano de Arte estaba cerrado, con la tranquilidad típica de los lunes, el día de descanso.

Desde que había hecho esa llamada al programa de radio *Pregúntale a la doctora Susan* tenía un mal presentimiento.

Ojalá no hubiéramos provocado a Pamela para que nos hiciera una de esas adivinaciones, pensó mientras recordaba los inquietantes acontecimientos del viernes anterior. Había preparado una cena para celebrar los cuarenta años de Pamela, su antigua compañera de piso, a la que también asistieron las otras dos mujeres con las que compartía el apartamento de la calle 80 Este. Además de Pamela, en la actualidad profesora de universidad, estaban Lynn, socia de una empresa de relaciones públicas, Vickie, presentadora de televisión por cable, y ella, decoradora de interiores.

Habían decretado entre las cuatro que sería una noche de chicas, o sea, sin novios ni maridos, y se la pasaron cotilleando con la tranquila comodidad de las viejas amigas.

Hacía años que no le pedían a Pamela que les adivinara la suerte. Cuando eran más jóvenes y nuevas en la ciudad era una especie de rito pedirle, medio en broma, que les dijera cómo les iba a ir con el novio de turno o en el nuevo trabajo. Más adelante, sin embargo, empezaron a tomarse más en serio sus poderes. Un hecho que Pamela ni siquiera quería reconocer era que, debido al don de la clarividencia, la policía, aunque muy discretamente, la llamaba de vez en cuando en casos de secuestros y personas desaparecidas. Sus amigas sabían que aunque en algunos casos no podía ayudar en la investigacion, en otros era capaz de «ver» con una precisión asombrosa detalles que habían ayudado a resolver casos de desapariciones.

Aquel viernes, después de la cena, mientras se relajaban con una copa de oporto, Pamela cedió y accedió a hacerles una adivinación breve a cada una. Como siempre, les pidió que eligieran y le dieran un objeto personal para que ella lo sostuviera.

Fui la última, pensó Carolyn mientras recordaba todo lo que había sentido esa noche, y algo me decía que no lo hiciera. ¿Por qué demonios se me ocurrió darle ese maldito anillo? Jamás lo he usado y además no vale nada. Ni siquiera sé por qué lo he guardado.

La cuestión era que esa noche sacó el anillo de la caja de bisutería, porque durante el día se había acordado de Owen Adams, el hombre que se lo había regalado. Y además sabía por qué había pensado en él: hacia justo dos años que lo había conocido.

Pamela, al coger el anillo, notó enseguida la inscripción casi ilegible que tenía grabada dentro y lo examinó de cerca.

—«Por siempre mía» —leyó en voz alta, medio divertida medio horrorizada—. ¿No te parece un poco fuerte para esta época, Carolyn? Supongo que Justin lo hizo en broma, ¿no?

Carolyn recordó su incomodidad.

—Justin no tiene ni idea de este anillo. Me lo regaló un hombre que conocí en un crucero cuando nos separamos. No sé mucho de él porque acababa de conocerlo. Pero siempre he tenido curiosidad por saber qué habrá sido de él y últimamente me he acordado.

Pamela cerró la mano sobre el anillo y, al instante, se puso tensa y la expresión de la cara se tornó muy seria.

—Carolyn, este anillo podría haber sido la causa de tu muerte —dijo—. Es más, aún puede serlo. Quienquiera que te lo haya dado quería hacerte daño. —Y como si el anillo le quemara la mano, lo soltó sobre la mesa de centro.

En aquel momento oyeron la cerradura de la puerta. Todas se levantaron de un salto como colegialas pilladas en plena travesura. Por tácito acuerdo, cambiaron de tema. Todas sabían que la separación era un tema tabú para Justin y que además no soportaba las adivinaciones de Pamela.

Carolyn recordó que había recogido el anillo y se lo había guardado en el bolsillo. Aún lo tenía allí.

Los exagerados celos de Justin habían sido la causa de la ruptura de hacía dos años. Carolyn al fin se había hartado. No puedo vivir con alguien que desconfía cada vez que llego unos minutos tarde, le había dicho. Tengo un trabajo, una profesión, y si debo quedarme en la oficina porque ha surgido un problema, pues es así.

El día que Justin la había llamado al barco, le había prometido cambiar. Y Dios sabe que lo intenta, pensó Carolyn. Ha empezado una terapia, pero si sigo con todo este asunto de la doctora Susan pensará que de verdad ha habido algo entre Owen Adams y yo, y empezaremos otra vez.

De pronto tomó una decisión. No acudiría a la cita con Susan Chandler, pero le mandaría la foto de la fiesta del capitán, esa en la que salía Owen Adams al fondo. Se recortaría ella de la foto, para no aparecer, y se la mandaría junto con el anillo y el nombre del sujeto. Escribiré una nota breve y sencilla en un papel blanco, pensó, así no sabrán quién soy.

Si había algún vínculo entre Owen Adams y Regina Clausen, era cuestión de Susan Chandler descubrirlo. Pero le parecía ridículo escribir que una amiga adivina le había dicho que ese anillo era un símbolo de muerte. ¡Nadie se lo tomaría en serio!

5

—Soy la doctora Susan Chandler. Doy las gracias a nuestro invitado, el doctor Donald Richards, y a todos ustedes por acompañarnos en el programa de hoy.

Se apagó la luz roja que indicaba que estaban en el aire y Susan se quitó los auriculares.

—Bueno, ya está —dijo.

Jed Geany, el jefe de producción, entró en el estudio.

—¿Crees que esa mujer decía la verdad, Susan?

—Sí, y espero que no haya cambiado de idea y venga a verme.

Donald Richards salió del estudio con Susan y la acompañó mientras ella esperaba un taxi.

—Creo que las probabilidades de que Karen vaya a verla son menos de un cincuenta por ciento —le dijo con tono vacilante—. Pero si lo hace, me gustaría saber qué le ha contado. Quizá puedo ayudar.

Susan no comprendía por qué sintió un resentimiento inmediato.

—Veamos qué pasa —respondió sin comprometerse.

—Lo que significa «no te metas» —replicó Richards en voz baja—. Espero que aparezca. Aquí está su taxi.

6

Jane Clausen, de setenta y cuatro años, apagó la radio en su apartamento de Beekman Place, se sentó y se quedó un buen rato mirando por la ventana la rápida corriente del río. Se echó hacia atrás un mechón de cabello gris que se le caía sobre la frente; un gesto típico en ella. Durante los últimos tres años, desde la desaparición de su hija Regina, se sentía como en suspenso, siempre a la espera del ruido de la llave en la cerradura o una llamada telefónica con el saludo de su hija: «Madre, ¿estás ocupada?»

Sabía que Regina estaba muerta. Se lo decía su corazón. Estaba segura. Era un conocimiento visceral, instintivo. Lo supo desde el principio, desde el momento en que la llamaron del barco para avisarle de que no había vuelto a bordo.

Esa mañana su abogado, Douglas Layton, la había llamado enfadado para avisarle de que la doctora Susan Chandler pensaba hablar de la desaparición de Regina por radio. «Traté de convencerla de que no lo hiciera, pero insistió, me dijo que si salía a la luz toda la verdad le haría un favor a usted y me colgó», le explicó con voz tensa.

Pues la doctora Chandler se equivocaba. Regina, tan inteligente y respetada en el mundo de las finanzas, era una de las personas más reservadas del mundo.

Incluso más reservada que yo, pensó Jane Clausen con toda naturalidad. Hacía dos años, un programa de televisión sobre personas desaparecidas había querido hacer un reportaje sobre su hija, pero ella se negó a colaborar por la misma razón que la angustiaba ahora, después de escuchar en el programa de la doctora Chandler al invitado que decía que era probable que un desconocido hubiera engañado a Regina.

«Conozco a mi hija y no era su estilo.» Pero aunque hubiera cometido ese tipo de error se merecía algo mejor que exponerla en radio o televisión para que todo el mundo se apiadara de ella o regodeara con su caso. Jane se imaginaba a la prensa sensacionalista ventilando el hecho de que Regina Clausen, con todos sus títulos y éxito en las finanzas, no había tenido la sensatez ni la experiencia para reconocer a un sinvergüenza.

Sólo Douglas Layton, el abogado del bufete que llevaba los asuntos económicos de la familia, sabía con qué desesperación Jane había intentado hallar una respuesta a la desaparición de su hija. Sólo él sabía que los detectives privados de alto nivel habían seguido investigando concienzudamente, tratando de resolver el caso, incluso mucho después de que la policía lo hubiera abandonado.

Pero me he equivocado, se dijo Jane Clausen. Me convencí de que la muerte de Regina había sido un accidente para que su pérdida fuera más soportable. La fantasía que se había inventado era que Regina, que tenía antecedentes de soplos al corazón, había tenido el mismo tipo de infarto que se había llevado tan joven a su padre, y que alguien, un taxista quizá, temeroso de meterse en líos, se había deshecho del cuerpo. En su mente, Regina no sólo no había sufrido sino que ni siquiera se había enterado de lo que pasaba.

Pero entonces ¿cómo se explicaba la llamada de esa mujer, Karen, para contar lo del hombre que le había insistido en que se bajara del barco? Había mencionado un anillo, un anillo con una inscripción grabada: «Por siempre mía».

Jane Clausen reconoció la frase instantáneamente y se quedó helada al volver a oírla aquella mañana. Regina tenía que desembarcar definitivamente del *Gabrielle* en Honolulu, pero como no había vuelto al transatlántico, guardaron su ropa y efectos personales y los remitieron desde ese puerto a su casa. A petición de las autoridades Jane había revisado todo cuidadosamente para ver si faltaba algo. Se había fijado en el anillo porque se veía que era una baratija, una chuchería de turquesas que los turistas compran por capricho. Estaba segura de que Regina o no se había dado cuenta de la frase que tenía grabada o no le había importado. La turquesa era su piedra natalicia.

Pero si a esa mujer le habían regalado un anillo similar hacía sólo dos años, ¿el responsable de la muerte de Regina seguía atacando a otras mujeres? Regina había desaparecido en Hong Kong. Karen había dicho que dejaba el barco para ir a Argelia.

Jane Clausen se puso de pie, esperó a que se le calmara el dolor de la espalda y se dirigió lentamente del estudio al cuarto que ella y la criada llamaban con tacto la habitación de invitados.

Un año después de la desaparición de Regina había vaciado el apartamento de su hija y su propia casa, una vivienda demasiado grande en Scarsdale, y se había comprado ese apartamento de cinco habitaciones en Beekman Place. Puso los muebles de su hija en esa segunda habitación, guardó su ropa en los cajones y armarios y la decoró con sus fotos y adornos.

A veces, cuando estaba sola, se llevaba una taza de té a la habitación, se sentaba en el canapé de brocado que Regina había comprado en una subasta y se entregaba a recuerdos de una época más feliz.

En aquel momento se dirigió al tocador, abrió el cajón de arriba y sacó el joyero de piel en el que Regina guardaba sus joyas.

El anillo de turquesa estaba en el compartimiento forrado de terciopelo. Lo sacó y se lo puso en el dedo. Se dirigió al teléfono y llamó a Douglas Layton.

—Douglas —dijo en voz baja—, hoy a las tres menos cuarto usted y yo vamos a ir a ver a la doctora Susan Chandler. Supongo que ha oído el programa...

—Sí, lo he oído, señora Clausen.

—Tengo que hablar con la mujer que llamó por teléfono.

—Entonces será mejor que llame a la doctora Chandler y le avise de que vamos.

—Eso es exactamente lo que no quiero que haga. Quiero ir y hablar directamente con esa chica.

Jane Clausen colgó. Desde que se había enterado de que le quedaba muy poco tiempo de vida, le bastaba la idea de que esa terrible sensación de duelo pronto acabaría. Pero ahora, de pronto, tenía una necesidad imperiosa: asegurarse de que ninguna otra madre volviera a sufrir como había sufrido ella durante los últimos tres años.

7

Susan Chandler repasó mentalmente las visitas que tenía para aquel día mientras regresaba en taxi a su consulta. A la una, al cabo de un rato, tenía que hacer una evaluación psicológica de un chico de séptimo grado con síntomas leves de depresión. Susan sospechaba que era algo más profundo que el típico problema preadolescente de imagen. Una hora más tarde tenía que visitar a una mujer de sesenta y cinco años a punto de jubilarse y, como consecuencia, tenía insomnio y ataques de ansiedad.

Y a las tres esperaba a la supuesta Karen. Por teléfono parecía tan asustada, pensó Susan, que ojalá no cambiara de idea. ¿De qué tenía tanto miedo?

Cinco minutos más tarde, mientras abría la puerta de la consulta, la recibió Janet, su secretaria, con una sonrisa.

—Buen programa, doctora, nos ha llamado mucha gente. Tengo ganas de ver cómo es Karen.

—Yo también —dijo Susan con una especie de pesimismo creciente—. ¿Algún mensaje importante?

—Sí, su hermana Dee ha llamado desde el aeropuerto. Dice que lamenta no haberla visto ayer. Quería disculparse por el enfado del domingo. También quería saber qué piensa de Alexander Wright. Su hermana lo conoció en la fiesta, después de que usted se fuera, y dice que a ella le parece muy atractivo. —Janet le tendió un papel—. Lo he apuntado.

Susan pensó en el hombre que había oído por casualidad a su padre cuando éste le pedía a ella que lo llamara Charles. Cuarenta y pocos, alto, cabello rubio oscuro y sonrisa simpática. Se había acercado a ella mientras el padre se alejaba para saludar a un invitado que acababa de llegar.

—No le hagas caso. Seguro que es idea de Binky —le dijo para animarla—. ¿Qué te parece si vamos a buscar una copa de champán y salimos?

Era una tarde preciosa y se quedaron tranquilamente en la terraza mientras bebían despacio de las copas alargadas. El césped cortado y el jardín arreglado eran un entorno exquisito de la casa con torreones que su padre había construido para Binky.

Susan le preguntó a Alex Wright cómo había conocido a su padre.

—No lo conocía, acabo de conocerlo ahora —le respondió—. Pero conozco a Binky desde hace cinco años.

Después, cuando le preguntó a qué se dedicaba, arqueó las cejas al oír que era psicóloga clínica.

—No es que sea tan anticuado —se apresuró a explicar—, pero cuando escucho «psicología clínica» imagino una persona mayor bastante seria y no una mujer joven y atractiva. Es como si ambas cosas no cuajaran.

Susan llevaba un vestido tubo verde oscuro de *crêpe*, y un foulard verde manzana, uno de los conjuntos que se había comprado últimamente para asistir a los inevitables compromisos sociales de su padre.

—Casi todas las tardes de domingo las paso con vaqueros y un jersey grande —le dijo—. ¿No te parece una imagen más cómoda?

Susan, ansiosa por ahorrarse el espectáculo de su padre deshaciéndose en elogios de Binky y para evitar encontrarse con su hermana, se marchó poco después. Pero antes una de sus amigas le había cuchicheado que Alexander Wright era el hijo del difunto filántropo Alexander Wright. «La Biblioteca Wright; el Museo Wright; el Centro Cultural Wright... ¡Mucho, pero mucho dinero!», le había susurrado la amiga.

Susan examinó el mensaje que le había dejado su hermana. Sí, pensó, es muy atractivo.

Corey Marcus, su paciente de doce años, daba buenos resultados en los tests. Pero mientras hablaban, Susan recordó que la psicología tenía más que ver con las emociones que con el intelecto. Aunque los padres del niño se habían divorciado cuando éste tenía dos años, había seguido viviendo cerca de ambos, éstos mantenían buenas relaciones y durante los últimos diez años el chico iba de una casa a otra sin problemas. Ahora, sin embargo, acababan de ofrecerle un trabajo a su madre en San Francisco y el favorable acuerdo parecía súbitamente amenazado.

—Sé que mi madre tiene muchas ganas de aceptar ese trabajo —decía Corey mientras se esforzaba por reprimir el llanto—, pero si lo hace no veré mucho a mi padre.

El niño, intelectualmente, comprendía lo que ese empleo significaba para la carrera de su madre; pero emocionalmente esperaba que rechazara la oferta para no separarlo de su padre.

—¿Qué crees que ella debería hacer? —preguntó Susan.

Corey reflexionó.

—Supongo que debería aceptar el trabajo. No es justo que tenga que renunciar a él.

Era un buen chico, pensó Susan, y ahora el trabajo de ella era ayudarlo a darle un giro positivo al cambio que el traslado produciría en su vida.

Esther Foster, la mujer de sesenta y cinco años a punto de retirarse, que llegó a las dos, estaba pálida y parecía cansada.

—Faltan dos semanas para la gran fiesta, que significa: «Quita tus cosas del escritorio, Essy.» —Se le desencajó la cara—. He entregado mi vida a ese trabajo, doctora Chandler —dijo—. Hace poco me encontré por casualidad con un hombre con el que podría haberme casado, que actualmente tiene mucho éxito. Está casado y es un matrimonio muy feliz.

—¿Está diciendo que se arrepiente de no haberse casado con él? —preguntó Susan.

—¡Sí, eso estoy diciendo!

Susan la miró a los ojos. Al cabo de un instante Esther Foster esbozó una leve sonrisa.

—En aquella época era un aburrimiento de hombre, y, la verdad, no ha mejorado mucho —admitió—, pero al menos no estaría sola.

—A ver, definamos el significado de «sola» —sugirió Susan.

Cuando Esther Foster se marchó, a las tres menos cuarto, apareció Janet con un recipiente de plástico con sopa de pollo y unas galletas.

Al cabo de un instante le informó de que la madre de Regina Clausen y su abogado, Douglas Layton, estaban en la sala de espera.

—Hágalos pasar a la sala de reuniones. Los recibiré allí.

Jane Clausen tenía casi el mismo aspecto que cuando Susan la había visto en la oficina de la fiscalía de Westchester. Impecablemente vestida con un traje negro que debía de costar una fortuna, cabello gris perfectamente peinado y un aire reservado que, como sus muñecas y tobillos finos, indicaban buena cuna.

El abogado, que había sido tan brusco esa mañana por teléfono, parecía casi pedir disculpas.

—Doctora Chandler, espero que nuestra visita no le resulte inoportuna, pero la señora Clausen tiene algo importante que mostrarle y le gustaría mucho conocer a la mujer que ha llamado esta mañana al programa.

Susan reprimió una sonrisa mientras notaba un rubor revelador debajo de su profundo bronceado. Notó que el cabello rubio oscuro de Layton tenía mechas más claras por el sol y aunque iba sobriamente vestido con traje oscuro y corbata, de algún modo se las arreglaba para dar la impresión de ser un hombre que pasaba bastante tiempo al aire libre.

Seguro que navega, decidió por nada en especial.

Susan echó un vistazo al reloj. Eran las tres menos diez, hora de ir directo al grano. Sin hacer caso de Layton, miró a la madre de Regina Clausen.

—Señora Clausen, no estoy tan segura de que la mujer que ha llamado al programa acuda. Temo que se marche si se da cuenta de que está usted aquí. Le voy a pedir que se quede en esta habitación con la puerta cerrada; recibiré a la mujer en mi despacho y una vez me diga lo que ella sabe, le preguntaré si quiere hablar con usted. Pero comprenda que si no lo desea, no puedo permitir que usted invada su intimidad.

Jane Clausen abrió el bolso y sacó un anillo de turquesa.

—Mi hija tenía este anillo en su camarote del *Gabrielle*. Lo encontré cuando me devolvieron sus cosas. Por favor, enséñeselo a Karen. Si es como el de ella, tiene que hablar conmigo, pero, por favor, haga hincapié en que no me interesa averiguar su identidad, sino todos los detalles del hombre con el que empezó a trabar relación.

Le pasó el anillo a Susan.

—Mire la inscripción —le dijo Layton.

Susan miró esas letras diminutas y entrecerró los ojos. Se acercó a la ventana, levantó el anillo y lo hizo girar mientras leía la frase.

Suspiró impresionada y se volvió hacia la mujer que esperaba de pie.

—Por favor, señora Clausen, siéntese. Mi secretaria le traerá un té o un café. Y rece para que Karen aparezca.

—Me temo que no puedo quedarme —se apresuró a decir Layton—. Lo lamento pero no he podido cancelar una cita.

—Comprendo, Douglas. —Había una ligera irritación en la voz de la mujer—. No se preocupe por mí, el coche me espera abajo.

La cara del abogado se iluminó.

—En ese caso, me marcho. —Inclinó la cabeza hacia Susan—. Doctora Chandler.

Susan observaba con creciente frustración cómo las manecillas del reloj daban las tres y cinco, y diez, y cuarto. Las tres y cuarto se convirtieron en y media y en cuatro menos cuarto. Susan volvió a la sala de reuniones. Jane Clausen tenía el rostro lívido y Susan se dio cuenta de que sentía dolor físico.

—Si la oferta sigue en pie, ahora le aceptaré ese té, doctora Chandler —dijo la señora Clausen. Sólo un ligero temblor revelaba la gravedad de su desilusión.

8

A las cuatro, Carolyn Wells caminaba por la calle Ochenta y uno hacia la oficina de correos con un sobre marrón dirigido a Susan Chandler. La duda y la vacilación habían dado paso a una sensación de necesidad urgente de deshacerse del anillo y la foto del supuesto Owen Adams. A pesar de todo, a la una y media, cuando la llamó su marido Justin, había desaparecido la mínima tentación de asistir a la cita con Susan Chandler.

—Qué curioso, cariño —le dijo éste con tono irónico—, pero Barbara, la recepcionista, esta mañana escuchó por radio un programa al que la gente llama para pedir consejos o algo así, *Pregúntale a la doctora Susan*. En fin, dice que llamó una tal Karen, cuya voz se parecía mucho a la tuya, para explicar que había conocido a un hombre en un crucero hace dos años. ¿Hay algo que no me hayas dicho? —El tono jocoso desapareció de repente—. Carolyn, respóndeme, ¿hay algo que deba saber sobre ese *crucero?*

Carolyn sintió que se le humedecían las palmas. Percibía el tono inquisitivo, la desconfianza que se transformaría en cólera. Se rió y lo tranquilizó diciéndole que ella no tenía tiempo para escuchar la radio durante el día. Pero teniendo en cuenta los antecedentes de celos casi obsesivos de Justin, comprendió que la historia no acabaría allí. Ahora lo único que quería era deshacerse del anillo y la foto para siempre.

El tráfico estaba especialmente pesado, incluso para esa hora del día. Entre las cuatro y las cinco es la hora más difícil para conseguir un taxi.

En Park Avenue, aunque el semáforo se había puesto verde, los coches y las camionetas que giraban en la esquina la obligaron a esperar a la cabeza de una multitud de peatones impacientes. Vaya, se nota que los peatones tienen preferencia, pensó.

En aquel momento giró una camioneta de reparto cuyos frenos chirriaron. Carolyn, instintivamente, intentó dar un paso atrás para alejarse del bordillo, pero no pudo. Alguien que estaba detrás de ella le bloqueaba el camino. De repente una mano le arrancó el sobre de debajo del brazo, mientras otra le daba un empujón en la espalda.

Se tambaleó en el borde de la acera. Se dio la vuelta a medias. Llegó a murmurar un «No» al ver una cara conocida y cayó bajo las ruedas de la camioneta.

9

La esperaba en la puerta del edificio donde Susan Chandler tenía la consulta. Como pasaban los minutos y no llegaba, sus emociones cubrieron toda la gama, del alivio a la ira; alivio de que no apareciera e ira por haber perdido tanto tiempo y ahora tener que ir a buscarla.

Afortunadamente recordaba su nombre y sabía dónde vivía, así que cuando vio que Carolyn Wells no aparecía en la consulta de Susan Chandler, la llamó a su casa y colgó cuando atendió. El instinto que lo había protegido todos estos años le decía que aunque esa mujer no fuera a la cita con la doctora, seguía siendo peligrosa.

A las cuatro, su paciencia se vio recompensada. El portero la ayudó a abrir la puerta y salió del edificio con un pequeño sobre marrón debajo del brazo.

Era una suerte que el tiempo fuera tan agradable y las calles estuvieran tan llenas de gente. Le permitió seguirla muy de cerca y hasta ver algunas letras de imprenta del sobre: DRA. SU...

Supuso que dentro estaban el anillo y la foto. Sabía que debía detenerla antes de que llegara a la oficina de correos y tuvo la oportunidad en la esquina de Park y la Ochenta y uno, cuando los conductores nerviosos se negaron a ceder el paso a los peatones.

Carolyn se volvió a medias cuando él la empujó y su mirada se encontró con la de Owen Adams, el empresario británico. En aquel viaje llevaba bigote y una peluca castaño rojiza, gafas y lentes de contacto de color. Aun así, se dio cuenta de que ella lo había reconocido antes de caer.

Recordó satisfecho los gritos y chillidos de los transeúntes que vieron cómo la camioneta la arrollaba. En aquel momento resultó muy fácil escurrirse entre la multitud con el sobre oculto debajo de la chaqueta.

A pesar de la impaciencia por ver su contenido, aguardó hasta estar a salvo en su oficina.

El anillo y la foto estaban dentro de una bolsa de plástico. No había ninguna carta ni nota. Estudió la foto con atención, recordaba exactamente dónde había sido tomada: en el gran salón del barco, en la fiesta que el capitán daba a los viajeros que se habían subido al crucero en Haifa. Por supuesto que había evitado el ritual de fotografiarse con el capitán, pero aquí había tenido un descuido. Mientras acechaba a su presa, cometió el error de acercarse demasiado a Carolyn y acabar en la foto. Recordó que había notado de inmediato la tristeza que embargaba a esa mujer, algo imprescindible para él. Y la de ella era tan intensa que supo desde el principio que sería la próxima.

Examinó la foto. A pesar de que estaba de perfil y se le veía el bigote y el cabello rojizo, alguien con buen ojo podía reconocerlo.

Estaba muy erguido y tieso; la costumbre de poner el pulgar de la mano derecha en el bolsillo y su postura, con la pierna izquierda medio paso adelante, sosteniendo casi todo el peso del cuerpo debido a una vieja herida, podían delatarlo.

Metió la foto en la trituradora de papel y observó con una sonrisa de satisfacción cómo se transformaba en trocitos irreconocibles. Se puso el anillo en el dedo meñique. Lo examinó más de cerca, frunció el entrecejo y saco un pañuelo para lustrarlo. Muy pronto otra mujer tendría el privilegio de llevar el mismo anillo, se dijo.

Sonrió mientras pensaba en su próxima y última víctima.

10

Justin Wells regresó a la oficina a las cinco menos diez y trató de ponerse a trabajar. Se pasó la mano por el cabello oscuro, un gesto típico de él, soltó el bolígrafo, apartó la silla y se puso de pie. Era un hombre corpulento, pero se movía con gracia y suavidad, un talento que hacía veinticinco años lo había convertido en un destacado jugador de fútbol americano en la universidad.

No podía. Le habían encargado la renovación del vestíbulo de un rascacielos, pero no podía pensar en nada. Llevaba casi todo el día sin poder concentrarse.

El león cobarde. Se consideraba un ser temeroso, siempre con miedo. Cada nuevo trabajo empezaba con la agónica certeza de que fracasaría. Veinticinco años atrás se sentía así antes de cada partido de fútbol. Y ahora que era socio del estudio de arquitectos Benner, Pierce y Wells, todavía lo atormentaban las dudas sobre su capacidad.

Carolyn. Estaba seguro de que algún día lo abandonaría para siempre. Si se entera de lo que estoy haciendo se pondrá furiosa, se dijo mientras se acercaba al teléfono del escritorio. Tenía el número de la emisora. Pero nunca se enterará, se tranquilizó. Lo único que voy a hacer es pedir la cinta del programa de hoy de *Pregúntale a la doctora Susan*. Diré que es el programa favorito de mi madre y que hoy se lo ha perdido porque tenía que ir al dentista.

Si Barbara, la recepcionista, tenía razón y era Carolyn la que había llamado a ese programa, entonces era ella la que había tenido una aventura con un hombre en el crucero.

Retrocedió dos años, cuando tras aquel terrible incidente Carolyn reservó impulsivamente un billete de Mumbai a Portugal en un crucero. Le había dicho que pensaba pedir el divorcio en cuanto regresara. Todavía lo quería pero ya no soportaba sus celos y sus preguntas constantes sobre dónde había estado y a quién había visto.

Llamé justo antes de que el barco atracara en Atenas, recordó Justin, y le dije que estaba dispuesto a ir al psicólogo y a hacer lo que fuera si ella volvía a casa e intentábamos salvar el matrimonio. Y tenía razón en preocuparme. En cuanto se alejó de mí, conoció a otro.

Pero a lo mejor no era Carolyn la que había llamado. Después de todo, Barbara la había visto muy pocas veces. Pero claro, la voz de Carolyn era muy especial, bien modulada con un ligero acento británico, fruto de los veranos de la infancia pasados en Inglaterra.

—Tengo que saberlo —murmuró mientras sacudía la cabeza.

Llamó a la emisora y, tras unos momentos de instrucciones aparentemente interminables: «Pulse uno para programación; dos para información; tres para extensiones... cuatro... cinco... si quiere hablar con una operadora, manténgase a la espera...», al final lo pusieron con la oficina de producción de *Pregúntale a la doctora Susan*. Justin sabía que la pobre excusa de que su madre se había perdido el programa y quería una grabación no parecía muy verosímil. Cuando le preguntaron si quería una grabación de todo el programa, terminó de meter la pata con «No, sólo la parte de las llamadas. —Y se precipitó a añadir para arreglarlo—: Me refiero a que es la parte favorita de mi madre, pero si es posible le gustaría la grabación de todo el programa.»

Para acabar de empeorar las cosas, Jed Geany, el jefe de producción, se puso al teléfono y le dijo que le enviarían una cinta con mucho gusto, que era un placer tener oyentes tan fieles, y le pidió el nombre y la dirección.

Justin Wells, incómodo y culpable, dio su nombre y la dirección de la oficina.

Acababa de colgar cuando lo llamaron del hospital Lenox Hill para avisarle de que su mujer había tenido un grave accidente.

11

Cuando Susan pasó por la oficina de Nedda a las seis, se la encontró a punto de cerrar el despacho.

—Por hoy ya hemos tenido bastante tormento —anunció secamente—. ¿Qué tal una copa de vino?

—Me parece una idea estupenda. Voy a buscarlo.

Susan se dirigió a la pequeña cocina, abrió la nevera y sacó una botella. Mientras miraba la etiqueta un recuerdo le pasó por la mente.

Ella tenía cinco años y correteaba detrás de sus padres en la tienda de vinos y licores. Su padre escogió una botella de vino del estante.

—¿Éste te parece bien, querida? —preguntó mientras se lo enseñaba a su madre.

—Charley, de verdad empiezas a entender —sonrió la madre con indulgencia mientras leía la etiqueta—. Es un vino excelente.

Mamá tiene razón, pensó Susan al recordar el estallido que su madre había tenido el sábado. Le enseñó a papá todas las reglas sociales: desde cómo vestirse hasta qué tenedor usar en una cena. Lo animó a que dejara la tienda de comidas del abuelo y abriera una propia. Le enseñó a tener la seguridad en sí mismo necesaria para triunfar, y va y le quita la suya.

Abrió la botella, sirvió dos copas de vino, puso unas galletas en un plato y regresó al despacho de Nedda.

—Es la hora del cóctel —anunció—. Cierra los ojos y haz como si estuvieras en Le Cirque.

Nedda la miró a los ojos.

—Mira, la psicóloga eres tú, pero si quieres una opinión no profesional, pareces bastante deprimida.

Susan asintió.

—Sí, así es. La visita a mis padres de este fin de semana todavía me afecta, y hoy ha sido un día muy ajetreado.

Le contó a Nedda lo de la llamada de Douglas Layton enfadado, lo de la mujer que se había identificado como Karen en el programa y lo de la visita de Jane Clausen.

—Me ha dejado el anillo. Me dijo que lo guardara por si aparecía Karen. Tengo la sensación de que Jane Clausen no está bien.

—¿Crees que volverás a saber algo de Karen?

Susan meneó la cabeza.

—No lo sé.

—Me sorprende que Doug Layton te haya llamado esta mañana. Cuando hablé con él, no me pareció molesto por lo del programa.

—Pues parece que cambió de idea —dijo Susan—. Vino a la consulta con la señora Clausen pero no se quedó. Dijo que tenía una cita impostergable.

—Yo de él la habría cancelado —dijo Nedda categórica—. Sé, por casualidad, que Jane lo nombró administrador de los fondos de la familia. Me pregunto qué cita podía ser tan importante como para dejarla sola, especialmente sabiendo que Jane quizá estaba a punto de conocer a alguien que podía describir al responsable de la desaparición de su hija, o incluso a su asesino.

12

El amplio apartamento de Donald Richards en Central Park Oeste era vivienda y consulta a la vez. Para acceder a las habitaciones que usaba para visitar a sus pacientes se entraba por otra puerta del pasillo. Las cinco habitaciones que se reservaba para sí tenían el típico aire masculino de una casa que no había conocido el toque de una mujer durante mucho tiempo. Su esposa, Kathy, una *top model*, había muerto hacía cuatro años en una sesión fotográfica en Catskills.

Él no estaba allí cuando sucedió, y sin duda no habría podido hacer nada, pero no podía dejar de culparse, o mejor dicho, no lograba superarlo.

La canoa en la que estaba posando Kathy volcó. El barco con el fotógrafo y los ayudantes estaba a unos ocho metros de distancia. El pesado vestido del siglo pasado que llevaba la hundió antes de que pudieran rescatarla. Los buceadores nunca recuperaron el cuerpo. Le dijeron que ese lago era tan profundo que hasta en verano el fondo estaba helado.

Hacía dos años, con la esperanza de cerrar el triste episodio, había guardado las pocas fotos de ella que aún tenía en el cuarto.

Pero, naturalmente, no había servido y, al final, reconoció que aún había algo pendiente. Tanto él como los padres de Kathy necesitaban enterrar los restos en el cementerio, junto a los abuelos y a un hermano que no había llegado a conocer.

Donald soñaba a menudo con ella. A veces la veía atrapada bajo uno de esos arrecifes de las gélidas aguas del lago, una Bella Durmiente eterna. Otras veces su cara se disolvía en el sueño y aparecían otras que murmuraban: «Fue culpa tuya.»

En las solapas del libro *Mujeres desaparecidas* no había ninguna referencia a Kathy. La reseña biográfica debajo de la foto del doctor Donald Richards indicaba que había vivido toda su vida en Manhattan, que era licenciado por la Universidad de Yale, médico y doctor en psicología clínica por Harvad, y máster en criminología por la Universidad de Nueva York.

Después del programa de radio regresó a su casa. Rena, la asistenta jamaicana, le tenía preparada la comida. Trabajaba para él desde poco después de la muerte de Kathy, y había llegado a través de su hermana, que era la asistenta fija de su madre en Tuxedo Park.

Don estaba seguro de que cada vez que Rena iba a Tuxedo Park su madre le interrogaba para enterarse de cómo iba la vida personal de su hijo. Ya le había dicho que pensaba que tenía que salir más.

Mientras almorzaba, pensó en Karen, la mujer que había llamado durante la emisión. Evidentemente, a Susan Chandler le había molestado su propuesta de contarle lo que la mujer le revelara, en caso, naturalmente, de que se presentara a la cita. Sonrió al recordar cómo se oscurecieron los ojos castaños de Susan, un inconfundible signo de rebeldía.

Susan Chandler era una mujer interesante y muy atractiva. Decidió llamarla e invitarla a cenar, porque cabía la posibilidad de que, en un ambiente más íntimo, estuviera más dispuesta a hablar del caso.

Era una situación intrigante. Regina Clausen había desaparecido hacía tres años. La mujer que llamó dijo que había tenido una aventura a bordo de un barco hacía sólo dos años. Era evidente que Susan Chandler haría la inevitable asociación: si el mismo hombre había tenido aventuras con ambas mujeres, tendría otras víctimas en mente.

Susan está removiendo el avispero, pensó Donald Richards y se preguntó qué podía hacer al respecto.

13

En el avión que la llevaba de regreso a California, Dee Chandler Harriman bebió un sorbo de agua mineral, se quitó las sandalias y se reclinó en el asiento. El pelo rubio miel le cayó sobre los hombros. Acostumbrada a las miradas de admiración, evitó la mirada del hombre que tenía al otro lado del pasillo y que había intentado dos veces iniciar una conversación.

Las únicas joyas que llevaba eran una alianza y una fina gargantilla de oro. El traje oscuro a rayas era un modelo de sencillez. Se alegró de no tener a nadie sentado en el asiento de al lado.

Había llegado a Nueva York el viernes por la tarde y se había instalado en el apartamento que su agencia de modelos de Bel Air tenía en el edificio Essex. Después se había reunido discretamente con dos jóvenes modelos a las que esperaba fichar. La reunión salió bien, había sido un buen día.

Era una lástima que no pudiera decir lo mismo del sábado, cuando fue a visitar a su madre. Verla sufrir constantemente por el abandono de su marido le hizo brotar lágrimas de comprensión.

No debí ser tan desagradable con Susan, pensó Dee. Después de todo es la que más ha apoyado a mamá y la que más ha sufrido por la separación y el divorcio. Pero al menos ella tiene una profesión. Y aquí estoy yo con treinta y siete años... bueno, por lo menos acabé el instituto. En fin, lo único que he sabido hacer desde los diecisiete años es desfilar y posar. No había tiempo para nada más. Tendrían que haber insistido en que fuera a la universidad. Las únicas dos cosas inteligentes que he hecho en mi vida han sido casarme con Jack e invertir mis ahorros en la agencia.

Recordó incómoda cómo le había recriminado a Susan que no supiera lo que era perder un marido.

Qué lástima que no llegara a verla ayer en la fiesta de papá, pero me alegro de haberla llamado esta mañana. Y cuando dije que Alex Wright es fantástico, lo decía en serio.

Una sonrisa le asomó a los labios mientras pensaba en ese hombre apuesto de ojos cálidos e inteligentes, atractivo, con sentido del humor y clase, que le había preguntado si Susan salía con alguien.

Alex había insistido y ella le había dado el número de la consulta de su hermana; no quiso darle el de su casa.

La azafata le ofreció otra agua mineral que Dee rechazó con la cabeza. Esa sensación de vacío que había empezado con la visita a su madre y aumentado con el espectáculo del padre brindando con su segunda esposa amenazaba con hacerse más profundo.

Echaba de menos la vida de casada. Quería vivir de nuevo en Nueva York, donde Susan le había presentado a Jack, un fotógrafo publicitario. Poco después se casaron y se trasladaron a Los Ángeles.

Habían vivido cinco años juntos hasta ese fin de semana de hacía dos años, en que él había insistido en ir a esquiar.

Los ojos se le llenaron de lágrimas. Estoy harta de estar sola y triste, pensó enfadada. Cogió el bolso de mano y rebuscó dentro hasta encontrar lo que buscaba: un folleto de promoción de un crucero de dos semanas por el canal de Panamá.

¿Por qué no?, se dijo. Hace dos años que no hago vacaciones de verdad. El agente de viajes le había dicho que aún quedaba un buen camarote libre en el siguiente crucero. Y el día anterior su padre la había animado para que fuera. «En primera, querida. Invito yo», le había prometido.

El barco zarpaba de Costa Rica al cabo de una semana. Iré, decidió Dee.

14

A Pamela Hastings no le importaba quedarse sola una noche de vez en cuando. Su marido George estaba en California en viaje de negocios y su hija Amanda en Wellesley, cursando su primer año de universidad. Las clases habían empezado hacía menos de un mes, y aunque echaba de menos a su hija, sentía cierto placer culpable con la tranquilidad de la casa, el teléfono que no sonaba y el orden del cuarto de Amanda.

La semana anterior había sido muy ajetreada en Columbia, con reuniones de personal y conferencias para alumnos, además de sus clases habituales. Siempre esperaba la noche del viernes, un oasis muy deseado y apreciado, y aunque el encuentro en casa de Carolyn con la «banda de las cuatro», como solían llamarse en los viejos tiempos, había sido divertido, la había dejado con mal sabor de boca.

La sensación de fatalidad inminente experimentada al coger ese anillo de turquesa todavía la asustaba. No había vuelto a hablar con Carolyn desde entonces, pero en cuanto cerró la puerta de su casa de Madison y la Sesenta y siete, tomó nota mental de llamar a su amiga y decirle que se deshiciera del anillo.

Echó un vistazo al reloj. Eran las cinco menos diez. Fue al cuarto, se cambió el traje azul formal por unos pantalones cómodos y una camisa de su marido, se sirvió un whisky y se sentó a mirar las noticias. Iba a ser una noche tranquila, sólo para ella.

A las cinco y cinco vio la imagen de un área acordonada de Park Avenue y la Ochenta y uno, donde había un embotellamiento de tráfico y una multitud de espectadores que observaban una camioneta manchada de sangre con la parrilla abollada.

Con asombrada incredulidad escuchó al locutor comentar: «Éste era el aspecto de Park Avenue y la calle Ochenta y uno hace un rato, donde aparentemente debido a la aglomeración de peatones una camioneta que circulaba a gran velocidad arrolló a Carolyn Wells, de cuarenta años. La víctima ha sido trasladada al hospital Lenox Hill con múltiples contusiones en la cabeza y heridas internas. Nuestro enviado a la escena del accidente habló con varios testigos presenciales...»

Mientras Pamela se ponía de pie de un brinco, oyó comentarios dispersos: «esa pobre mujer...», «qué terrible que la gente conduzca a esa velocidad...»; «tendrían que hacer algo con el tráfico en la ciudad...». En ese momento una mujer mayor gritó: «¡Están ciegos! ¡La empujaron!»

Pamela miró al reportero que se precipitaba sobre la anciana con el micrófono.

«—¿Podría darnos su nombre, señora?

»—Hilda Johnson. Yo estaba al lado de ella. Llevaba un sobre debajo del brazo. Un hombre se lo quitó y la empujó.

»—Está loca. ¡Se cayó! —gritó otro transeúnte.

»—Acaban de oír el testimonio de una testigo —dijo el comentarista—, Hilda Johnson, que afirma haber visto a un hombre empujar a Carolyn Wells delante de la camioneta tras arrebatarle un sobre. Aunque el testimonio de la señora Johnson difiere del resto de los testigos, la policía señala que tendrán en cuenta su declaración. Si ésta resulta válida, lo que parece un trágico accidente se convertiría en un posible homicidio.

Pamela cogió su abrigo. A los quince minutos estaba sentada al lado de Justin Wells en la sala de espera de la unidad de cuidados intensivos del hospital Lenox Hill.

—Está en el quirófano —le dijo Justin con voz apagada y desapasionada.

Pamela le cogió las manos.

Al cabo de tres horas salió el médico.

—Su esposa está en coma —anunció—. Es muy pronto para saber si volverá en sí. Pero cuando estaba en la sala de urgencias parecía llamar a alguien, algo así como «Win». ¿Sabe quién es?

Pamela sintió que la mano de Justin le apretaba la suya mientras respondía con voz angustiada:

—No lo sé.

15

A Hilda Johnson, una anciana de ochenta años, le gustaba contar que había vivido toda su vida en la calle 80 Este y que recordaba la época en que la fábrica de cerveza de Jacob Ruppert de la calle 79 llenaba el aire de olor a levadura y malta.

«Nuestros vecinos pensaban que ascendían en el escalafón social cuando se marchaban de Manhattan y trasladaban a su familia a la parte sur del Bronx —solía recordar con una carcajada estrepitosa—. En fin, todo cambia. En aquella época el Bronx era el campo y aquí estábamos hacinados. Ahora esto es elegante y el sur del Bronx un desastre. Pero así es la vida.»

Era una historia que la gente que conocía en el parque oía una y otra vez, pero que ella no se cansaba de contar. A Hilda, menuda, delgada, con una cabellera blanca y rala y ojos azules muy despiertos, le encantaba hablar.

En días frescos, Hilda daba un paseo hasta Central Park y se sentaba en un banco al sol. Era una observadora nata y no dudaba en comentar cualquier cosa que creyera que hacía falta corregir.

Era famosa por haber dado una seria reprimenda a una niñera charlatana que se había alejado de la zona de juegos. Reñía con regularidad a los niños que tiraban envoltorios de caramelos en la hierba. Y con frecuencia paraba a algún policía para señalar a sujetos que suponía sospechosos porque vagaban por los alrededores de la zona de juegos o los senderos.

El policía de turno, con fatigada paciencia, siempre la escuchaba con amabilidad, tomaba nota de las advertencias y acusaciones de Hilda, y prometía no perder de vista a los sospechosos.

Su aguda capacidad de observación sin duda le había hecho un buen servicio ese lunes. Poco después de las cuatro, mientras regresaba del parque a su casa, se detuvo en una esquina en medio de una muchedumbre de peatones que esperaban que el semáforo cambiara. Estaba a la derecha, un poco más atrás de una mujer bien vestida con un sobre marrón debajo del brazo. De pronto le llamó la atención el súbito movimiento de un hombre que mientras cogía el sobre con una mano empujaba a la mujer con la otra delante de una camioneta. Hilda había empezado a gritar para avisarla, pero ya era tarde. Al menos había logrado ver bien la cara del hombre antes de que éste desapareciera entre la gente.

En medio de la terrible confusión que sobrevino, el gentío empujó a Hilda hacia atrás, mientras un policía fuera de servicio se hacía cargo de la situación.

—¡Retrocedan! ¡Policía!

Hilda sintió un ligero vahído al ver aquel cuerpo arrollado y sangrante sobre la calzada y el elegante traje con las marcas de los neumáticos, pero logró recuperarse para hablar con el reportero. Después consiguió llegar a su apartamento con gran esfuerzo. Se preparó un té y lo bebió a sorbitos con manos temblorosas.

—Pobre chica —repetía mientras volvía a revivir el incidente una y otra vez.

Al final se sintió con fuerzas suficientes para llamar a la comisaría. La atendió un sargento con el que ya había hablado varias veces, especialmente para denunciar mendigos que molestaban a los transeúntes de la Tercera Avenida. El sargento escuchó pacientemente su historia.

—Hilda, sabemos lo que piensa, pero se equivoca —le dijo con amabilidad—. Ya hemos hablado con mucha gente que estaba en esa esquina en el momento del accidente. La señora Wells perdió el equilibrio y se cayó porque la gente empezó a empujar cuando el semáforo se puso verde. Eso es todo.

—Se cayó porque una mano le dio un empujón —replicó Hilda—. El hombre le quitó el sobre marrón que ella llevaba. Estoy agotada y me voy a dormir, pero déjele el recado al capitán Shea. Iré a verlo a las ocho en punto de la mañana, en cuanto él llegue.

Colgó indignada. Eran sólo las cinco pero necesitaba irse a la cama. Sentía una opresión en el pecho que sólo le aliviaría una tableta de nitroglicerina debajo de la lengua y un poco de descanso.

Al cabo de unos minutos, enfundada en su abrigado camisón, estaba apoyada en una gruesa pila de almohadas que la ayudaban a respirar. El agudo dolor de cabeza así como la opresión en el pecho empezaban a remitir.

Hilda suspiró aliviada. Descansaría toda la noche e iría a la comisaría a darle un rapapolvo al capitán Shea y a quejarse del tonto del sargento. Después insistiría en que le trajeran un dibujante policial y le daría una descripción del hombre que había empujado a esa chica. ¡Qué individuo despreciable!, pensó al recordar su cara. De la peor calaña: bien vestido, con clase, el tipo de persona que inspira confianza. ¿Cómo estará esa pobre chica? A lo mejor lo dicen en las noticias.

Encendió el televisor con el mando justo a tiempo de verse y oírse declarar que había visto a un hombre empujar a Carolyn Wells al paso de la camioneta.

Las emociones de Hilda eran confusas. Por un lado la emocionaba ser una celebridad, pero por otro le molestó el comentario del locutor que sugería que se equivocaba. Y ese estúpido sargento que la había tratado como si fuera una criatura. Su último pensamiento, antes de dormirse, fue que por la mañana los pondría a todos en su sitio. Ya verían. El sueño la sorprendió mientras rezaba un Avemaría por Carolyn Wells, tan gravemente herida.

16

Cuando Susan se despidió de Nedda, caminó a la luz del crepúsculo hasta su apartamento de la calle Downing. Otra vez hacía el mismo frío penetrante de primera hora de la mañana, que el sol de la tarde había caldeado temporalmente.

Metió las manos en los amplios bolsillos del chaquetón y apretó el paso. El tiempo le recordó un pasaje de *Mujercitas*, olvidado hacía mucho. Una de las hermanas —no se acordaba si Beth o Amy— decía que noviembre era un mes desagradable, y Jo coincidía y añadía que por eso ella había nacido en ese mes.

Yo también cumplo años el 24 de noviembre, pensó. Me llamaban el bebé de Acción de Gracias. Sí, y este año seré un bebé de treinta y tres años. El día de Acción de Gracias y mi cumpleaños solían ser fechas agradables. Por lo menos este año no tendré que ir corriendo de una cena a otra, como alguien que se escabulle de un campo enemigo al otro. Gracias a Dios, papá y Binky se van a Saint Martin.

Aunque mi problema doméstico es una minucia comparado con la vida de Jane Clausen, pensó mientras llegaba a su calle y giraba. La señora Clausen se había quedado en la consulta otros veinte minutos, cuando al fin admitieron que Karen no se presentaría.

Mientras tomaban una taza de té, le había insistido a Susan que se quedara con el anillo. «Es importante que lo tenga por si me pasa algo y la mujer vuelve a ponerse en contacto con usted», le dijo.

En realidad no quería decir «si» le pasaba, sino «cuando» le pasara, pensó Susan mientras entraba en el edificio de piedra rojiza de tres pisos y subía hasta el último, donde tenía su espacioso apartamento. Tenía un salón grande, cocina amplia, un cuarto enorme y un estudio pequeño. Estaba bien amueblado, cómodo y elegante, con las cosas que le había dado su madre al trasladarse de la casa familiar a una urbanización de lujo. A Susan le resultaba acogedor y agradable, como si el sitio la recibiera con los brazos abiertos.

Y esa noche no era una excepción. Le pareció especialmente relajante mientras encendía los troncos refractarios de gas que tenía a modo de chimenea.

Una noche en casa, decidió mientras se ponía un viejo caftán de terciopelo. Se prepararía una ensalada y pasta acompañadas de una copa de *chianti*.

Al cabo de un rato, mientras lavaba una lechuga, sonó el teléfono.

—¿Susan? ¿Cómo está mi niña?

Era su padre.

—Bien, papá —respondió, y añadió con una sonrisa—: Quiero decir, Charles.

—Binky y yo lamentamos que ayer tuvieras que irte tan pronto. Una buena fiesta, ¿verdad?

Susan levantó una ceja.

—Sí, muy buena.

—Susan, creo que Alex Wright te ha echado el ojo. No paró de hablar de ti con nosotros y creo que también con Dee. Nos dijo que Dee no quiso darle el número de teléfono de tu casa.

—El número de la consulta está en la guía. Puede llamarme allí. Parece muy simpático.

—Es mucho más que eso. La familia Wright es de lo mejorcito.

A papá todavía le impresiona la gente importante, se dijo. Al menos de momento no ha empezado a creerse que él también viene de muy buena familia, y espero que no comience a hacerlo.

—Te paso a Binky. Quiere decirte algo.

Dios mío, lo que me faltaba, pensó Susan mientras oía cómo cambiaba de mano el auricular.

El vibrante «hola» de su madrastra le perforó el oído.

Binky, antes de que Susan dijera nada, empezó a enumerar las virtudes de Alexander Wright.

—Lo conozco hace años, querida. Nunca se ha casado. Es el tipo de hombre que Charles y yo nos imaginamos con Dee o contigo. Ya lo has visto, así que sabes que es muy atractivo. Está en la junta de la Fundación de la Familia Wright. Hacen unas donaciones enormes todos los años. Es un filántropo, el hombre más generoso que existe. No es el tipo de persona egoísta que sólo piensa en sí misma.

No puedo creer que justamente ella diga eso, pensó Susan.

—Querida, espero que no te moleste lo que he hecho. Alex acaba de llamar y prácticamente me exigió el teléfono de tu casa. Estoy casi segura de que te llamará dentro de un rato. Dice que no quería molestarte en la consulta. —Y añadió—: No he hecho mal, ¿verdad?

—Preferiría que no dieras el número de mi casa, Binky —dijo Susan con dureza, pero se ablandó—. Bueno, en este caso creo que está bien. Pero no vuelvas a hacerlo.

Logró cortar las efusivas disculpas de Binky y colgó con la sensación de que de pronto le habían estropeado la noche.

Al cabo de diez minutos llamó Alexander Wright.

—Le he insistido a Binky para que me diera tu número de teléfono.

—Lo sé —dijo Susan con tono distante—. Binky y Charles acaban de llamarme.

—¿Por qué no dices mi padre cuando hablas conmigo? A mí no me importa.

Susan rió.

—Eres muy perspicaz. De acuerdo.

—Hoy me he tomado la molestia de escuchar tu programa y me ha gustado mucho.

A Susan le sorprendió.

—Hace unos seis o siete años, me senté en la misma mesa que Regina Clausen en una cena de Futures Industry y me pareció una mujer agradable e inteligente. —Wright dudó y añadió con tono de disculpa—: Sé que es un poco precipitado, pero acabo de salir de una reunión de la junta directiva del hospital Saint Claire y tengo hambre. Si no has cenado y no tienes planes, ¿te gustaría salir a comer algo? Sé que vives en la calle Downing, podríamos ir a Il Mulino, está muy cerca.

Susan echó una ojeada a la lechuga que había lavado. Para su sorpresa, se oyó aceptar y quedar que él pasaría a recogerla en veinte minutos.

Mientras se dirigía al cuarto para ponerse un jersey de cachemir y unos pantalones, se dijo que acudía a esa cita precipitada para ver qué impresión tenía Alex Wright de Regina Clausen.

17

Douglas Layton, después de reflexionar, reconoció que a Jane Clausen no le había hecho ninguna gracia que no se quedara con ella en la consulta de la doctora Susan Chandler.

Hacía cuatro años que trabajaba de abogado y agente de bolsa de la empresa que se ocupaba de los bienes de la familia Clausen. Había empezado su carrera como ayudante de Hubert March, el socio mayoritario que conocía y se ocupaba de los Clausen hacía cincuenta años. A medida que se acercaba el momento del retiro de March, era evidente que Layton gozaba de las simpatías de Jane Clausen para reemplazar a su viejo amigo.

El nombramiento como director del Fideicomiso de la Familia Clausen después de tan poco tiempo en la empresa había sido un golpe espectacular que Douglas Layton agradecía sinceramente, pero implicaba muchas obligaciones.

Pero esta tarde no tuve alternativa, recordó mientras entraba en el ascensor del número 10 de Park Avenue y sonreía con amabilidad a la joven pareja que acababa de comprar un apartamento en el noveno piso de su edificio.

Él todavía era inquilino, aunque con sus ingresos tranquilamente podía darse el lujo de comprar. Tal como explicaba a sus amigos: «Tengo treinta y seis años. En algún momento, créase o no, conoceré a la mujer apropiada y sentaré cabeza. Y cuando lo haga compraremos una casa juntos. Además —señalaba—, aunque no conozco al casero de este apartamento, tiene muy buen gusto, y de momento no puedo darme el lujo de comprar algo así.»

Los amigos no podían negar que tenía razón. Layton, sin los dolores de cabeza de ser propietario, vivía en un apartamento con una biblioteca de caoba, un salón con unas vistas de Nueva York impresionantes, una cocina último modelo, un cuarto amplio y dos baños completos. Estaba amueblado con sofás cómodos y mullidos, armarios con cajones grandes, cuadros de buen gusto y excelentes reproducciones de alfombras persas.

Esa noche, mientras cerraba la puerta del apartamento, Douglas Layton se preguntó cuánto le duraría la suerte.

Comprobó la hora: eran las cinco y cuarto. Telefoneó a Jane Clausen, que no respondió, lo cual era bastante normal. Cuando iba a salir a cenar, dormía un rato a esa hora, en cuyo caso desconectaba el teléfono. En la oficina se decía que la señora Clausen dejaba el teléfono sobre una almohada a su lado, por si su hija Regina la llamaba en mitad de la noche.

Volvería a intentarlo dentro de una hora. Mientras tanto, llamaría a alguien con quien no había hablado durante la última semana. De repente su cara se suavizó, cogió el auricular y marcó un número.

Su madre se había mudado a Lancaster, Pensilvania, hacía diez años. Separada hacía mucho del padre, que había desaparecido de sus vidas, estaba mucho mejor en su pueblo, rodeada de todos sus primos.

Atendió a la tercera llamada.

—Ay, Doug, qué suerte que me encuentras. Estaba a punto de salir.

—¿Adónde vas? ¿Al hospital? ¿Al refugio de indigentes? ¿Al teléfono de la esperanza? —bromeó.

—A ninguno de esos lugares, listillo. Iba al cine con Bill.

Bill era un amigo de su madre de toda la vida, un soltero amable que a Doug le parecía simpático y completamente aburrido.

—No dejes que se propase.

—Doug, sabes muy bien que jamás haría algo así —replicó la madre.

—Tienes razón, lo sé de sobras. El viejo Bill es de lo más previsible. Bueno, mamá, no te entretengo más. Sólo quería saber cómo estabas.

—¿Estás bien, hijo? Pareces preocupado.

Se reprochó en silencio. Tendría que haberlo sabido: no podía engañar a su madre. Siempre se daba cuenta de todo.

—Estoy bien.

—Doug, estoy preocupada por ti. Si me necesitas ya sabes dónde estoy, ¿de acuerdo?

—Sí, mamá. Estoy bien. Un beso.

Colgó y se sirvió un whisky. Sintió que se le aceleraba el corazón mientras lo bebía de un trago. No era el momento de tener un ataque de ansiedad. ¿Por qué motivo, él, por lo general tan controlado y sobrio, tenía estos ataques tan a menudo?

Sabía muy bien por qué.

Encendió nervioso el televisor y miró el informativo de la tarde.

A las siete volvió a llamar a Jane Clausen. Esta vez la encontró, pero el tono reservado de la mujer le indicó que él estaba en apuros.

A las ocho salió.

18

Alexander Wright vio su coche aparcado en doble fila en la puerta del hospital Saint Claire, en la calle 52 Oeste, y se sentó en el asiento trasero antes de que el chófer saliera para abrirle la puerta.

—Una larga reunión, señor —comentó Jim Curley mientras ponía en marcha el motor. ¿Adónde vamos?

Hablaba con la familiaridad del viejo empleado: hacía treinta años que trabajaba para los Wright.

—Jim, me alegra decirte que vamos a buscar a una señorita de lo más atractiva a la calle Downing y después a cenar a Il Mulino —respondió Wright.

A la calle Downing, pensó el chófer; debe de ser una nueva.

Nunca hemos estado allí. Curley disfrutaba de que su jefe, un soltero de poco menos de cuarenta años, tuviera tanto éxito. Dentro de los límites de su extremada discreción con la vida privada de Alexander Wright, le gustaba mencionar a sus amigos que Sandra Cooper, la estrella de las comedias musicales, era tan guapa como simpática, y que Lily Locking, la comediante, era de lo más divertida cuando conversaba con él en el coche.

Pero sólo hacía estos discretos comentarios después de que los periódicos publicaran que tal o cual mujer había sido vista en un restaurante o una fiesta en compañía del deportista y filántropo Alexander Wright.

Mientras el coche se abría paso por el denso tráfico existente en la Novena Avenida, Curley miró varias veces por el retrovisor y observó que su jefe había cerrado los ojos y tenía la cabeza apoyada en el suave tapizado de piel.

Quienquiera que hubiera dicho que era tan laborioso repartir dinero como ganárselo tenía razón, pensó Curley compasivamente. Sabía que al señor Alex, en calidad de presidente de la Fundación Alexander y Virginia Wright, lo asediaban constantemente individuos y organizaciones que le pedían subvenciones. Y él era muy amable con todo el mundo, y, probablemente, también generoso.

Nada que ver con su padre, recordó Curley. El viejo era un tipo duro. Lo mismo que la madre de Alex. Era capaz de arrancarte la cabeza por nada. Siempre encima de Alex cuando era pequeño. Era un milagro que el chico hubiera salido tan bien. Espero que la chica de la calle Downing sea divertida, pensó. Alex se merecía alguien entretenido. Trabajaba demasiado.

Il Mulino, como siempre, estaba de lo más animado. El olor a buena comida se mezclaba con las alegres voces de los comensales. La barra estaba llena de gente que esperaba mesa. Las cestas de mimbre con verduras a la entrada del comedor daban a la sencilla decoración del restaurante una atmósfera acogedora y rural.

El *mâitre* los acompañó a una mesa. Mientras avanzaban por el atestado salón, Alex se paró varias veces a saludar a amigos.

Sin consultar la carta de vinos, pidió una botella de *chianti* y otra de *chardonnais*. Al ver la cara de asombro de Susan sonrió.

—No tienes por qué beber más de una copa o dos, pero te prometo que te gustarán. No he almorzado y estoy muerto de hambre. ¿Te importa que pidamos ahora mismo?

Susan se decidió por una ensalada y salmón. Él escogió ostras, pasta y ternera.

—Es la pasta que tendría que haber comido al mediodía —explicó.

Mientras el camarero les servía el vino, Susan levantó las cejas y meneó la cabeza.

—No puedo creer que hace menos de una hora estuviera enfundada en mi caftán favorito, bastante andrajoso por cierto, planeando una noche tranquila en casa —le dijo.

—Podrías haber venido en caftán.

—¿Para impresionarte? —replicó, a lo que Alex soltó una carcajada.

Susan lo estudió mientras él saludaba con la mano a alguien. Llevaba un traje gris oscuro clásico de rayas muy finas, camisa blanca inmaculada y una corbata de dibujos pequeños, grises y rojos. Era un hombre atractivo, impresionante.

Al final comprendió qué la desconcertaba tanto en él. Sin duda Alex Wright tenía la seguridad y el aplomo que daban generaciones de alcurnia. Pero había algo más que la intrigaba. Creo que es un poco tímido, decidió. Y eso era algo que le gustaba.

—Me alegro de haber ido a la fiesta de ayer —le dijo en voz baja—. Había decidido quedarme en casa y hacer el crucigrama del *Times*, pero como había aceptado la invitación no quería parecer maleducado —sonrió—. Te agradezco que hayas venido a cenar conmigo sin haberte avisado con tiempo.

—¿Así que conoces a Binky desde hace mucho?

—Sí, pero de la manera que uno conoce a la gente que asiste a las mismas fiestas, a las íntimas. No soporto las fiestas grandes. Espero no ofenderte si digo que me parece un poco tonta.

—Una tonta muy persuasiva. ¿Qué te parece ese castillo a lo Walt Disney que mi padre hizo construir para ella?

Rieron.

—Todavía estás bastante herida e incómoda con la situación, ¿no? —aventuró Alex—. Perdona, olvidaba que la psicóloga eres tú.

Cuando uno no quiere responder, lo mejor es preguntar, recordó Susan.

—Ya conoces a mi padre y mi hermana —replicó—, pero ¿y tú? ¿Tienes hermanos?

Alex le explicó que era hijo único, producto de una boda tardía.

—Hasta los cuarenta y tantos mi padre estaba demasiado ocupado haciendo dinero para cortejar a nadie. Después estaba demasiado ocupado acumulando riqueza para prestarnos atención a mi madre y a mí. Pero te aseguro que con las desgracias humanas que veo a diario en la fundación, me considero un hombre afortunado.

—Supongo que a grandes rasgos lo eres —coincidió Susan—. Yo también.

El nombre de Regina Clausen no salió hasta el momento del café. Alex Wright no sabía mucho más de lo que ya le había dicho por teléfono. Había compartido mesa con ella en una cena. Le pareció una mujer callada e inteligente. Le resultaba imposible imaginar que una mujer con sus antecedentes pudiera desaparecer así.

—¿Tenías confianza en la llamada que recibiste en el programa? ¿La de esa mujer tan nerviosa?

Susan ya había decidido no hablar con nadie del anillo que le había dado la madre de Regina. El anillo con la misma inscripción, «Por siempre mía», que había mencionado Karen era el único objeto tangible que relacionaba la desaparición de Regina con la frustrada amistad que Karen había trabado en el barco. Cuanto menos gente lo supiera, mejor.

—No lo sé. Es demasiado pronto para opinar.

—¿Cómo se te ocurrió hacer un programa de radio? —le preguntó.

Susan se sorprendió contándole que Nedda le había presentado a la anterior responsable del programa. También le explicó que había trabajado con Nedda en la facultad de derecho, que había dejado la fiscalía del condado de Westchester y decidido volver a estudiar.

—Por lo general yo soy la que escucho —le dijo al final, mientras tomaban un coñac—. Basta de hablar de mí. Creo que he hablado demasiado.

Wright pidió la cuenta.

—Esto no es nada; acabas de empezar —replicó con seguridad.

Susan, mientras se metía en la cama, pensó que había sido una velada muy agradable.

Eran las once y diez. Había llegado a casa hacía veinte minutos. En la puerta del edificio, mientras ella se despedía, Alex le dijo:

—Mi padre me enseñó que siempre hay que acompañar a las damas hasta la puerta para asegurarse de que llegan bien a casa. Te prometo que después me voy.

La acompañó arriba y esperó a que abriera la puerta del apartamento.

No hay nada como un poco de galantería chapada a la antigua, pensó mientras apagaba la luz.

Estaba cansada pero no podía dejar de pensar en los acontecimientos del día, en todo lo que había pasado y dejado de pasar. Pensó en Donald Richards, el autor de *Mujeres desaparecidas*. Había sido un invitado muy interesante y era evidente que esperaba que ella lo invitara a la consulta para la esperada reunión con Karen.

Recordó con incomodidad cómo ella había rechazado enseguida la insinuación de Richards de que lo mantuviera al tanto de cualquier detalle que revelara Karen si asistía a la cita.

Se preguntó si volvería a saber algo de esa mujer. ¿Era sensato pedir en el programa del día siguiente que se pusiera en contacto con ella, aunque sólo fuera por teléfono?

Mientras se iba quedando dormida, sintió una señal de alerta en el subconsciente. Clavó la mirada en la oscuridad, tratando de establecer qué había disparado esa alarma interna. Evidentemente era algo que había ocurrido u oído ese día, algo a lo que tendría que haber prestado atención... Pero ¿qué?

Estaba demasiado cansada para pensar, se dio la vuelta y se acurrucó. Ya pensaría al día siguiente, seguro que tendría mucho tiempo para hacerlo.

19

Hilda Johnson durmió cinco horas y se despertó a las diez y media. Estaba descansada y con un poco de hambre. Mientras se incorporaba y cogía la bata, decidió que una taza de té con una tostada le sentaría bien. Además quería ver si volvían a sacarla en las noticias de las once.

Después de mirar el informativo, volvería a la cama y rezaría el rosario por Carolyn Wells, esa pobre mujer.

Sabía que el capitán Tom Shea llegaba a la comisaría a las ocho de la mañana, así que estaría allí esperándolo. Mientras se anudaba el cinturón de la bata de felpilla, repasó mentalmente la cara del hombre que había empujado a la señora Wells. Ahora que se había tranquilizado, la recordaba mejor de lo que creía. Podría darle una descripción completa al dibujante policial.

Hacía casi setenta años, ella misma había sido una buena alumna de dibujo. La maestra de la escuela primaria, la señorita Dunn, solía animarla diciéndole que tenía mucho talento para los retratos. Pero a los trece años Hilda había tenido que ponerse a trabajar, por lo que no había podido seguir estudiando, recordó con pesar.

Sin embargo, no había abandonado por completo el dibujo. Muchas veces se llevaba un bloc y una pluma al parque y hacía dibujos con tinta que después enmarcaba y regalaba a sus amigos. Aunque últimamente no lo hacía. Le quedaban pocos amigos, y además tenía los dedos demasiado hinchados por la artritis para sostener bien la pluma.

Aun así, si dibujaba la cara del hombre, ahora que la tenía fresca, al día siguiente, cuando fuera a la policía, todo resultaría más fácil.

Se dirigió al escritorio que había pertenecido a su madre y que ocupaba el sitio de honor en su pequeña sala, abrió la persiana, debajo de la estantería de caoba y cristal, y acercó la silla. En el cajón había una caja con papel de carta que le había regalado su amiga Edna por Navidad. Unas hojas grandes con una inscripción en el encabezamiento: «Un *bon mot* de Hilda Johnson.»

Edna le había explicado que lo de *bon mot* quedaba muy bien y que sabía que le gustaría ese tamaño de papel. «Grande, no como esas tarjetitas en las que apenas caben dos líneas.»

También tenían el tamaño perfecto para hacer un boceto rápido que ayudara a Hilda a no olvidar la cara de aquel matón que le había quitado el sobre a la pobre chica antes de empujarla bajo las ruedas de la camioneta. Hilda se puso a dibujar con los dedos rígidos y doloridos, y una cara empezó a aparecer en el papel; un retrato de tres cuartos de perfil. Sí, tenía el pelo así, recordó. Dibujó la oreja, bien formada y pegada a la cabeza. Unos ojos separados que se habían entrecerrado mientras miraba a Carolyn Wells. Pestañas largas, barbilla decidida.

Dejó la pluma y miró su obra satisfecha. No está mal, se dijo, nada mal. Echó un vistazo al reloj: las once menos cinco. Encendió el televisor, fue a la cocina y llenó el hervidor.

Acababa de encender el gas cuando sonó el interfono. ¿Quién diablos era a esa hora de la noche?, se preguntó mientras levantaba el auricular en el estrecho recibidor.

—¿Quién es? —No se molestó en ocultar su irritación.

—Señora Johnson, lamento molestarla. —El hombre tenía una voz grave y agradable—. Soy el detective Anders. Tenemos un sospechoso en la comisaría y me gustaría enseñarle su foto. Si lo reconoce podremos detenerlo, si no tendremos que soltarlo.

—Pensaba que nadie me creyó cuando dije que alguien la había empujado —respondió Hilda.

—No queríamos que se supiese que estábamos tras un sospechoso. ¿Puedo subir un minuto?

—Sí, claro.

Hilda apretó el botón que abría la puerta de abajo. Volvió al escritorio y miró el boceto con satisfacción. Espera a que el detective Anders vea esto, pensó.

Oyó el viejo ascensor detenerse en su piso y unos pasos amortiguados que avanzaban por el pasillo.

Esperó a que el detective tocara el timbre para abrir la puerta. Debe de hacer frío en la calle, pensó, porque el hombre llevaba el cuello del abrigo levantado y una gorra calada sobre la frente, además de guantes.

—Le robaré sólo un minuto, señora Johnson —dijo—. Lamento molestarla.

Hilda interrumpió sus disculpas.

—Adelante —dijo sin perder tiempo—. Quiero enseñarle algo.

Mientras se dirigía hacia el escritorio no oyó el clic amortiguado de la puerta que se cerraba.

—Acabo de hacer un dibujo del sujeto —explicó orgullosa—. Vamos a compararlo con el retrato que trae usted.

—Por supuesto.

Pero el visitante, en lugar de un retrato, dejó un carnet de conducir con su foto.

—¡Mire! —exclamó Hilda—. ¡La misma cara! Ése es el hombre que empujó a la mujer y se llevó el sobre.

Miró al detective Anders. Se había quitado la gorra y bajado el cuello del abrigo.

Los ojos de Hilda se abrieron de par en par al mismo tiempo que dejaba escapar un débil «¡No!». Intentó retroceder pero chocó contra el escritorio. Estaba atrapada.

Levantó las manos suplicante y estiró los brazos para protegerse inútilmente del cuchillo que el intruso estaba a punto de clavarle en el pecho.

El hombre retrocedió con presteza para no mancharse de sangre y observó cómo el cuerpo de la anciana se sacudía y caía sobre la raída alfombra. Los ojos de Hilda empezaron a ponerse fijos y vidriosos, pero ella consiguió murmurar:

—Dios no te... dejará escapar...

Mientras el hombre recogía su carnet de conducir y el dibujo, el cuerpo de la anciana se estremeció y su mano cayó sobre el zapato del sujeto.

El hombre caminó tranquilamente hasta la puerta, la abrió, examinó el pasillo y en cuatro pasos llegó a la escalera. Una vez en el vestíbulo, abrió ligeramente la puerta y vio que no había nadie. Al cabo de un instante estaba en la calle, camino de su casa.

De pronto se dio cuenta de lo cerca que habían estado de cogerlo. Si la poli hubiera creído a ese vejestorio y hubiera ido a hablar con ella esa tarde, la mujer les habría hecho el dibujo, que habría salido en todos los periódicos del día siguiente.

Mientras caminaba, empezó a sentir el pie izquierdo cada vez más pesado, como si la mano de dedos hinchados de Hilda Johnson siguiera allí.

¿Sus últimas palabras no serían una maldición?, se preguntó. Le habían recordado el error que había cometido ese mismo día, el error que Susan Chandler, con esa mente alerta de fiscal, podía descubrir.

No podía permitir que eso sucediera.

20

Susan tuvo sueños perturbadores. Al despertar, se acordó de fragmentos de escenas en los que estaban presentes Jane Clausen, Dee y Jack. Recordó que, en un momento dado, Jane Clausen rogaba: «Susan, quiero a Regina», y Dee alargaba la mano y decía: «Susan, quiero a Jack.»

Bueno, tú al menos lo tuviste, pensó Susan. Salió de la cama y se desperezó, con la esperanza de aliviar esa conocida tristeza que la embargaba. Aun después de todos estos años, la turbaba profundamente que un sueño de ese tipo le provocara tantos recuerdos. Recuerdos de ella a los veintitrés años, cuando estudiaba derecho y trabajaba medio día con Nedda. Jack era un fotógrafo publicitario de veintiocho años que empezaba a hacerse un nombre, y se enamoraron.

Entonces Dee entró en escena. La hermana mayor y la niña mimada de los fotógrafos de moda. Sofisticada, divertida, encantadora. Tenía tres hombres haciendo cola para casarse con ella, pero quería a Jack.

Susan entró en el baño y se cepilló los dientes con energía, como para quitarse el regusto amargo que sentía siempre que recordaba la llorosa explicación de Dee: «Susan, perdóname, pero lo que hay entre Jack y yo es inevitable... quizás incluso necesario.» Y la angustiada disculpa de Jack: «Susan, lo siento.»

Lo más absurdo, pensó Susan, es que estaban hechos el uno para el otro. Se querían, quizá demasiado. Dee odiaba el frío. Si ella no hubiera estado tan enamorada y no hubiera sido tan buena deportista, le habría pedido a Jack que dejara de llevarla a las pistas de esquí. Si hubiera convencido a Jack de que se quedara en casa, no habría muerto en esa avalancha y tal vez estaría vivo.

Por otro lado, pensó Susan mientras abría el agua de la ducha, si Jack y yo hubiéramos acabado juntos, seguramente estaría muerta porque lo habría acompañado a esquiar.

Su madre lo había entendido. «Susan, creo que si hubiera sido al revés, si a ti te hubiera gustado alguien que estaba con Dee, te habrías retirado de la escena. Pero hay algo que tienes que aceptar aunque te cueste comprender: Dee siempre ha estado celosa de ti.»

Sí, me habría retirado de la escena, pensó Susan mientras se quitaba la bata y entraba en la ducha.

A las siete y media estaba vestida y tomaba el desayuno de siempre: zumo, café y medio bollo. Puso *Buenos días, Nueva York* para ver las noticias. Pero antes de que acabara la carátula de presentación sonó el teléfono.

Era su madre.

—Quería hablar contigo antes de que te fueras a trabajar, querida.

Qué gusto oír a su madre animada. Susan quitó el sonido del televisor con el mando.

—Hola, mamá. —Gracias a Dios todavía quiere que la llamemos mamá y no Emily, pensó.

—Tu programa de ayer fue fascinante. ¿Llegó a ir a la consulta la mujer que llamó?

—No, no fue.

—No me sorprende, parecía muy preocupada. Pero pensé que te gustaría saber que una vez vi a Regina Clausen. Fui con tu padre a una reunión de accionistas, en la época A.B., así que debió de ser hace unos cuatro años.

A.B. Antes de Binky.

—No hace falta que te diga que Charley trató de impresionar a Regina Clausen hablándole de las fantásticas inversiones que había hecho, cosa que yo le recordé durante el acuerdo de divorcio y que él negó tajantemente.

Susan rió.

—Mami no seas mala.

—Lo siento, Susan, no era mi intención hacer un comentario irónico del divorcio.

—Pero no paras de hacerlos.

—Es verdad —coincidió su madre alegremente—. Pero en realidad te he llamado para hablarte de Regina Clausen. Conversó mucho con nosotros, ya sabes lo cotilla que puede llegar a ser tu padre, y nos dijo que durante las siguientes vacaciones pensaba hacer un crucero. Estaba muy entusiasmada con la idea. Le dije que esperaba que la gente del barco no la fastidiara pidiéndole consejos sobre inversiones. Recuerdo que se rió y dijo que esperaba divertirse un poco, lo que no incluía hablar del índice Dow Jones. Nos contó que su padre había muerto de un infarto con poco más de cuarenta años y que antes de morir se lamentaba de las vacaciones que nunca tenía tiempo de hacer.

—Lo que me cuentas refuerza la teoría de que tuvo alguna aventura a bordo —dijo Susan—. Parece como si hubiese estado abierta a la idea y receptiva. —Pensó en el anillo que le había dado Jane Clausen—. Sí, creo que eso fue lo que pasó: una aventura a bordo, secreta.

—En fin, es evidente que lo que dijo hizo que a tu padre le picara el gusanillo, porque nos separamos poco después. Se hizo la cirugía estética, se tiñó el pelo y empezó a salir con Binky. A propósito, está animando a Dee para que haga un crucero. ¿Te ha dicho algo?

Susan miró el reloj. No quería cortar a su madre, pero debía irse.

—No, no sabía que Dee quisiera hacer un crucero. Ayer me olvidé de llamarla.

—Estoy preocupada por Dee, Susan —dijo su madre—. Está deprimida y sola. No se recupera. No es fuerte como tú.

—Tú también eres muy fuerte.

Su madre rió.

—No siempre, pero lo estoy logrando. No trabajes mucho, querida.

—Lo que significa: encuentra un buen muchacho, cásate y sé feliz.

—Algo así. ¿Últimamente has conocido a alguien del que no me hayas hablado? Cuando me llamó Dee, mencionó que un caballero que había conocido en la fiesta de Charley-Binky parecía impresionado contigo. Dijo que era guapísimo.

Susan pensó en Alex Wright.

—No está mal.

—Según Dee es bastante más que un simple «no está mal».

—Adiós, mamá —dijo Susan con decisión.

Después de colgar, puso la taza de café en el microondas y volvió a subir el volumen de la televisión. Un reportero hablaba del asesinato a puñaladas de una anciana en su apartamento del Upper East Side. Susan estaba a punto de apagar el televisor cuando el comentarista, mientras pasaban un segmento de las noticias de la tarde anterior, informaba de que Hilda Johnson, la víctima del asesinato, había llamado a la policía para declarar que la mujer atropellada en Park Avenue había sido empujada durante un hurto.

Susan miró el televisor y se dio cuenta de que la fiscal que había en ella se negaba a creer que los dos acontecimientos fueran coincidencias, mientras la psicóloga se preguntaba qué tipo de mente incontrolada podía cometer dos asesinatos tan brutales.

21

El capitán Tom Shea de la comisaría Diecinueve le tenía mucho cariño a Hilda Johnson, a pesar de que lo irritaba terriblemente. Como solía decir a sus hombres, por lo general había algo de verdad en las quejas de la anciana. Por ejemplo, el vagabundo al que había acusado de merodear cerca de la zona de juegos del parque resultó tener antecedentes por delitos sexuales contra menores. Y al chico del que se quejaba porque no paraba de dar vueltas en moto por su barrio lo cogieron dando tirones a los transeúntes.

El capitán Shea, de pie en el apartamento de Hilda Johnson, sintió ira y ternura a la vez ante el cadáver de la anciana. Como los fotógrafos policiales y el forense habían acabado su trabajo, ya se podía tocar el cuerpo.

Shea se arrodilló junto a Hilda. Tenía los ojos abiertos, fijos, y expresión de pánico. Le giró la palma con suavidad y vio los cortes que tenía, allí donde había tratado de protegerse de la mortal puñalada que le habían clavado en el corazón.

Miró más de cerca y vio manchas en varios dedos de la mano derecha. Eran de tinta.

Shea se puso de pie, se volvió hacia el escritorio y notó que estaba abierto. Su abuela tenía un escritorio igual y siempre dejaba la persiana en la misma posición, orgullosa de que se vieran los casilleros, los cajones, el papel secante y los objetos de escritorio que nadie usaba.

Se acordó del año anterior, cuando Hilda se había torcido el tobillo con una baldosa rota y él había pasado a verla. El escritorio estaba cerrado. Apuesto a que siempre lo dejaba cerrado, pensó.

Había un paquete de papel de carta recién abierto. Tuvo un amago de sonrisa cuando leyó el encabezamiento: «Un *bon mot* de Hilda Johnson.» Junto al tintero había una vieja pluma, del tipo de las que usan para dibujar. La tocó y estudió la mancha que le dejó en los dedos. A continuación contó las hojas que quedaban en la caja. Había once. Contó los sobres: doce.

¿Hilda había estado escribiendo o dibujando poco antes de su muerte?, se preguntó. ¿Por qué? Según Tony Hubbard, que estaba de guardia cuando Hilda llamó el día anterior, la anciana le dijo que se iba a la cama y al día siguiente por la mañana iría a la comisaría.

Tom entró en el cuarto sin hacer caso del fotógrafo que recogía su equipo ni de los técnicos en huellas dactilares, que convertían el apartamento de Hilda, ordenado con tanto esfuerzo, en un revoltijo cubierto de polvo.

Hilda se había ido a acostar, era evidente. La almohada todavía tenía la marca de la cabeza. Eran las ocho de la mañana. El forense había determinado que la muerte se había producido entre ocho y diez horas antes. Entre las diez y las doce de la noche Hilda se levantó, se puso la bata, fue a su escritorio a escribir o dibujar y puso el hervidor al fuego.

Cuando el capitán Shea vio que Hilda, famosa por su puntualidad, no aparecía, la llamó. Al no obtener respuesta se preocupó y le pidió al portero que fuera a ver qué pasaba. De no haber sido así, no habrían descubierto el cuerpo en varios días. No encontraron ningún indicio de que se hubiera forzado la puerta, lo que significaba que ella la había abierto voluntariamente ¿Esperaba a alguien? ¿O alguien había logrado engañar a una persona tan desconfiada como la vieja Hilda?

El capitán volvió a la sala. ¿Cómo era posible que estuviera junto al escritorio cuando la asesinaron?, se preguntó. Si hubiera sospechado que estaba en peligro, ¿no habría tratado de escapar?

¿Le mostraba algo al visitante en el momento en que la mató? ¿Algo que éste se llevó después de matarla?

Los dos detectives que lo habían acompañado se pusieron de pie nada más acercarse el capitán.

—Quiero que interroguen a todos los vecinos del edificio —ordenó—. Quiero saber dónde estuvo todo el mundo anoche y a qué hora volvió. Me interesa especialmente la gente que entró y salió entre las diez y las doce de la noche y averiguar si alguien sabe si Hilda Johnson escribía notas. Me voy a la comisaría.

Allí, el desgraciado sargento Hubbard, que había bromeado con la llamada telefónica de Hilda para denunciar que alguien le había robado un sobre y empujado a Carolyn Wells, recibió la peor bronca de su vida.

—Hizo caso omiso a una llamada telefónica que podría haber sido de suma importancia. Si hubiera tratado a Hilda Johnson con el respeto que se merecía y enviado a alguien a hablar con ella, es muy posible que siguiera con vida, o al menos tendríamos pistas sobre un atracador que ahora, además, quizá sea un asesino. Imbécil. —Lo apuntó enfadado con el dedo—. Quiero que interrogue a todas las personas a las que se les haya tomado el nombre en la escena del accidente y averigüe si alguna vio si Carolyn Wells llevaba un sobre marrón antes de caerse en la calle. ¿Entendido?

—Sí, señor.

—Supongo que no debo decirle que no mencione el sobre marrón específicamente. Sólo pregunte si llevaba algo bajo el brazo. ¿De acuerdo?

22

Durmió inquieto y se despertó varias veces durante la noche para encender el televisor y ver el canal local de noticias, Nueva York 1. Invariablemente oía lo mismo: Carolyn Wells, la mujer a la que habían atropellado en Park Avenue y la calle Ochenta y uno, estaba en coma, muy grave.

Si por alguna desgraciada circunstancia se recuperaba, diría que la había empujado Owen Adams, el hombre que había conocido en el crucero.

Nadie podía llegar a él a través de Owen Adams, de eso estaba seguro. El pasaporte británico, como todos los otros que había usado en sus viajes especiales, era falso. No, el peligro auténtico era que Carolyn Wells lo había reconocido el día anterior, a pesar de que no llevaba gafas, bigote ni peluca. Lo que significaba que si se recuperaba, no era imposible que se encontraran por casualidad en Nueva York algún día. Y, cara a cara, volvería a reconocerlo.

Y eso no podía suceder. Por lo tanto, no podía permitir que se recuperara.

No hubo noticias sobre Hilda Johnson en los primeros informativos, lo que significaba que aún no habían encontrado el cuerpo. En las noticias de las nueve anunciaron que habían descubierto a una mujer apuñalada en su apartamento del Upper East Side. Se quedó helado cuando escuchó las siguientes palabras del locutor.

«Como informamos ayer, la víctima del asesinato, Hilda Johnson, había llamado a la policía para denunciar que alguien había empujado deliberadamente a la mujer atropellada ayer por la tarde por una camioneta en Park y la calle Ochenta y uno.»

Frunció el entrecejo y apagó el televisor. A menos que la policía fuera realmente estúpida, investigaría la posibilidad de que Hilda Johnson no fuera víctima de un crimen aislado.

Si relacionaban la muerte de Hilda Johnson con el supuesto accidente de Carolyn Wells, los medios de comunicación se cebarían en el caso. Hasta podrían llegar a descubrir que ella era la que había llamado al programa de Susan Chandler para hablar del anillo con la inscripción «Por siempre mía».

La gente leería sobre el tema y hablaría de ello, pensó. Hasta era posible que ese enano de la tienducha de baratijas de Greenwich Village recordara que, en varias ocasiones, un caballero, cuyo nombre sabía, le había comprado anillos turquesa con esa inscripción.

De joven le habían contado la historia de la mujer que había confesado haber divulgado un chisme y, como penitencia, le dijeron que abriera una almohada de plumas en un día de viento y después juntara todas las plumas desparramadas. Como dijo que era imposible, le respondieron que era tan imposible como encontrar a toda la gente que había oído sus mentiras para rectificar.

Era una historia que, en su momento, le había hecho gracia. Se había imaginado una mujer en particular, a la que detestaba, corriendo de un lado a otro y agachándose para recoger las escurridizas plumas.

Pero ahora veía la historia de la almohada de plumas en un contexto diferente. Había elementos que escapaban del guión tan cuidadosamente planificado.

Carolyn Wells, Hilda Johnson, Susan Chandler. El enano.

Estaba a salvo de Hilda Johnson, pero los demás todavía eran como plumas al viento.

23

Era una de esas doradas mañanas de octubre que a veces siguen a un día especialmente frío. El aire estaba fresco y todo parecía brillar. Donald Richards decidió disfrutar de la mañana e ir a pie desde la calle Ochenta y ocho y Central Park Oeste hasta el estudio de la WOR en la Cuarenta y uno y Broadway.

Esa mañana ya había visitado a un paciente, Greg Crane, un chico de quince años al que habían pillado entrando en casa de un vecino. Cuando la policía lo interrogó, reconoció haber destrozado otras casas de la pretenciosa urbanización Westchester, en Scarsdale, donde vivía.

Es un chico que tiene de todo, pero roba y destroza los bienes ajenos aparentemente sólo por la emoción que le produce hacerlo, pensó Richards mientras caminaba a paso rápido por la acera adyacente al parque. Arrugó la frente ante la idea de que Crane empezaba a tener las características de esas personas que nacen sin conciencia del bien y el mal.

La culpa no parecía de los padres, pensó mientras saludaba distraído a un vecino que hacía *footing*. Al menos todo lo que sabía de ellos y lo que había observado indicaba que eran buenos y cariñosos.

Recordó de nuevo la sesión de la mañana. Algunos chicos que empiezan a mostrar una conducta antisocial durante la adolescencia pueden corregirse, pensó, pero otros no. Lo único que espero es que lo hayamos cogido a tiempo.

Después comenzó a pensar en Susan Chandler. Había sido fiscal en el tribunal de menores; sería interesante conocer su opinión sobre un chico como Crane. En realidad sería interesante conocer su opinión sobre muchas cosas, decidió Richards mientras daba un rodeo por Columbus Circle.

Llegó veinte minutos antes del programa y la recepcionista le dijo que la doctora Chandler estaba en camino, que podía esperarla en la sala verde. En el pasillo se encontró con Jed Geany, el productor.

Geany lo saludó deprisa e iba a seguir andando, pero Richards lo detuvo.

—Me gustaría pedirle una grabación del programa de ayer para mis archivos —dijo—. Si hay que pagarla no hay problema. ¿Es posible también una cinta del de hoy?

Geany se encogió de hombros.

—Por supuesto. En realidad, estaba a punto de hacer una copia del programa de ayer para un hombre que llamó por teléfono. Dijo que la quería para su madre. No se preocupe, también le haré una a usted.

Richards lo acompañó hasta la cabina de sonido.

—Se notaba que el hombre se sentía como un idiota por pedir algo así —continuó Geany—, pero me explicó que su madre nunca se pierde a Susan. —Levantó el sobre que ya tenía preparado y señaló la dirección—. No sé de qué me suena el nombre. Me he devanado los sesos tratando de recordar dónde lo he oído.

Donald Richards no respondió y disimuló su asombro lo mejor que pudo.

—¿Puede hacer dos copias al mismo tiempo?

—Claro.

Mientras veía los carretes girar, Donald Richards se acordó de la visita de Justin Wells. Había sido una sesión de exploración rutinaria, pero el paciente no había vuelto más.

Richards recordó que había llamado a Wells para recomendarle que se pusiera urgentemente en tratamiento, con otro profesional, porque necesitaba ayuda, mucha ayuda.

Después de haber hecho lo que le correspondía, se sintió aliviado. La verdad era que por motivos muy personales prefería no tener contacto con Justin Wells.

24

Cuando Susan entró corriendo al estudio, a las diez menos diez, vio la mirada de desaprobación del productor.

—Lo sé, Jed —dijo apresuradamente—, pero me llamó alguien que estaba en apuros y no podía colgarle.

No explicó que ese «alguien» era su hermana Dee, de regreso en California y agudamente deprimida. «Me siento tan sola. Creo que la semana que viene me iré a hacer un crucero. Me lo regala papá. ¿Te parece buena idea? ¿Quién sabe? A lo mejor conozco a alguien interesante.»

Luego le había preguntado: «A propósito, ¿has tenido noticias de Alex Wright?» En ese momento Susan comprendió el auténtico motivo de la llamada y terminó la conversación lo más rápido que pudo.

—Tú eres la que vas a tener problemas si no llegas a tiempo, Susan —dijo Geany—. A mí no me culpes. Yo sólo trabajo aquí.

Ella notó la mirada comprensiva de Don Richards.

—Podrías haber empezado el programa con el doctor Richards —dijo—. Ayer le comenté que poseía un talento innato.

Durante la primera parte del programa hablaron sobre cómo podían protegerse las mujeres para no ponerse en situaciones potencialmente peligrosas.

—Verá —explicó Richards—, la mayoría de las mujeres saben que si dejan el coche en un aparcamiento oscuro, sin vigilancia, apartado de todo, se arriesgan a tener problemas. Por otro lado, esas mismas mujeres pueden ser muy descuidadas en su propia casa. En estos tiempos, si no se cierra la puerta con llave, por muy seguro que parezca el barrio hay posibilidades de ser víctima de un robo o algo aún peor.

»Los tiempos han cambiado —continuó—. Recuerdo que mi abuela nunca cerraba con llave, y si lo hacía dejaba una nota que decía «la llave está en la ventana». Esa época, desgraciadamente, ha acabado.

Tiene un estilo agradable, pensó Susan mientras observaba el tono amistoso. No es paternalista.

—No bromeaba —le dijo Susan durante la siguiente pausa comercial—. Si no quiero perder mi trabajo tendré que ir con cuidado. Eres muy bueno en la radio.

—Me gusta —reconoció él—. Supongo que es el actor que llevo dentro de mí. Aunque reconozco que cuando termine de promocionar el libro estaré muy contento de volver a mi mundo rutinario.

—Apuesto a que no es tan rutinario. ¿No viajas mucho?

—Bastante. Me llaman de muchos países para declarar como perito.

—Diez segundos, Susan —anunció el jefe de producción desde la cabina.

Era el momento de las llamadas de los oyentes.

La primera fue una pregunta sobre el programa del día anterior.

—¿Asistió Karen a la cita con usted, doctora Susan?

—No, no se presentó —dijo ella—, pero si ahora nos está oyendo le pediría que se pusiera en contacto conmigo, aunque sea por teléfono.

Al doctor Richards le hicieron varias preguntas. Un hombre lo había oído testificar en un juicio y se había quedado impresionado.

—Doctor, parecía usted saber de lo que estaba hablando.

Richards miró a Susan y levantó las cejas.

—Eso espero.

La siguiente llamada impresionó a la doctora Chandler.

—Doctor Richards, ¿escribió usted el libro sobre mujeres desaparecidas por el caso de su propia esposa?

—Doctor, no tiene por qué contestar esa pregunta... —Susan miró a Richards, esperando una seña de su invitado para cortar la comunicación.

Pero Douglas meneó la cabeza.

—Mi mujer no desapareció, al menos en el sentido que estamos hablando aquí. Murió en un accidente delante de testigos. Nunca se pudo recuperar el cuerpo, pero su muerte no tiene que ver con mi libro.

Hablaba con tono mesurado, pero Susan vio una intensa emoción en su cara. Se dio cuenta de que él no quería que ella comentara ni la pregunta ni la respuesta, pero al punto pensó que tenía que haber una relación entre la muerte de su mujer y el tema del libro.

Miró el monitor.

—La siguiente llamada es de Tiffany, de Yonkers. Adelante, Tiffany.

—Doctora Susan, me encanta su programa —empezó la chica. Tenía una voz joven y animada.

—Gracias, Tiffany. ¿En qué podemos ayudarla?

—Bueno, ayer escuché su programa. ¿Recuerda que llamó una mujer, Karen, para contar que un hombre le había regalado un anillo de turquesas con la inscripción «Por siempre mía»?

—Sí, lo recuerdo. ¿Sabe algo de ese hombre?

Tiffany rió.

—Doctora Susan, si Karen está escuchando, me gustaría decirle que hizo muy bien en no salir con ese individuo porque debía de ser un tacaño. El año pasado, un día fui a pasear con mi novio por Greenwich Village y me compró un anillo igual. Tenía buena pinta, pero sólo costaba diez dólares.

—¿En qué lugar de Greenwich Village lo compraron?

—Vaya, no me acuerdo. En una de esas tiendas de tres al cuarto que venden estatuas de la Libertad de plástico y elefantes de latón. Ya sabe, una de esas tiendas de *souvenirs*.

—Tiffany, si recuerda dónde está la tienda, o lo sabe algún otro oyente, espero su llamada —pidió Susan—. Díganme en qué otros lugares se pueden comprar anillos como ése.

—El hombre que regenta la tienda, un sujeto bajito, nos dijo que él mismo hacía los anillos. ¿Sabe qué? Como he roto con mi novio, le mandaré el anillo por correo.

—Anuncios —le avisó Jed a Susan por los auriculares.

—Muchas gracias, Tiffany —dijo Susan—. Ahora, una pequeña pausa.

En cuanto acabó el programa, Donald Richards se puso de pie.

—Muchas gracias, Susan. Perdona que me vaya pero me espera un paciente. —Dudó y añadió—: Me gustaría cenar contigo un día de éstos. No tienes que contestar ahora. Te llamaré a la consulta.

Cuando se marchó, Susan se sentó un momento a recoger sus notas y pensar en la última llamada. ¿Era posible que el anillo que Jane Clausen había encontrado entre las pertenencias de Regina hubiera sido comprado en la ciudad? Si así era, ¿significaba que el hombre responsable de su desaparición era de Nueva York?

Absorta en sus pensamientos, entró en la cabina de control. Geany estaba poniendo una cinta en un sobre.

—Richards se ha marchado deprisa —dijo—. Supongo que se habrá olvidado de que me pidió cintas con la grabación de los programas. En fin —se encogió de hombros—, se las mandaré junto con ésta. —Señaló el sobre dirigido a Justin Wells—. Llamó ayer para pedir una grabación del programa. Dijo que su madre se lo había perdido.

—Qué halagador —comentó Susan—. Hasta mañana.

En el taxi, camino a la consulta, abrió el periódico. En la página tres del *Post* había una foto de Carolyn Wells, la decoradora de interiores herida en el accidente del día anterior en Park Avenue. Susan leyó el artículo con interés. Se trataba del caso del que había oído en las noticias de la mañana, el de la anciana que afirmaba haber visto a alguien empujar a Carolyn Wells. Al final de la columna, leyó: «el marido, el famoso arquitecto Justin Wells...».

Al cabo de un instante llamaba por el teléfono móvil a la emisora. Pilló a Jed Geany justo en el momento en que salía a almorzar.

Cuando el taxi llegó a la consulta, Susan ya había arreglado con Jed que le enviara por un mensajero el paquete dirigido a Justin Wells.

Repasó su jornada mentalmente. Durante toda la tarde tenía entrevistas. Pero al final llevaría la cinta personalmente al hospital Lennox Hill, donde, según esa recepcionista tan conversadora, Justin Wells montaba guardia junto a la cama de su mujer.

Es posible que no desee hablar conmigo, pensó mientras pagaba la carrera del taxi, pero es innegable que el motivo por el que quiere la grabación del programa no es justamente que su madre se lo haya perdido.

25

Jane Clausen no estaba muy segura de poder asistir a la reunión del Fideicomiso de la Familia Clausen. Había tenido una noche difícil, con muchos dolores, y deseaba pasar el día descansando tranquilamente en casa.

Sólo la inquietante certeza de que se le acababa el tiempo le dio las fuerzas necesarias para levantarse a la hora de siempre, las siete de la mañana, ducharse, vestirse y tomar el desayuno liviano que Vera, la vieja ama de llaves, le había preparado.

Mientras tomaba café, cogió el *New York Times*, empezó a leer la primera página y volvió a dejarlo. Sencillamente no podía concentrarse en los acontecimientos que aparentemente atraían la atención del resto del mundo. Su mundo personal empezaba a estrecharse hasta casi desvanecerse, y lo sabía.

Recordó la tarde anterior. La desilusión porque Karen no se hubiera presentado en la consulta de la doctora Chandler era cada vez mayor. Se dio cuenta de que tenía muchas preguntas para hacer a esa mujer: «¿Cómo era ese hombre? ¿Tuvo usted sensación de peligro?»

La idea se le había ocurrido en medio de la noche. Regina era una persona muy intuitiva. Evidentemente, si había conocido a un hombre que le gustaba lo suficiente como para cambiar el itinerario, debió de parecerle intachable.

Intachable. Y ahora esa palabra empezaba a fastidiarla porque le provocaba dudas sobre Douglas.

Douglas Layton, miembro de una familia ilustre, llevaba un apellido que garantizaba su origen. Le había hablado con cariño de sus primos de Filadelfia, hijos de contemporáneos de ella ya fallecidos. Jane Clausen conocía a esos Layton de Filadelfia desde que eran jóvenes. Aunque con el paso de los años había perdido el contacto, los recordaba muy bien. Pero Doug había confundido varias veces sus nombres al mencionarlos. La señora Clausen se preguntaba hasta qué punto tenía una relación cercana con ellos.

Los antecedentes académicos de Doug eran excelentes. No había dudas de que era muy inteligente. Hubert March, que estaba preparándolo para que fuera su sucesor, lo había propuesto para la junta directiva de la fundación.

¿Qué me preocupa?, se preguntó Jane Clausen mientras aceptaba el café que le ofrecía Vera.

Decidió que era lo sucedido el día anterior, el hecho de que Douglas Layton tuviera un compromiso que le impidiera quedarse con ella en la consulta de la doctora Chandler.

Anoche, cuando llamó, le hice saber que estaba disgustada, pensó Jane Clausen, que se daba cuenta de que el episodio aún no había concluido. Pensó en lo que había debajo de la superficie. Douglas Layton era consciente de que tenía mucho que perder si se marchaba de la consulta de la doctora con una excusa falsa.

Y era evidente que era falsa. Jane Clausen estaba segura de que la supuesta cita era una excusa. Pero ¿por qué?

En la reunión de la junta directiva de esa mañana se decidirían un número importante de subvenciones y era muy difícil aceptar las sugerencias de alguien de quien se empezaba a dudar, pensó. Si Regina estuviera aquí, lo discutiríamos. «Nosotras somos la prueba de que dos cabezas es mejor que una, ¿no te parece, madre? —solía decir—. Las dos formamos un buen equipo para resolver problemas.»

Susan Chandler. Jane pensó en lo bien que le había caído la joven psicóloga. Es inteligente y bondadosa, se dijo mientras recordaba la expresión compasiva de sus ojos. Se dio cuenta de lo desilusionada y dolorida que estaba ayer. Tomarme un té con ella fue un alivio. Nunca he tenido mucha necesidad de ir corriendo a un terapeuta, pero ella se comportó enseguida como una amiga.

Se puso de pie. Era hora de asistir a la reunión. Quería tener tiempo para estudiar todas las solicitudes de subvenciones. Decidió que esa tarde llamaría a la doctora Chandler y le pediría una cita.

Sé que Regina habría estado de acuerdo, pensó mientras sonreía.

26

Debo volver a los mares...

La cadencia de las palabras era como un golpeteo rítmico en su cabeza. Se imaginaba en el muelle, enseñando el billete a un amable miembro de la tripulación para cruzar la pasarela mientras lo recibían con un «¡Bienvenido a bordo, señor!» y lo acompañaban hasta su camarote.

Sólo viajaba en las mejores plazas, primera clase con cubierta privada. Las suites de lujo no servían, eran demasiado llamativas. Sólo le interesaba dar la impresión de un gusto impecable, fortuna, el tipo de reserva que sólo da la alcurnia.

Por supuesto que le resultaba fácil. Tras rechazar con amabilidad las primeras muestras de curiosidad, los compañeros de viaje respetaban su intimidad, quizás incluso admiraban su discreción, y se volcaban hacia sujetos más interesantes.

Una vez establecida su presencia, tenía absoluta libertad para merodear y escoger a su presa.

Había hecho el primer viaje de ese tipo hacía cuatro años. Ahora ya casi había llegado al final del trayecto. Sólo le faltaba uno; había llegado la hora de encontrar a la víctima. Había varios barcos apropiados que zarpaban hacia el lugar donde debía morir la última dama solitaria. Ya había decidido qué identidad asumiría: la de un rentista criado en Bélgica, hijo de madre americana y de diplomático inglés. Tenía una peluca nueva de pelo entrecano, parte de un disfraz tan perfecto que de alguna forma creaba la ilusión óptica que alteraba la forma de su cara.

Estaba impaciente por empezar a vivir su nuevo papel, por encontrar a esa mujer, por dejar que su destino se uniera al de Regina, cuyo cuerpo, ayudado por el lastre de unas piedras, yacía en las turbulentas aguas de la bahía de Kowloon; por dejar que su historia se confundiera con la de Verónica, cuyos huesos se descomponían en el Valle de los Reyes; con Constance, la sustituta de Carolyn, en Argelia; con Monica en Londres... con todas sus hermanas de muerte.

Debo volver a los mares, pensó. Pero antes tenía que resolver algunas cosas. Esa mañana, mientras oía de nuevo el programa de la doctora Susan, había decidido eliminar de inmediato una de las plumas al viento.

27

Hacía cincuenta años que Abdul Parki, por entonces un muchacho delgado y tímido de quince años, había llegado a Estados Unidos procedente de Nueva Delhi para trabajar con su tío. El trabajo consistía en barrer el suelo y bruñir las chucherías de latón que abarrotaban las estanterías de la diminuta tienda de *souvenirs* de su tío en la calle MacDougal, de Greenwich Village. Ahora Abdul era el propietario, pero pocas cosas habían cambiado. El comercio parecía detenido en el tiempo. Hasta el rótulo que anunciaba ARTESANÍAS KHYEM era una réplica exacta del que tenía su tío.

Abdul seguía siendo delgado y, aunque por pura necesidad había superado su timidez, era reservado por naturaleza y distante con sus clientes.

Sólo hablaba con los que valoraban el talento y el esfuerzo necesarios para confeccionar la pequeña colección de anillos y brazaletes que él mismo hacía a mano. Abdul, por supuesto, nunca había preguntado nada, pero muchas veces había sentido curiosidad por el hombre que en tres ocasiones había comprado anillos de turquesas con la inscripción «Por siempre mía».

A él, que había estado casado con su difunta esposa durante cuarenta y cinco años, le hacía gracia que ese cliente cambiara de novia tan a menudo. La última vez que había estado en la tienda se le había caído una tarjeta de la cartera. Abdul se apresuró a recogerla, le echó un vistazo, se disculpó por su descaro y se la devolvió. Al ver la expresión de disgusto del cliente, volvió a disculparse llamándolo por su nombre. Inmediatamente se dio cuenta de que había cometido un segundo error.

No quería que supiera quién es; y ahora no volverá, pensó. Y confirmó sus temores el hecho de que hiciera un año que no aparecía.

Tal como siempre había hecho su tío, Abdul cerraba la tienda a la una en punto y salía a almorzar. Ese día, martes al mediodía, estaba a punto de colgar en la puerta el cartel de CERRADO. VUELVO A LAS 14 HORAS cuando de pronto entró el misterioso cliente y lo saludó amablemente.

Abdul le dedicó una amplia sonrisa.

—Me alegro de verlo, señor. Hace tiempo que no venía por aquí.

—Yo también me alegro, Abdul. Pensaba que ya no se acordaría de mí.

—Cómo no me voy a acordar. —Abdul evitó llamarlo por su nombre para no repetir el mismo error.

—Apuesto a que no recuerda mi nombre —le dijo con tono amistoso.

A lo mejor me equivoqué. Después de todo no parece enfadado conmigo, pensó Abdul.

—Claro que sí —respondió con una sonrisa, y se lo demostró.

—Perfecto —se alegró el cliente—. ¿Sabe lo que necesito? Otro anillo. Ya sabe a cuál me refiero. Espero que tenga alguno hecho.

—Creo que tengo tres, señor.

—Muy bien, me llevaré los tres. Vaya, quería irse a almorzar y yo lo estoy entreteniendo. Páseme el cartel que lo colgaré antes de que aparezca otro cliente. De lo contrario no podrá ir a comer. Supongo que es usted un hombre de costumbres.

Abdul volvió a sonreír, complacido por la consideración de un cliente tan amable. Le tendió el cartel y lo observó echar llave a la puerta. En aquel momento notó que, aunque era un día soleado y cálido, su cliente llevaba guantes.

Los artículos hechos a mano estaban en la vitrina que había junto a la caja registradora. Abdul se acercó al mostrador y sacó una bandeja.

—Aquí hay dos, señor. El otro está al fondo, en mi mesa de trabajo. Voy a buscarlo.

Con pasos rápidos entró en un pequeño almacén separado por una cortina, donde tenía una mezcla de taller y oficina. El tercer anillo estaba en una caja. Había terminado de grabarlo el día anterior. Tres chicas a la vez, pensó con una sonrisa. Este hombre no para. Hizo girar el anillo en la mano y de pronto se asombró de que el cliente lo hubiese seguido hasta allí.

—¿Ha encontrado el anillo?

—Aquí está, señor. —Abdul se lo enseñó, sin entender por qué de golpe se sentía nervioso.

Cuando vio el destello de la navaja lo entendió. Tenía razón en sentir miedo, pensó mientras un dolor agudo lo traspasaba y caía al suelo.

28

A las tres menos diez, cuando se marchaba su paciente de las dos, Susan Chandler recibió una llamada de Jane Clausen. Percibió la tensión que asomaba bajo la voz serena y educada que le pedía una cita.

—Me refiero a una visita profesional —dijo la señora Clausen—. Necesito hablar de algunos problemas que tengo y me parece que me sentiré muy cómoda con usted.

Antes de que Susan respondiera, Jane Clausen continuó:

—Creo que es importante que la vea lo antes posible. Hoy mismo, si le va bien.

Susan no tuvo que consultar la agenda para responder. Tenía pacientes a las tres y las cuatro. Después pensaba ir al hospital Lenox Hill. Era evidente que esto último tendría que esperar.

—Estoy libre a las cinco, señora Clausen.

En cuanto colgó, Susan llamó al hospital Lenox Hill. Le explicó a la operadora que buscaba al marido de una mujer que estaba en cuidados intensivos.

—Le pasaré con la sala de espera de la UCI —le dijo la telefonista.

Atendió una mujer y Susan preguntó por Justin Wells.

—¿Quién lo llama?

Susan comprendió la vacilación de la mujer. Los periodistas debían de estar persiguiéndolo.

—La doctora Susan Chandler. El señor Wells pidió una cinta de un programa de radio que emití ayer y, si va a estar en el hospital a las seis y media, me gustaría llevársela personalmente.

Por el ruido amortiguado que oyó, Susan se dio cuenta de que la mujer había tapado el micrófono con la mano. Aun así, escuchó la pregunta: «¿Justin, has pedido una cinta con la grabación del programa de ayer de la doctora Susan Chandler?», y la respuesta: «Qué ridículo, Pamela, ha de ser una broma de mal gusto».

—Doctora Chandler, me temo que ha habido un error.

Susan, antes de que le colgaran, se apresuró a añadir:

—Lo siento. El jefe de producción del programa me pasó el recado. Lamento molestar al señor Wells en un momento como éste. ¿Cómo está la señora Wells?

Hubo una pausa breve.

—Rece por ella, doctora.

Cortaron y al cabo de un instante oyó una voz digital que decía: «Si desea hacer una llamada, cuelgue e inténtelo de nuevo.»

Susan se quedó sentada durante buen rato mirando el teléfono. ¿Era realmente una broma el pedido de la cinta? ¿Con qué objeto? ¿O acaso Justin Wells había hecho la llamada pero ahora lo negaba a la persona que había llamado Pamela? ¿Por qué?

Eran preguntas que tendrían que esperar porque Janet ya le anunciaba la llegada de su paciente de las tres.

29

Doug Layton estaba al otro lado de la puerta entreabierta del pequeño despacho que Jane Clausen tenía en la Fundación de la Familia Clausen, en el edificio Chrysler. Ni siquiera tenía que esforzarse para oír lo que le decía por teléfono a la doctora Chandler.

Empezó a sudar. Estaba bastante seguro de que *él* era el problema del que quería hablar con la doctora.

Sabía que había estropeado la reunión de esa mañana. La señora Clausen había llegado temprano y él le llevó un café con la intención de aplacar la irritación que aún pudiera sentir. Douglas solía tomar un café con ella antes de las reuniones de la fundación para hablar de las distintas subvenciones que se solicitaban.

Pero esa mañana, cuando él llegó, ella ya tenía la agenda abierta sobre el escritorio y lo miró con ojos fríos. «No quiero café —le dijo—. Ve a la reunión. Nos veremos en la sala de juntas.»

Ni siquiera un rutinario «gracias, Doug».

Había un expediente que a Jane Clausen le interesaba especialmente, porque lo había llevado a la reunión y había hecho varias preguntas difíciles sobre el proyecto. Se trataba de una carpeta que contenía información sobre el dinero destinado a una institución para niños huérfanos de Guatemala.

Tenía todo bajo control, pensó Doug enfadado, y metí la pata. Con la esperanza de evitar cualquier discusión, había dicho: «Ese orfanato era especialmente importante para Regina, señora Clausen. Me lo dijo una vez.»

Doug sintió un escalofrío al recordar la mirada gélida que Jane Clausen le había dirigido. Y, para cubrirse las espaldas, se apresuró a añadir: «Quiero decir que usted dijo en una de las primeras reuniones que era muy importante para ella, señora Clausen.»

Hubert March, el presidente, estaba medio dormido, como siempre, pero Doug vio la cara de los otros consejeros que lo calibraron mientras Jane Clausen decía con frialdad: «Jamás he dicho tal cosa.»

Y ahora le pedía una visita a la doctora Chandler. Al oír que colgaba, Layton llamó a la puerta con suavidad y esperó la respuesta de la señora Clausen, que tardó en responder. Estaba a punto de volver a llamar cuando oyó un gemido débil y entró precipitadamente.

Jane Clausen estaba apoyada contra el respaldo de la silla con la cara contraída de dolor. Lo miró, sacudió la cabeza y señaló la puerta. Douglas sabía lo que significaba: «Sal de aquí y cierra la puerta.» Obedeció en silencio. No cabía duda de que su estado empeoraba. Se estaba muriendo.

Fue a la recepcionista.

—A la señora Clausen le duele un poco la cabeza —le dijo—. No le pase llamadas, así podrá descansar un poco.

Volvió a su despacho y se sentó al escritorio. Al ver que tenía las palmas húmedas sacó un pañuelo del bolsillo para secárselas, se levantó y se dirigió al lavabo.

Se lavó la cara con agua fría, se peinó, se arregló la corbata y se miró en el espejo. Siempre se había sentido agradecido de que su aspecto físico —cabello rubio oscuro, ojos grises y nariz aristocrática— fuera el resultado del código genético Layton. Su madre todavía era vagamente guapa, pero al pensar en sus abuelos maternos, regordetes y con rasgos anodinos, hizo una mueca.

Ahora, con su traje Paul Stuart y corbata granate y azul, estaba en el papel perfecto de leal asesor que manejaría los asuntos de «la difunta» Jane Clausen de la forma que ella esperaba. Era indudable que, a su muerte, Hubert March le daría la dirección del fideicomiso.

Todo había salido muy bien hasta ese momento. No podía permitir que Jane Clausen, en sus últimos días, interfiriera en su plan magistral.

30

En Yonkers, Tiffany Smith, una chica de veinticinco años, aún estaba impresionada por haber hablado con la doctora Susan Chandler en vivo, en pleno programa. En su trabajo de camarera nocturna del restaurante italiano Grotto era famosa por no olvidar nunca la cara de un cliente ni lo que había comido el día anterior.

Los nombres, sin embargo, no eran lo suyo, por eso nunca se molestaba en recordarlos. Era más fácil llamar a todo el mundo «majo» o «guapa».

Desde que su compañera de casa se había casado, Tiffany vivía sola en un pequeño apartamento del primer piso en un edificio de dos plantas. Dormía hasta casi las diez y escuchaba el programa de la doctora Susan desde la cama, mientras tomaba la primera taza de café.

Tal como ella decía: «Cuando una está entre novios, es un consuelo saber que muchas mujeres tienen problemas con su pareja.» Tiffany, una rubia cardada, esquelética y de ojos pequeños y astutos, tenía una sardónica visión de la vida, atractiva para alguna gente y repelente para otra.

El día anterior, al oír a la supuesta Karen hablar con la doctora Susan sobre el anillo de turquesas que le había regalado un tipo en un crucero, pensó en Matt Bauer, el chico que le había regalado uno similar. Cuando rompieron, intentó creer que la frase que tenía grabada, «Por siempre mía», era estúpida y sensiblera, pero no lo pensaba de verdad.

La llamada a la doctora Susan de esa mañana había sido un impulso, y se arrepintió casi enseguida de decir que Matt era un tacaño porque el anillo hubiera costado sólo diez dólares. En realidad era bonito, y reconoció que había hecho el comentario porque Matt la había dejado.

A medida que pasaba el día, Tiffany se acordó varias veces de la tarde del año anterior que había pasado con Matt en Greenwich Village. A las cuatro, mientras se cardaba el pelo y se maquillaba para ir a trabajar, se dio cuenta de que no lograría recordar el nombre de la tienda donde habían comprado el anillo.

—Veamos —dijo en voz alta—. Fuimos al Village a tomar un *sushi*, después entramos a ver esa película tan tonta que a Matt le pareció tan buena y que yo fingí que me gustaba. No hablaban ni una palabra en inglés, se limitaban a parlotear en un idioma incomprensible. Después dimos una vuelta, pasamos por esa tienda de *souvenirs* y yo propuse que entráramos. Allí Matt me compró el anillo.

Pero todo eso pasó en la época en que Matt se comportaba como si yo le gustara, pensó Tiffany. Tratábamos de decidir entre un mono de latón y un Taj Mahal en miniatura. El dueño no nos metía prisa. Estaba detrás del mostrador de cristal, junto a la caja registradora, cuando entró aquel tipo tan elegante.

Tiffany lo vio enseguida, nada más volverse, mientras Matt, que había cogido un objeto, leía la etiqueta que explicaba por qué era tan especial. El hombre no pareció darse cuenta de la presencia de ellos en la tienda, porque estaban detrás de un biombo con camellos y pirámides pintados. Ella no llegó a oír lo que pedía, pero vio que el dueño sacaba algo de la vitrina de al lado de la caja registradora.

El cliente era guapísimo, recordó Tiffany. Se imaginó que era el tipo de individuo que alternaba con la gente que salía en las revistas. No como los gilipollas del Grotto. Se acordó de la cara de asombro que puso el hombre cuando se dio la vuelta y la vio. Cuando el hombre se marchó, el dueño de la tienda les dijo: «El caballero ha comprado varios de estos anillos para sus amigas. ¿Quieren ver uno?»

Era bonito. Tiffany sabía que Matt podía ver en el visor de la caja que costaba sólo diez dólares, así que no le importó decirle que le gustaba.

En aquel momento el tendero nos mostró la inscripción, recordó. Matt se ruborizó y pensé que a lo mejor era una señal de que esta vez había dado con un chico que me duraría.

Tiffany se pintó las cejas y cogió el rímel. Pero rompimos, pensó con tristeza.

Miró con nostalgia el anillo de turquesas que guardaba en la cajita de marfil que su abuelo le había regalado a su abuela en el viaje de bodas a las cataratas del Niágara. Lo sacó y lo examinó. No se lo voy a mandar a la doctora Susan, decidió. ¿Quién sabe? A lo mejor Matt me llama algún día. Quizá todavía no tenga novia fija.

Pero le prometí a la doctora que se lo mandaría, recordó. ¿Qué hago? Pero lo que en realidad le interesaba a la doctora Susan era dónde estaba la tienda. Así que en lugar de mandarle el anillo, puedo explicarle dónde estaba. Recuerdo que había un *sex shop* enfrente y estoy casi segura de que estaba a pocas manzanas de una estación de metro. Es una mujer lista. Con esta información encontrará la tienda.

Aliviada por haber tomado la decisión acertada, se puso los pendientes azules, se sentó y le escribió una nota a la doctora en la que le explicaba todo lo que recordaba sobre la ubicación de la tienda y por qué se guardaba el anillo. Firmó con un: «Su sincera admiradora, Tiffany.»

Se le hacía tarde, como siempre, y no tuvo tiempo de echar la carta en el buzón.

Esa misma noche, mientras unos clientes quisquillosos del Grotto le devolvían cuatro lasañas para que volviera a calentarlas, recordó que no la había mandado. Ojalá se quemen, pensó. Sólo saben usar la lengua para quejarse.

Pensar en la lengua de los clientes le dio la idea. En lugar de mandar la carta, llamaría a la doctora Susan al día siguiente. Cuando estuviera en el aire, explicaría que quería disculparse por el comentario burlón que había hecho sobre el anillo, que había dicho que era una baratija sólo porque echaba mucho de menos a Matt. Era un chico muy agradable. ¿No podía decirle la doctora Susan qué hacer para volver a salir con él? Hacía un año que Matt no contestaba sus llamadas, pero ella estaba casi segura de que no tenía novia.

Tiffany observó con satisfacción que uno de los clientes mordió un trozo de lasaña e inmediatamente bebió agua. Así la doctora me dará consejo gratis, o a lo mejor la madre o las amigas de la madre de Matt escuchan el programa y al oír su nombre se lo dicen y él se siente halagado y me llama. Total, no tengo nada que perder, concluyó mientras se dirigía a atender a unos clientes que acababan de sentarse, gente cuyos nombres ignoraba pero que recordaba porque siempre le dejaban una propina inmunda.

31

Alex Wright vivía desde niño en la misma casa de piedra rojiza de tres pisos de la calle 78 Este. Seguía amueblada como la había dejado su madre: con mesas, aparadores y estanterías victorianos, pesados y oscuros, sillones rígidos y sillas tapizadas de brocado, alfombras persas antiguas, objetos de arte... Los visitantes se quedaban asombrados ante la belleza clásica de esa mansión de finales de siglo.

Hasta el tercer piso, que había sido diseñado como zona de juegos para el pequeño Alex, seguía igual. Algunos detalles de la mansión eran tan característicos que en las revistas de arquitectura se hacía asidua referencia a ellos.

Alex decía que no había renovado la casa por una sola razón: en algún momento pensaba casarse, y cuando eso sucediera dejaría todos los cambios en manos de su esposa.

—Pero supón que le gustan los diseños supermodernos —bromeó un amigo en una ocasión—, o que quiere algo retro y psicodélico.

—Imposible —había sonreído Alex—. Jamás llegaría al nivel de prometida.

Vivía con relativa sencillez, nunca le había gustado tener mucho servicio en la casa, quizá porque tanto su padre como su madre eran famosos por su severidad con el personal. La constante rotación de sirvientes, así como los cuchicheos contra sus padres que a veces oía por casualidad, lo habían perturbado mucho de niño.

Ahora sólo tenía a Jim, el chófer, y a Marguerite, una ama de llaves maravillosa, callada y eficiente, que llegaba a la casa a las ocho y media en punto cada mañana, a tiempo para prepararle el desayuno. También le preparaba la cena cuando Alex se quedaba en casa, nunca más de dos veces por semana.

Soltero, apuesto y con el atractivo de la fortuna Wright a sus espaldas, siempre era bien recibido en los círculos sociales más exclusivos. Sin embargo no se prodigaba especialmente; aunque le gustaban las cenas íntimas e interesantes, aborrecía la publicidad personal y siempre evitaba los grandes acontecimientos sociales.

El martes pasó la mañana en su despacho de la sede central de la fundación y por la tarde jugó un partido de squash con amigos en el club. Como no estaba seguro de los planes para la noche, le dio instrucciones a Marguerite de que preparara lo que él llamaba una «cena de urgencia».

Así pues, cuando llegó a su casa a las seis y media, lo primero que hizo fue examinar la nevera. Había un cazo con la excelente sopa de pollo de Marguerite, listo para el microondas, ensalada y pollo frío para bocadillos.

Alex le dio el visto bueno, se acercó al bar de la biblioteca, escogió una botella de burdeos y se sirvió una copa. En el momento que daba el primer trago sonó el teléfono.

Como el contestador automático estaba encendido, decidió filtrar las llamadas. Levantó las cejas cuando oyó la voz grave y agradable de Dee Chandler Harriman que se presentaba.

«Alex —titubeó—, espero que no te moleste, pero le he pedido el número de tu casa a mi padre. Quería agradecerte tu amabilidad el otro día en la fiesta de mi padre y Binky. Últimamente he estado muy deprimida y, aunque no lo sabes, me has ayudado mucho con tu gentileza. La semana próxima intentaré dejar atrás esta crisis con un crucero. En fin, sólo quería darte las gracias. Mi número de teléfono es el 310 555 63 47.»

Supongo que no sabe que he invitado a su hermana a cenar, pensó Alex. Dee es muy guapa pero Susan es más interesante. Bebió otro trago de vino y cerró los ojos.

Sí, Susan Chandler era muy interesante. De hecho la había tenido todo el día en la cabeza.

32

Jane Clausen llamó a Susan poco antes de las cuatro para decirle que no podía acudir a la cita.

—Me temo que debo descansar —se disculpó.

—No tiene usted muy buena voz, señora Clausen —le dijo Susan—. Tendría que ver al médico.

—No, una hora de siesta obra maravillas. Sólo lamento no poder hablar con usted hoy.

Susan le preguntó si quería pasar más tarde.

—Me quedaré en la consulta un buen rato. Tengo que ponerme al día con un montón de papeleo.

A las seis de la tarde, cuando Jane Clausen llegó, Susan aún estaba en la consulta. La palidez de la mujer confirmaba las sospechas de que estaba gravemente enferma. Susan pensó que lo mejor que podía pasarle era saber la verdad sobre la desaparición de Regina.

—Doctora Chandler —empezó la señora Clausen con cierta vacilación.

—Llámeme Susan, por favor. Doctora Chandler es demasiado formal —le dijo con una sonrisa.

Jane Clausen asintió.

—Cuesta romper viejos hábitos. Mi madre siempre llamó a nuestra vecina, que era íntima amiga suya, señora Crabtree. Creo que heredé buena parte de su reserva, y quizá Regina también. Era bastante reticente en términos sociales. —Bajó la vista y luego miró a Susan a los ojos—. Ayer conoció a Douglas Layton, mi abogado. ¿Qué le pareció?

La pregunta sorprendió a Susan. Se supone que la que hace aquí las preguntas soy yo, pensó con ironía.

—Parecía nervioso —respondió sin tapujos. Había decidido ser directa.

—¿Y le sorprendió que no se quedara conmigo?

—Sí.

—¿Por qué?

Susan no tuvo que pensar la respuesta.

—Porque cabía la posibilidad de que estuviera a punto de conocer a una mujer que podía arrojar luz sobre la desaparición de su hija... o incluso describir al hombre que quizá tuviera algo que ver con esa desaparición. Podía ser un momento muy importante para usted. Esperaba que se quedara a apoyarla.

Jane Clausen asintió.

—Exactamente, Susan. Douglas Layton siempre me ha dicho que no llegó a conocer a mi hija. Pero, por algo que ha dicho esta mañana, creo que sí la conoció.

—¿Y por qué iba a mentirle? —preguntó Susan.

—No lo sé. Hoy he hecho ciertas indagaciones. Los Layton de Filadelfia son efectivamente sus primos segundos, pero dicen que apenas se acuerdan de él. Él, por su parte, me ha hablado largo y tendido de ellos. Resulta que su padre, Ambrose Layton, era un inútil que acabó con la herencia en unos pocos años y luego desapareció. —Jane Clausen hablaba despacio, concentrada—. Douglas, por mérito propio, consiguió becas para la Universidad de Stanford y después para la facultad de derecho de Columbia. Es obvio que se trata de un hombre muy inteligente. En su primer trabajo, en Kane y Ross, tenía que viajar mucho, posee gran talento para los idiomas, que es una de las razones que le permitieron ascender rápidamente cuando empezó en el bufete de Hubert March. Ahora está en la junta directiva de nuestra fundación.

Intenta ser justa, pensó Susan, pero no está sólo preocupada... creo que tiene miedo.

—La cuestión, Susan, es que Douglas me hizo creer que tenía mucho contacto con sus primos. Pensándolo bien, me lo dijo después de que yo le comentara que hacía mucho que no sabía nada de ellos. Hoy, cuando hablaba con usted, me di cuenta de que me escuchaba a escondidas. La puerta estaba entreabierta y vi su imagen reflejada en el cristal de la vitrina. Me asusté. ¿Por qué haría algo así? ¿Por qué razón merodeaba por mi despacho?

—¿Se lo ha preguntado?

—No. Tuve un ligero mareo y no me sentía con fuerzas de enfrentarme a él. No quiero que se ponga en guardia. Voy a ordenar que se haga una auditoría a una subvención de la que hablamos en la reunión de hoy, un orfanato de Guatemala. Doug tiene que ir allí la semana que viene y presentar un informe en la próxima reunión de la junta directiva. Hice preguntas sobre las sumas que estábamos dando, y él farfulló que Regina le había dicho que era una de sus obras benéficas favoritas. Lo dijo como si ambos lo hubieran discutido con detalle.

—Sin embargo, afirma que no la conoció.

—Sí. Susan, necesitaba hablar de esto con usted porque de pronto se me ocurrió una posible razón para que Douglas Layton se marchara ayer de esta oficina.

Susan sabía lo que iba a decirle: que Douglas Layton tenía miedo de encontrarse cara a cara con Karen.

La señora Clausen se marchó al cabo de unos minutos.

—Creo que mañana a primera hora mi médico querrá que ingrese unos días en el hospital —le dijo en el momento de salir—, pero antes quería explicarle todo esto. Sé que hace tiempo trabajó en la fiscalía. A decir verdad, no sé si he venido a pedir orientación a una psicóloga o a preguntarle a una antigua funcionaria judicial cómo proceder para abrir una investigación.

33

El doctor Donald Richards salió del estudio en cuanto acabó el programa y, con retraso, se dio cuenta de que seguramente Rena le había preparado comida.

Buscó una cabina y llamó por teléfono.

—Olvidé decirle que tengo que hacer un recado —se disculpó.

—¿Doctor, por qué siempre que le preparo algo caliente me dice lo mismo?

—Ése era el tipo de pregunta que siempre me hacía mi mujer. ¿No puede dejarlo en el horno o algo así? Tardaré una hora.

Sonrió para sí y se dio cuenta de por qué tenía la vista cansada. Se quitó las gafas de leer y se las guardó en el bolsillo.

Cuando el doctor llegó a su consulta, una hora y media más tarde, Rena tenía el almuerzo preparado.

—Se lo pondré en una bandeja en el escritorio, doctor —le dijo.

Su paciente de las dos era una mujer de negocios gravemente anoréxica. Era su cuarta visita y Richards la escuchó mientras tomaba notas en un bloc. Al fin empezaba a abrirse y a hablarle de la dolorosa experiencia de haber tenido siempre sobrepeso y ser incapaz de someterse a un régimen.

—Me encantaba comer, pero después me miraba en el espejo y veía lo que me estaba haciendo. Empecé a odiar mi cuerpo y después a odiar la comida.

—¿Todavía la odia?

—La aborrezco, aunque a veces pienso en lo fantástico que debe de ser disfrutar de una cena. Ahora estoy saliendo con un hombre, alguien importante para mí, y sé que voy a perderlo si no cambio. Dice que está cansado de verme dar vueltas a la comida en el plato.

La motivación siempre es el impulso más importante para cualquier cambio, pensó Don, mientras la cara de Susan cruzaba por su mente.

A las tres menos diez, cuando la paciente se marchó, llamó a Susan Chandler porque supuso que tendría los mismos horarios que él: visitas de cincuenta minutos y diez de descanso antes del próximo paciente.

La secretaria le dijo que Susan estaba telefoneando.

—Esperaré —dijo él.

—Me temo que tiene otra llamada esperando.

—Me arriesgaré.

A las tres menos cinco estaba a punto de abandonar, su paciente de las tres ya estaba en la sala de espera, pero oyó la voz de Susan.

—¿Doctor Richards?

—Que estés en la consulta no significa que no puedas llamarme Don.

Susan sonrió.

—Lo siento. Me alegro de que hayas llamado. Tengo un día muy ocupado, pero quería agradecerte tu presencia en el programa. Has estado muy bien.

—Y yo quiero agradecerte la gran publicidad. Mi editor está encantado de que haya hablado de mi libro durante dos días seguidos en tu programa. —Echó una ojeada al reloj—. Tengo un paciente a punto de entrar, seguramente tú también, así que vayamos al grano. ¿Quieres cenar conmigo esta noche?

—Esta noche tengo que trabajar hasta tarde.

—¿Mañana?

—Sí, me parece bien.

—Digamos a eso de las siete. Cuando se me ocurra algún sitio, te llamo a la consulta.

Se nota que es una cita fruto de la reflexión, pensó ella con ironía.

—Estaré aquí toda la tarde —respondió.

Richards apuntó la hora, las siete, se despidió y colgó. Aunque sabía que debía apresurarse para recibir al paciente, se tomó un minuto para pensar en la cena del día siguiente, preguntándose qué debía revelarle a Susan Chandler.

34

Dee Chandler Harriman había calculado la hora con la esperanza de encontrar a Alex Wright en casa. Lo había llamado desde la agencia de modelos de Beverly Hills a las cuatro menos cuarto, lo que significaban las siete menos cuarto en Nueva York, una hora en la que podía estar en casa. Como no respondió, Dee pensó que quizá había salido a cenar, así que si le dejaba un mensaje a lo mejor la llamaba más tarde, cuando volviera.

Después del trabajo, Dee fue directamente a su casa, en una urbanización en Palos Verdes, con la esperanza de que la llamara. A las siete se preparó con desgana una tortilla, una tostada y un café. Durante los últimos dos años apenas he estado en casa por la noche, pensó. Sin Jack no podía. Tenía que estar con gente. Pero esa noche se dio cuenta de que, más que sola, estaba aburrida e inquieta.

Estoy cansada del trabajo, reconoció. Tengo ganas de volver a Nueva York, pero no para buscar otro trabajo.

—Ni siquiera sé hacerme una tortilla decente —se quejó en voz alta al ver que el fuego estaba demasiado fuerte y los huevos empezaban a quemarse.

Recordó que a Jack le encantaba la cocina. Susan era otra cosa, cocinaba mucho mejor que ella. En realidad se podía decir que era una buena cocinera.

Pero no siempre era un talento necesario. La mujer que se casara con Alex Wright no tendría que preocuparse por recetas ni listas de la compra, se dijo.

Decidió comer en la sala. En el momento en que llevaba una bandeja sonó el teléfono. Era Alex.

Al cabo de diez minutos, Dee colgó sonriendo. La había llamado porque estaba preocupado. Le dijo que la había notado tan deprimida que pensó que tal vez quería charlar un rato. Le explicó que se lo había pasado muy bien con Susan y que iba a invitarla a una cena el sábado por la noche, para celebrar la donación que la Fundación Wright le había concedido a la Biblioteca Pública de Nueva York.

Dee se felicitó por su rapidez de reflejos. Le dijo que camino de Costa Rica, para embarcar en el crucero, pasaría por Nueva York y se quedaría el fin de semana. Alex comprendió la insinuación y también la invitó a la cena.

Después de todo, se dijo Dee mientras levantaba la bandeja con la comida ya fría, Susan no está aún realmente comprometida con él.

35

Cuando Jane Clausen salió de la consulta el martes por la tarde, Susan se quedó trabajando hasta casi las siete y llamó a Jed Geany.

—Hay un problema —anunció—. He llamado a Justin Wells para ver si le llevaba la cinta con la grabación del programa de ayer y niega haberla solicitado.

—¿Entonces por qué pidió que se la enviáramos en un sobre dirigido a su atención personal? —repuso Geany—. Susan, sólo te digo una cosa: quienquiera que haya llamado estaba nervioso. Quizá Wells no quiere que nadie sepa que ha pedido la cinta. O quizá la quería por algo que ya no le importa. Tal vez tiene miedo de que se la cobremos. En realidad sólo pidió las llamadas de los oyentes. Creo que era la única parte del programa que le interesaba.

—La mujer que atropellaron ayer en Park Avenue es su esposa —dijo Susan.

—¿Ves lo que digo? El pobre tiene otras cosas en la cabeza.

—Seguramente tienes razón. Hasta mañana.

Colgó y se quedó sopesando la situación. Decidió que, de cualquier manera, iría a ver a Justin Wells, y que ahora volvería a escuchar la parte de las llamadas del público.

Sacó el casete del bolso, lo puso en el aparato, apretó el botón de avance rápido y al cabo de un rato empezó a escuchar las llamadas.

Todas eran irrelevantes, salvo la de la mujer de voz grave y tensa que se había identificado como «Karen» y contó lo del anillo de turquesas.

Ésta tiene que ser la llamada que le interesa a Justin Wells, o quienquiera que sea, pensó. Pero había sido un día largo y en ese momento no se le ocurría por qué. Cogió el abrigo, apagó las luces, cerró la puerta de la consulta y se dirigió al ascensor por el pasillo.

Tendrían que poner un poco más de luz por aquí, pensó. La oficina de Nedda estaba a oscuras y el largo pasillo quedaba medio en penumbras. Apretó el paso.

Había sido una jornada agotadora y tuvo el impulso de coger un taxi. Sin embargo, desistió y echó a andar hacia su casa con cierta sensación de virtud. Se puso a pensar en la visita de Jane Clausen y en la inquietud que había expresado en relación a Douglas Layton. Era evidente que la señora Clausen estaba muy enferma. Susan se preguntó si eso influía en su percepción de Layton.

Era posible que el día anterior Layton hubiera tenido una cita imposible de anular, y que esa mañana estuviera esperando a que la señora Clausen acabara de hablar por teléfono para entrar en su despacho.

Pero... ¿Y la impresión de la señora Clausen de que había conocido a Regina y mentía? De pronto recordó el nombre de Chris Ryan, un agente retirado del FBI que había trabajado con ella en la fiscalía de Westchester y que ahora tenía su propia empresa de seguridad. Podía hacer una pequeña y discreta investigación sobre Layton. Decidió ponerse en contacto con la señora Clausen al día siguiente y sugerírselo.

Susan miró alrededor. Las callejuelas de Greenwich Village nunca dejaban de fascinarla. Le encantaba esa mezcla de calles tranquilas con casas adosadas de finales de siglo y avenidas transitadas que serpenteaban y cambiaban de dirección como los arroyos de las montañas.

De pronto se sorprendió tratando de encontrar la tienda de *souvenirs* que había mencionado esa oyente, Tiffany, en el programa de esa mañana. No había pensado mucho en la chica, que afirmaba tener un anillo de turquesas similar al descrito por Karen. Dijo que un novio se lo había comprado en Greenwich Village. Ojalá que me lo mande, rogó Susan, para compararlo con el que me dio la señora Clausen. Si eran idénticos y estaban hechos en la ciudad, podía ser el primer paso para resolver la desaparición de Regina.

Era asombroso cómo una caminata en un día fresco despejaba el cerebro, pensó mientras al fin llegaba a su casa. Al entrar en el apartamento, siguió el mismo ritual que tenía pensado para la noche anterior. Eran las ocho. Se puso el caftán, fue a la nevera y sacó los ingredientes para la ensalada que había empezado a preparar antes de la inesperada llamada de Alex.

Sacó un paquete de pasta del armario y decidió que esa noche iba a quedarse en casa. Mientras se cocía la pasta y se descongelaba la salsa de tomate con albahaca en el microondas, encendió el ordenador para ver si tenía correo electrónico.

Tenía mensajes sin importancia, salvo un par de comentarios sobre lo interesante que había sido la visita del doctor Richards y sugerencias de que volviera a invitarlo al programa. Por impulso, decidió ver si tenía una página web, y la encontró.

Con creciente interés, se centró en la información personal: Doctor Donald J. Richards, nacido en Darien, Connecticut; criado en Manhattan; diplomado en Yale, médico y doctor en psicología clínica por Harvard; máster en criminología por la Universidad de Nueva York. Hijo del doctor Donald R. Richards (fallecido) y de Elizabeth Wallece Richards, de Tuxedo Park, Nueva York. Hijo único. Casado con Kathryn Carver (fallecida).

Después había una larga lista de artículos publicados, así como críticas del libro *Mujeres desaparecidas*. Susan siguió leyendo y encontró cierta información que le hizo levantar las cejas. Una breve biografía explicaba que el doctor Richards, en su época de estudiante, había pasado un año trabajando en un transatlántico de lujo como ayudante del director del crucero. Bajo el título «actividades recreativas», se mencionaba que con frecuencia hacía cruceros breves. El *Gabrielle* figuraba como su transatlántico favorito y se añadía que había conocido a su mujer a bordo de esa nave.

Susan clavó la mirada en la pantalla.

—Pero si es el barco en el que viajaba Regina Clausen cuando desapareció —dijo en voz alta.

36

Pamela se quedó con Justin Wells en la sala de espera de la UCI del hospital Lenox Hill hasta casi medianoche, hasta que un médico les aconsejó que se fueran a casa.

—El estado de su mujer se ha estabilizado —le dijo a Justin—. Tal vez siga en coma durante semanas. Si usted enferma no le hará ningún favor. Cuídese y descanse.

—¿Ha intentado decir algo más?

—No, y no lo hará en el futuro inmediato, al menos mientras esté en coma profundo.

Parece como si Justin tuviera miedo de que ella diga algo. ¿Miedo de qué?, se preguntó Pamela, pero pensó que estaba demasiado cansada y que era muy posible que fuera una trampa de su cerebro. Cogió a Justin de la mano y le dijo:

—Vámonos. Cogeremos un taxi y te dejaré en casa.

Justin asintió como un niño obediente y se dejó llevar a la calle. No dijo nada en el corto trayecto hasta la Quinta Avenida y la calle Ochenta y uno. Iba inclinado hacia adelante, con las manos entrelazadas, cabizbajo, como si todas las fuerzas lo hubiesen abandonado.

—Ya hemos llegado, Justin —dijo Pamela cuando el taxi se detuvo.

Se volvió y la miró con ojos apagados.

—Todo esto es culpa mía —dijo—. Llamé a Carolyn un rato antes del accidente. Sé que mi llamada la alteró y es probable que no prestara atención al tráfico. Si muere, me sentiré responsable.

Antes de que Pamela respondiera, él ya había salido del taxi. De todas formas, ¿qué podía decirle? Si había vuelto a organizarle una escena de celos, era evidente que Carolyn podía estar alterada y distraída.

Aunque seguramente no habría sido tan tonta de enseñarle el anillo y hablarle del hombre que se lo había dado. ¿Y para qué demonios quería Justin una cinta con la grabación del programa *Pregúntale a la doctora Susan?* No tenía sentido.

Mientras el taxi esperaba detrás de un coche que intentaba aparcar, le vino otra escena a la mente. ¿Y si la anciana de la televisión tenía razón y alguien había empujado a Carolyn? ¿Acaso Justin, por sus razones, no estaría tratando de sembrar la idea de que su mujer iba distraída y sin darse cuenta se había cruzado delante de la camioneta?

En aquel momento Pamela recordó algo a lo que no había prestado atención en su momento. Hacía dos años, antes de que Carolyn se embarcara en el crucero, le había dicho: «La inseguridad de Justin sobre nuestra relación es tan profunda que a veces le tengo miedo.»

37

De vez en cuando daba largos paseos por la noche. Por lo general lo hacía cuando la tensión era tan aguda que necesitaba aliviarla. Esa tarde todo había sido muy tranquilo. El viejo de la tienda de *souvenirs* había muerto en silencio. En las noticias de la tarde no habían dicho nada, así que lo más probable era que nadie se hubiera dado cuenta, aunque la tienda no reabriese por la tarde.

A pesar de que sólo quería pasear sin rumbo fijo por las calles de la ciudad, se sorprendió al ver que estaba cerca de la calle Downing. Susan Chandler vivía allí. ¿Estaría en casa? Se dio cuenta de que el hecho de llegar hasta allí era una clara indicación de que no podía permitir que siguiera molestándolo. Desde la mañana del día anterior se había visto obligado a eliminar a dos personas que jamás había tenido intenciones de asesinar: Hilda Johnson y Abdul Parki. La tercera, Carolyn Wells, o se moría o también tendría que desaparecer en cuanto se recuperara. Aunque ella no sabía su verdadero nombre, en cuanto pudiera hablar le diría a los médicos y la policía que le había empujado Owen Adams, el hombre que había conocido en aquel crucero.

Aunque el riesgo era mínimo, puesto que era imposible relacionar al tal Owen Adams con él, no se podía dar el lujo de dejar que las cosas llegaran tan lejos. El auténtico peligro era que Carolyn lo había reconocido y si se recuperaba podía pasar cualquier cosa. Podían encontrarse por casualidad en una fiesta o un restaurante. Nueva York era una ciudad grande, pero los círculos coincidían y los caminos se cruzaban. Todo era posible. Naturalmente, mientras estuviera en coma no significaba ningún peligro inminente. Pero el peligro era Tiffany, la chica que había llamado ese día al programa de la doctora Susan Chandler. Mientras caminaba por la calle Downing, se maldijo. Recordó la visita del año anterior a la tienda de Parki, la del día en que pensaba que no había nadie porque desde la acera no había visto a la joven pareja que estaba detrás del biombo.

Nada más verlos, supo que había cometido un error. La chica, una de esas guapas horteras, lo había mirado con descaro, como si le dijera que lo encontraba atractivo. En otra situación no hubiera tenido importancia pero estaba seguro de que si ella volvía a verlo, lo reconocería. Si Tiffany, la que había llamado al programa *Pregúntale a la doctora Susan*, y esa chica eran la misma, iba a tener que silenciarla. Mañana encontraría la manera de enterarse a través de Susan Chandler si esa Tiffany le había mandado el anillo y, si así era, qué había puesto en la nota.

Otra pluma al viento, pensó. ¿Cuándo acabaría? Sin embargo, de algo estaba seguro: había que parar a Susan Chandler.

38

El miércoles por la mañana, Oliver Baker estaba nervioso por hallarse en la comisaría, a la vez que encantado con su papel de testigo. Se había pasado la noche del lunes explicándoles a su mujer y a sus hijas adolescentes que, de haber estado un poco más cerca del bordillo habría sido él el arrollado por esa camioneta. Aquel día habían visto las noticias de las cinco, de las seis y de las once, en las que salía Oliver como uno de los testigos entrevistados. «Dios mío, qué espanto, me dije cuando vi que la camioneta la arrollaba —le había explicado al reportero—. Me refiero a que le vi la cara. Había caído de espaldas y por una fracción de segundo supo que la iban a atropellar.»

Oliver era un hombre de cincuenta y tantos, amable y deseoso de agradar. Trabajaba de encargado de uno de los supermercados D'Agostino, un puesto que le gustaba mucho. Se sabía el nombre de los buenos clientes y disfrutaba haciéndoles preguntas amables.

Salir por televisión había sido una de sus experiencias más impresionantes, y que lo citaran en comisaría para hablar un poco más del incidente ya era espectacular.

Esperaba en el banco de la comisaría Diecinueve con el sombrero de tweed —que su hermano le había traído de Irlanda— en la mano y la mirada baja. Se le ocurrió que cualquiera podía pensar que estaba en apuros o que tenía algún pariente preso. La sola idea le arrancó una mueca, y se dijo que esa noche se lo contaría a Betty y las niñas.

—El capitán Shea lo recibirá ahora, señor. —El sargento del mostrador le señaló una puerta al otro lado del escritorio.

Oliver se puso de pie, se arregló la solapa de la chaqueta y enfiló a pasos rápidos aunque tímidos hacia el despacho del capitán.

El «adelante» de Shea le dio pie para abrir despacio la puerta, como si temiera golpear sin querer a alguien del otro lado. Pero al cabo de un momento, sentado delante del capitán, la turbación dio paso a la excitación que le producía volver a contar la historia.

—¿Estaba usted justo detrás de la señora Wells? —lo interrumpió Shea.

—No, un poco a la izquierda.

—¿La había visto antes del accidente?

—No; había mucha gente en la esquina. Cuando llegué el semáforo acababa de ponerse rojo, así que cuando se puso verde ya había una buena aglomeración en la esquina.

Esto no va a ninguna parte, pensó Tom Shea. Oliver Baker era el décimo testigo que interrogaban. Su relato, salvo pequeños detalles, era prácticamente igual al de la mayoría. Hilda Johnson había sido la única en insistir en que habían empujado a Carolyn Wells; pero Hilda estaba muerta. Los transeúntes disentían en cuanto a si la señora Wells llevaba o no algo. Dos estaban casi seguros de haber visto un sobre marrón, tres no sabían, el resto coincidía en que no llevaba nada. Sólo Hilda había sido categórica en que alguien le había arrebatado el sobre y después la había empujado.

Oliver estaba ansioso por continuar su relato.

—Le diré algo, capitán, anoche tuve pesadillas pensando en esa pobre mujer aplastada en la calzada.

Shea sonrió comprensivo, animándolo a continuar.

—Así que le dije a Betty... Betty es mi mujer —explicó—. Decía que le comenté que esa pobre mujer seguramente estaba haciendo un recado, a lo mejor iba al correo y cuando salió de su casa ni se imaginó que nunca volvería.

—¿Qué le hace pensar que iba al correo?

—Porque llevaba un sobre marrón franqueado debajo del brazo.

—¿Está seguro?

—Sí, completamente. Creo que casi se le cae, porque en el momento en que cambiaba la luz, se volvió y perdió el equilibrio. El hombre que tenía detrás trató de sostenerla, por eso creo que se quedó con el sobre en la mano. La anciana se equivocaba completamente. Me pregunto si el hombre lo habrá mandado. Bueno, eso hubiera hecho yo.

—¿Vio usted al hombre, al que cogió el sobre? —preguntó Shea.

—No, no podía apartar la vista de la señora Wells.

—El hombre que cogió el sobre... ¿trató de ayudar a la señora?

—No, creo que no. Había mucha gente, una mujer casi se desmaya. Un par de hombres se precipitaron para ayudar, creo que sabían lo que había que hacer, porque empezaron a gritar a todo el mundo que se apartara.

—¿Tiene alguna idea de cómo era el hombre que cogió el sobre mientras trataba de ayudar a la señora Wells?

—Bueno, llevaba un abrigo, un Burberry o uno parecido. —Oliver estaba orgulloso de haber dicho «Burberry» en lugar de gabardina.

Cuando Oliver Baker se marchó, el capitán Shea se reclinó en el respaldo del sillón y cruzó las manos sobre el pecho. Su intuición seguía diciéndole que había una relación entre la insistencia de Hilda Johnson de que Carolyn Wells había sido empujada y su propia muerte horas después. Pero ningún otro testigo presencial corroboraba la versión de la anciana y siempre cabía la posibilidad de que la aparición de Hilda en televisión hubiera atraído a algún loco.

En ese caso, se dijo, como muchas víctimas circunstanciales, tanto Hilda Johnson como Carolyn Wells sencillamente estaban en el sitio equivocado en el momento inoportuno.

39

El miércoles por la mañana, Doug Layton puso en marcha su estrategia. Sabía que le costaría aplacar a Jane Clausen antes de salir de viaje, pero durante las horas de desvelo de la madrugada había preparado un plan. Cuántas veces le había suplicado su madre preocupada, ansiosa y con lágrimas en los ojos que no se metiera en líos.

«Mira cómo acabó tu padre, echó a perder su vida, Doug. No seas como él. Sigue el ejemplo de tus primos.»

Claro, pensó Doug mientras se levantaba impaciente, los primos que tenían generaciones de dinero detrás del apellido Layton no tenían que preocuparse por becas y tenían garantizado el acceso casi automático a las mejores universidades del país.

Sonrió al recordar las becas. Le había costado mucho conseguirlas. Por suerte había sido suficientemente listo para tener buenas notas, aunque a veces implicara algunas visitas a escondidas a los despachos de los profesores para echar un vistazo a algunos exámenes.

Se acordó de la profesora de matemáticas que lo había pillado en su despacho. Se las había arreglado para dar vuelta a la tortilla y preguntarle a ella qué pasaba. Le dijo que había recibido un mensaje urgente de que acudiera inmediatamente a su despacho. La profesora acabó disculpándose y diciéndole que unos estudiantes casi licenciados deberían tener cosas mejores que hacer que perder el tiempo con bromas tontas.

Douglas siempre había tenido labia para salir bien parado. Pero en este caso había en juego algo mucho más importante que un examen.

Sabía que la señora Clausen siempre desayunaba temprano y que, si no tenía que ir al médico, se quedaba un rato con una segunda taza de café en la pequeña mesa del comedor, junto a la ventana. Una vez le había dicho que ver la corriente del río daba consuelo. «Toda vida está regida por una corriente, Douglas —le dijo—. Cuando me pongo triste, ver el río me recuerda que no siempre puedo controlar todos los acontecimientos de mi propia vida.»

Siempre atendía de buen grado las llamadas de Douglas diciéndole que pasaría a tomar un café para repasar algún pedido de subvención antes de la reunión de la junta. Salvo una vez, Layton siempre le había dado consejos apropiados, de modo que la confianza de la señora Clausen en él había llegado a ser cada vez más profunda. En una sola cuestión le había informado mal deliberadamente, pero lo había hecho con tanto cuidado que no había razón de que ella sospechara nada.

A Jane Clausen no le queda nadie cercano, se recordó Layton mientras se duchaba y elegía el clásico traje azul con que se vestiría. Ése también había sido un error: el día anterior había ido a la reunión con pantalón y chaqueta, y la señora Clausen no aprobaba lo que consideraba una forma de vestirse demasiado informal para una reunión de junta.

Tenía demasiadas cosas en la cabeza, se dijo Douglas irritado. Jane Clausen está sola y enferma, no tiene por qué ser tan difícil aplacarla.

En el taxi, mientras se dirigía a Beekman Place, ensayó el papel que representaría.

El portero insistió en anunciarlo a pesar de que él le dijo que no se molestara, que la señora Clausen lo esperaba. Cuando salió del ascensor, el ama de llaves lo esperaba con la puerta entreabierta. Con voz ligeramente nerviosa le dijo que la señora Clausen no se encontraba bien y le sugirió que le dejara un mensaje.

—Vera, tengo que ver a la señora sólo un minuto —dijo Doug con firmeza, en voz baja—. Sé que está desayunando. Ayer se mareó un poco en la oficina y se enfadó cuando le dije que llamara al médico. Usted ya sabe cómo es la señora cuando tiene una crisis de dolor. —Al ver la mirada dubitativa de Vera, murmuró—: Los dos la apreciamos y queremos que esté bien.

Apartó a la mujer, cruzó el vestíbulo a grandes zancadas y abrió las puertas cristaleras que daban al comedor.

Jane Clausen leía el *Times*. Al oír sus pasos levantó la mirada y la sorpresa inicial fue reemplazada por una expresión de susto. La situación es peor de lo que creía, pensó él. Entonces reparó en que Jane Clausen estaba terriblemente pálida.

No le dio oportunidad de hablar.

—Señora Clausen, me he quedado muy preocupado de que ayer me malinterpretara —dijo con voz conciliadora—. Me equivoqué al decir que Regina me había dicho que el orfanato en Guatemala era uno de sus proyectos de caridad favoritos, y por supuesto también me equivoqué cuando dije que me lo había dicho usted. La verdad es que el señor March, cuando me invitó a formar parte de la junta, fue el que me explicó muchas cosas sobre el orfanato. Me dijo que Regina lo había visitado y había quedado muy afectada por la situación de esos niños.

March no recordaría haber contado nada, pero también tendría miedo de negarlo porque era consciente de que cada vez se olvidaba más de las cosas.

—¿Así que se lo contó Hubert? —dijo ella en voz baja—. Para Regina era como un tío. Era la clase de cosas que solía decirle.

Doug se dio cuenta de que iba por buen camino.

—Como usted sabe, la semana próxima voy a ir personalmente para que la junta pueda tener un informe de primera mano sobre los progresos del orfanato. Sé lo precario que últimamente ha sido su estado de salud, pero ¿le gustaría que fuéramos juntos a ver la maravillosa obra que ese orfanato está haciendo por esos pobres niños? Estoy seguro de que si lo ve se disiparían todas sus dudas sobre la conveniencia de seguir financiando el proyecto. Y le prometo que estaré a su lado en todo momento.

Layton, por supuesto, sabía que era imposible que Jane Clausen hiciera ese viaje, pero esperó su respuesta con ansiedad.

—Ojalá pudiera ir —dijo sacudiendo la cabeza.

Era como si viera derretirse el hielo. Quiere creerme, se felicitó Douglas. Pero aún le quedaba una cosa.

—Le debo una disculpa por haberla dejado sola el lunes en la consulta de la doctora Chandler. Tenía una cita concertada hacía mucho tiempo que debí haber postergado. El problema fue que no pude dar con la cliente, que venía de Connecticut expresamente.

—Sí, le avisé con poca antelación —comentó Jane Clausen—. Me temo que está empezando a ser una mala costumbre mía. Ayer mismo le insistí a una profesional que me recibiera casi instantáneamente.

Sabía que se refería a Susan Chandler. ¿Qué le había dicho a esa mujer?, se preguntó. ¿Había hablado de él? Seguro.

Cuando se marchó al cabo de unos minutos, ella insistió en acompañarlo. Mientras se acercaban a la puerta, Jane Clausen le preguntó como al pasar:

—¿Ha visto a sus primos Layton últimamente?

Seguro que ha estado haciendo averiguaciones, pensó Doug.

—En los últimos años no —se apresuró a responder—. De pequeños solíamos vernos. Gregg y Corey eran mis ídolos. Pero cuando mi padre y mi madre se separaron, dejamos de vernos. Todavía los considero como hermanos mayores, aunque me temo que mi madre y la de ellos no se caían del todo bien. No creo que la prima Elizabeth considerara a mi madre su igual, en términos sociales, digo.

—Robert Layton era un hombre maravilloso. Aunque me temo que Elizabeth siempre fue una persona difícil.

Doug sonrió para sí mientras se dirigía al ascensor. La visita había sido un éxito. Había vuelto a caer en gracia a Jane Clausen y otra vez iba camino de la presidencia del Fideicomiso de la Familia Clausen. Además, estaba seguro de una cosa: de ahora en adelante y durante el tiempo que le quedaba de vida a Jane Clausen, no volvería a cometer errores.

Al salir se tomó la molestia de hablar con el encargado del edificio y de dar una generosa propina al portero cuando le llamó un taxi. Las pequeñas cortesías de ese tipo valían la pena. Siempre cabía la posibilidad de que alguno de los dos, o los dos, comentaran lo amable que era el señor Layton.

Sin embargo, al subir al taxi, la expresión de buen humor se le esfumó de la cara. ¿De qué había hablado Jane Clausen con Susan Chandler? La doctora, además de psicóloga, era experta en derecho. Layton no podía menos que estar preocupado; ella sería la primera en advertir que algo no cuadraba.

Echó un vistazo a su reloj. Eran las ocho y veinte. Tenía que estar en la oficina antes de las nueve, lo que le daba más de una hora para adelantar un poco el trabajo antes de que fuera la hora de escuchar el programa *Pregúntale a la doctora Susan*.

40

El miércoles por la mañana, Susan despertó a las seis, se duchó y lavó el pelo. Rubio oscuro o castaño claro, pensó mientras se miraba en el espejo y se arreglaba unos mechones. Bueno, al menos tiene ondas naturales y es fácil de peinar.

Durante un rato miró su imagen y se estudió desapasionadamente. Cejas demasiado gruesas. Pues bien, si eran así, así seguirían. No le gustaba la idea de depilárselas. El cutis, bien. De eso al menos podía estar orgullosa. Hasta la pequeña cicatriz que se había hecho con los patines de hielo de Dee, cuando las dos se habían caído en la pista, casi había desaparecido. La boca, como las cejas, demasiado generosa. Nariz recta... no estaba mal. Ojos, castaños como los de su madre. Barbilla decidida.

Se acordó de lo que la hermana Beatrice le había dicho a su madre cuando iba al Sagrado Corazón. «Susan tiene una veta de terquedad que en ella es una virtud. Se ve en ese mentón protuberante. Sé que le pasa algo que ella cree que debe resolver.»

Ahora mismo creo que hay muchas cosas que tengo que resolver, o al menos estudiar, y tengo la lista hecha.

Se preparó un zumo de pomelo y después un café. Se llevó el vaso y la taza al dormitorio para desayunar mientras se vestía. Su conjunto favorito era el traje chaqueta de piel de camello y un jersey de cuello alto de cachemir. La previsión meteorológica de la noche anterior decía que sería otro de esos días en los cuales un abrigo era demasiado y una chaqueta no bastaba. Decidió que ese traje era ideal. Además, si tenía mucho trabajo y no podía volver a casa a cambiarse, estaría bien para salir a cenar con el doctor Donald Richards. Si, el doctor Richards, cuyo transatlántico favorito era el *Gabrielle*.

Para ganar tiempo, en lugar de la caminata de siempre, tomó un taxi y llegó a la oficina a las siete y cuarto. Al entrar en el edificio se sorprendió de ver que, aunque la puerta estaba abierta, no había nadie en el mostrador de seguridad. La vigilancia de este lugar deja mucho que desear, pensó mientras subía en el ascensor. Hacía poco que habían vendido el edificio y Susan se preguntó si esos fallos de servicio no serían el comienzo de una campaña sutil de los nuevos propietarios para deshacerse de los inquilinos y poder aumentar el alquiler. Mientras bajaba en el último piso, completamente a oscuras, decidió que había llegado el momento de leer la letra pequeña del contrato.

—Esto es ridículo —murmuró mientras buscaba las luces del pasillo.

Pero éstas tampoco iluminaban bien el corredor. No me sorprende, pensó al ver que faltaban dos bombillas ¿Quién está a cargo del edificio ahora? ¿Moe, Larry... Curly? Tomó buena nota de hablar con el encargado, pero en cuanto entró en su consulta olvidó las molestias y se puso a trabajar. Durante la siguiente hora se puso al día con la correspondencia y después hizo los preparativos para poner en marcha el plan que había preparado la noche anterior.

Había decidido ir a la oficina de Justin Wells y hablarle de la cinta, decirle que creía que su mujer era la misteriosa «Karen». Y si no lo encontraba, le pasaría la grabación de ese trozo del programa del lunes a la recepcionista o su secretaria. Sin duda la parte más interesante era cuando la mujer decía que en un crucero había conocido a un hombre que le había regalado un anillo aparentemente idéntico al encontrado entre las pertenencias de Regina Clausen. Si, como sospechaba ella, Wells efectivamente había pedido la cinta, entonces la mujer que había llamado tenía que ser alguien que el personal de su oficina conociera. ¿Acaso era pura coincidencia que la mujer de Justin Wells hubiera tenido un accidente poco tiempo después de la llamada?

Susan echó un vistazo al resto de las notas y subrayó los puntos que le preocupaban. «Anciana testigo del accidente de Carolyn Wells.» ¿Tenía razón Hilda Johnson cuando declaró que alguien la había empujado? Otra cosa importante era el asesinato de Johnson pocas horas después. ¿Otra coincidencia? Tiffany. Había llamado el día anterior para decir que tenía un anillo de turquesas con la misma inscripción que el de Regina y Karen. ¿Se lo mandaría?

Me dirigiré a ella en el programa de hoy, pensó Susan, así a lo mejor vuelve a llamar. Aunque en realidad necesitaría verla. Si se trata del mismo anillo, debo encontrarla para que venga a verme. Sólo tiene que recordar dónde lo compró. O a lo mejor se aviene a preguntarle a su ex novio si se acuerda.

El siguiente punto de la lista tenía que ver con Douglas Layton. Jane Clausen, durante la visita a Susan del día anterior, parecía que le tenía miedo de verdad. Y él, efectivamente, se había comportado de forma sospechosa. La manera en que se había largado justo antes de la supuesta llegada de Karen. ¿Tenía miedo de encontrarse con ella? Y si era así, ¿por qué?

El último punto tenía que ver con Donald Richards. ¿Eran sólo coincidencias que su transatlántico favorito fuera el *Gabrielle* y que su libro tratara sobre mujeres desaparecidas? ¿Había algo más de lo que se veía en ese individuo aparentemente encantador?

Se levantó del escritorio. Nedda seguramente ya estaría en su oficina. Cruzó la recepción y avanzó por el pasillo en dirección al tentador aroma a café que salía de la cocina. Allí se encontró con Nedda —su afición a los dulces en evidencia— en el momento en que cortaba una tarta de almendras.

Su amiga se volvió al oír sus pasos y le sonrió alegremente.

—Vi luz en tu consulta y sabía que aparecerías. Tienes instinto de paloma mensajera que aparece cada vez que paso por la panadería.

Susan sacó una taza del armario y se acercó a la cafetera.

—¿Por qué no cierras con llave cuando estás sola aquí dentro?

—Porque no estaba preocupada... sabía que tú estabas aquí. ¿Qué tal van las cosas con la familia?

—Tranquilas, por suerte. Mi madre parece que se ha recuperado del ataque nostálgico del aniversario. Charles me llamó para preguntarme si la fiesta me había gustado. En realidad conocí a un hombre bastante interesante, un amigo de Binky: Alex Wright, sofisticado, muy presentable. Dirige la fundación de su familia. Es muy agradable.

Nedda enarcó las cejas.

—¡Virgen santísima!, como habría dicho mi abuela. Me dejas helada. La Fundación de la Familia Wright reparte fortunas cada año. He visto a Alex varias veces. Parece un poco reticente y aparentemente detesta ser el centro de atención, pero por lo que sé es un individuo que trabaja de verdad, no uno de esos que se limita a aprovechar las ventajas de pertenecer a la junta. Dicen que examina personalmente todas las subvenciones que se solicitan. Su abuelo empezó a acumular fortuna, su padre convirtió los millones en billones y, según dicen, al morir ninguno de los dos se había gastado el dinero de la primera comunión. Parece que Alex es pragmático, pero no está cortado con el mismo patrón. ¿Es divertido?

—Agradable, muy agradable —dijo Susan, sorprendida por la calidez de su propia respuesta—. Bueno, me voy. Tengo que hacer un par de llamadas. —Cortó un trozo de tarta de almendras, lo envolvió en una servilleta y cogió la taza—. Gracias por el equipo de «supervivencia» —dijo señalando las provisiones.

—Encantada. Pasa esta noche a tomarte una copa de vino.

—Gracias, pero hoy no puedo, tengo una cena. Mañana te hablaré de él.

Cuando Susan regresó a su despacho, Janet estaba al teléfono.

—Ah, espere un minuto, acaba de entrar —dijo Janet. Cubrió el micrófono con la mano—. Es Alex Wright, dice que es personal y pareció muy desilusionado cuando le dije que no estaba aquí. Apuesto a que es muy mono.

Contrólate, pensó Susan.

—Dile que ahora lo atiendo. —Cerró la puerta con innecesaria fuerza, dejó la taza y la tarta sobre el escritorio y cogió el teléfono—. Hola, Alex.

—Tu secretaria tiene razón —dijo con tono divertido—. Estaba desilusionado, pero debo decir que nadie me había llamado «mono» hasta ahora. Me siento muy halagado.

—Janet tiene la irritante costumbre de tapar el auricular con la mano y después levantar la voz para improvisar comentarios.

—De cualquier forma me halaga. Te he llamado a casa hace media hora —dijo cambiando el tono—. Me pareció una hora decente teniendo en cuenta que llegas a la consulta sobre las nueve.

—Hoy he llegado a las siete y media. Me gusta empezar temprano. Ya sabes, al que madruga...

—Yo también soy madrugador, así que coincidimos. Era una de las máximas de mi padre. Pensaba que el que se levantaba después de las seis perdía una oportunidad de amasar más dinero.

Susan recordó lo que Nedda acababa de decirle sobre el padre de Alex Wright.

—¿Y tú piensas lo mismo?

—No, por el amor de Dios. Algunos días, cuando no tengo ninguna reunión, duermo hasta tarde o leo los periódicos en la cama, sólo porque sé lo molesto que se hubiera sentido mi padre.

—Cuidado —rió Susan—, que estás hablando con una psicóloga.

—Dios mío, lo había olvidado. En realidad, mi padre me daba mucha lástima. Se perdió muchas cosas de la vida. Ojalá hubiera aprendido a oler el perfume de las flores. En muchos aspectos era un ser humano magnífico... En fin, pero no te he llamado para hablar de él ni para explicarte mis hábitos de sueño. Sólo quería decirte que lo pasé muy bien contigo el lunes y que espero que estés libre el sábado por la noche. Nuestra fundación ha hecho una donación a la Biblioteca Pública de Nueva York, y el sábado habrá una cena de gala en el edificio central de la Quinta Avenida. No es un acontecimiento muy grande, sólo unas cuarenta personas. En un principio pensaba dar una excusa, pero la verdad es que no debo, así que si me acompañas es muy posible que hasta me divierta.

Susan escuchaba, halagada al darse cuenta de que había cierta insistencia en el tono de Alex.

—Es muy amable de tu parte. Sí, estoy libre y te acompañaré con mucho gusto —le respondió con franqueza.

—Fantástico. Pasaré a buscarte sobre las seis y media. ¿Te parece bien?

—Perfecto.

—Ah, a propósito, Susan —de pronto su voz adoptó un tono vacilante—, estuve hablando con tu hermana.

—¿Con Dee? —Susan se quedó sorprendida.

—Sí, la conocí en la fiesta de Binky después de que te marcharas. Anoche me llamó a casa, me dejó un mensaje y le devolví la llamada. Este fin de semana va a estar en Nueva York. Le comenté que pensaba invitarte a la cena y le dije que viniera con nosotros. Parecía muy deprimida.

—Muy amable de tu parte —dijo Susan.

Al cabo de un instante, cuando colgó, tomó un sorbo de café y miró la tarta que ya no quería comer. Recordó cómo hacía siete años Dee había telefoneado a Jack para explicarle lo disgustada que estaba con sus nuevas fotos publicitarias y pedirle que les echara un vistazo y le aconsejara.

Y ése, pensó Susan con una punzada de amargura, fue el principio del fin de lo nuestro. ¿Era posible que la historia volviera a repetirse?

41

Tiffany no durmió bien. Estaba demasiado excitada con la idea de mandarle un mensaje a su ex novio a través del programa *Pregúntale a la doctora Susan*. El miércoles a las ocho de la mañana, se incorporó en la cama y ensayó la llamada que haría:

—Doctora Susan, echo mucho de menos a mi novio Matt, por eso fui tan grosera ayer cuando hablé del anillo. Pero he estado pensando y... lo siento, no se lo puedo mandar. La verdad es que me gusta porque me recuerda a Matt.

Esperaba que la doctora no se enfadara.

Apoyó la cabeza en la palma y miró con nostalgia el anillo de turquesas que tenía puesto en el anular. Suspiró. Pensándolo bien, no le había dado ninguna suerte. Matt, nada más regalárselo, se preocupó de lo que ella podía interpretar de la frase «Por siempre mía». Empezaron una pelea que un par de días más tarde desembocó en ruptura.

Me burlé de él, recordó Tiffany, pero la verdad es que nos lo pasábamos bien. A lo mejor se acuerda de eso y, si se entera de que lo he mencionado en el programa, quiere volver conmigo.

Pensó otra vez en qué le diría a la doctora.

—Doctora Susan, quiero disculparme por lo que dije ayer y explicarle por qué no puedo mandarle el anillo. Mi ex novio Matt me lo regaló como recuerdo de un bonito día que pasamos en Manhattan. Almorzamos juntos en un restaurante japonés. —Tuvo un escalofrío al recordar el pescado crudo que se había comido él; ella había insistido en que el suyo lo cocinaran—. Después fuimos a ver una película francesa muy bonita...

Un bodrio, pensó Tiffany recordando que había tratado de estarse quieta en el asiento durante interminables escenas en que los actores no hacían nada y, cuando al fin decían algo, no podía mirarlos porque estaba ocupada tratando de leer los estúpidos subtítulos. Pero Matt, en el cine, la había cogido de la mano y le había dicho al oído: «Es buenísima, ¿verdad?»

—En fin, doctora Susan, puede que el anillo sea un pequeño presente, pero me recuerda los buenos momentos que pasamos Matt y yo no sólo ese día.

Tiffany se levantó y se puso a hacer de mala gana unos abdominales. Era algo que no podía descuidar. El año anterior había aumentado un par de kilos y quería quitárselos de encima en caso de que Matt la llamara para salir.

Cuando terminó lo que le parecieron cien abdominales ya había pulido mentalmente el discurso que le haría a la doctora. Mencionaría que trabajaba de camarera en el Grotto de Yonkers. A Tony Sepeddi, su jefe, le encantaría.

Y si Matt se entera de que voy a conservar el anillo porque lo considero un bonito presente de nuestra relación y piensa en los buenos momentos que pasamos juntos, seguro que querrá que lo intentemos de nuevo, pensó alegremente. Como siempre le decía su madre: «Tiffany, síguelos y huyen. Huye y te seguirán.»

42

La tensión en el estudio de arquitectura Bemier, Pierce y Wells de la calle 58 Este era palpable, pensó Susan mientras esperaba en la recepción que una joven empleada informara a Justin Wells de su presencia.

No se asombró cuando la chica le dijo:

—Doctora Susan, perdón, doctora Chandler, el señor Wells no la esperaba y me temo que no podrá recibirla.

Al darse cuenta de que la chica la conocía por el programa de radio, Susan decidió arriesgarse.

—El señor Wells llamó al productor de mi programa y le pidió una copia de la emisión del lunes de *Pregúntale a la doctora Susan*. Sólo quería dársela personalmente.

—Le dije que Carolyn, su esposa, la había llamado el lunes —respondió la chica con una sonrisa—. Siempre que puedo escucho su programa y, cuando llamó ella, lo estaba escuchando. Conozco muy bien su voz. Pero el señor Wells se molestó mucho cuando se lo dije, así que me callé la boca. Después su esposa tuvo un terrible accidente y él está muy alterado.

—Comprendo —dijo Susan, que ya tenía la grabadora preparada para reproducir la llamada del lunes de Karen. Sacó el aparato y lo puso sobre el escritorio de la recepcionista—. ¿Tendría la amabilidad de escuchar sólo un momento?

Mantuvo el volumen bajo mientras se oía la voz alterada de la mujer que había llamado al programa. La chica movía la cabeza excitada.

—Es Carolyn Wells, seguro —confirmó—. Y hasta lo que dice tiene sentido. Empecé a trabajar aquí más o menos en la época en que ella y el señor Wells se separaron. Lo recuerdo porque él estaba fatal. Después, cuando se reconcilió, cambió completamente. Era otra persona, alegre, feliz. Es evidente que está loco por ella. Ahora, desde el accidente, otra vez está fatal. Oí que le contaba a uno de sus socios que el médico le había dicho que era probable que su mujer siguiera en el mismo estado durante un tiempo.

De pronto se abrió la puerta y entraron dos hombres. Miraron a Susan con curiosidad mientras cruzaban la recepción. La recepcionista se puso nerviosa.

—Doctora Susan, será mejor que no siga hablando con usted. Son mis otros dos jefes y no quiero tener problemas. Si el señor Wells sale y nos ve hablando se enfadará conmigo.

—Comprendo —dijo Susan y guardó la grabadora. Sus sospechas quedaban confirmadas; ahora tenía que pensar por dónde continuar—. Una última cosa. Los Wells tienen una amiga llamada Pamela. ¿La conoce?

La chica frunció el entrecejo y de pronto se le iluminó la cara.

—Ah, sí, se refiere a la doctora Pamela Hastings. Es profesora en Columbia. Es muy amiga de la señora Wells. Sé que ha estado con el señor Wells en el hospital.

Susan ya sabía todo lo que necesitaba.

—Gracias.

—Me gusta mucho su programa, doctora Susan.

—Es muy amable de su parte —respondió ésta con una sonrisa.

Le dijo adiós con la mano y salió al pasillo. Allí mismo sacó el teléfono móvil y marcó el número de información.

—Por favor, el teléfono de la oficina de personal de la Universidad de Columbia —pidió.

43

El miércoles, a las nueve en punto de la mañana, el doctor Donald Richards se personó en el mostrador de recepción del decimoquinto piso de Broadway 1440.

—Estuve invitado al programa de ayer de *Pregúntale a la doctora Susan* —le explicó a la adormilada empleada que tenía delante—. He pedido que me hicieran unas copias de los programas, pero me fui sin recogerlas. ¿Ya ha llegado el señor Geany?

—Creo que lo he visto —respondió la recepcionista. Levantó el teléfono y marcó un número—. Jed, el invitado de ayer de Susan está aquí. —Miró al doctor Richards—. ¿Cómo ha dicho que se llama?

No lo he dicho, pensó Don.

—Donald Richards.

La recepcionista lo repitió y añadió que había venido a buscar unas cintas pedidas el día anterior. Después de escuchar un momento, colgó.

—Enseguida sale. Tome asiento.

Me pregunto a qué escuela de buenos modales habrá asistido, pensó Richards mientras elegía una silla junto a una mesilla con algunos periódicos del día.

Jed salió al cabo de un momento con un paquete en la mano.

—Lo siento, doctor. Estaba a punto de mandárselas por correo. Al menos usted todavía las quiere y no ha cambiado de idea como... no recuerdo su nombre.

—¿Justin Wells? —dijo Richards.

—Exactamente. Pero se va a llevar una sorpresa, pues igualmente recibirá lo que pidió. Susan le dejará la cinta del programa del lunes en su oficina.

Interesante, pensó Richards. Muy interesante. No pasa muy a menudo que la presentadora de un popular programa de radio haga de chica de los recados. Después de darle las gracias a Jed Geany, guardó el paquete en el maletín y se marchó.

Donald Richards iba por el paseo Palisades en dirección a Bear Mountain. Encendió la radio y sintonizó *Pregúntale a la doctora Susan.* No pensaba perderse el programa.

Cuando llegó a su destino, se quedó en el coche hasta que terminó el programa. Permaneció en silencio durante unos minutos, luego cogió una caja pequeña del maletero y se acercó a la orilla.

El aire de la montaña era fresco y calmo. La superficie del lago brillaba bajo el sol de otoño, pero aun así había zonas oscuras que delataban la profundidad de las aguas. Los árboles que rodeaban el lago empezaban a cambiar de color y estaban más amarillos, naranjas y granates que los que había visto en la ciudad y alrededores.

Se sentó en la hierba y abrió la caja. Sacó unas rosas de tallo largo, cubiertas de rocío. Una por una las fue arrojando al lago hasta que las dos docenas quedaron flotando sobre las aguas ligeramente ondeadas, mientras la corriente las esparcía.

—Adiós, Kathryn —dijo con tristeza.

Luego regresó al coche.

Al cabo de una hora estaba en la garita de entrada de Tuxedo Park, una lujosa urbanización. En una época había sido lugar de vacaciones y vida social de los ciudadanos más ricos de Nueva York, pero en la actualidad era el sitio de residencia de mucha gente, como su madre, Elizabeth Richards. El guardia lo saludó con la mano.

—Me alegro de verlo, doctor Richards —le dijo.

Encontró a su madre en el taller. A los sesenta años, había decidido empezar a pintar, y, tras doce años de mucha dedicación, su talento natural se había transformado en un auténtico don. Estaba sentada ante el caballete, de espaldas a él, con cada célula de su delgado cuerpo entregada a su trabajo. Junto a la tela colgaba un vestido de noche.

—Madre.

Se imaginó su sonrisa incluso antes de que ella se volviera.

—Donald, había empezado a pensar que eras un caso perdido —le dijo.

De pronto recordó un juego de cuando él era pequeño. Cuando volvía de la escuela al ático que la familia poseía en la Quinta Avenida y sabía que su madre estaba en el estudio de la parte nordeste, corría hacia allí haciendo mucho ruido sobre el parquet que bordeaba la alfombra, mientras gritaba «¡Madre, madre!». Desde entonces le gustaba la sonoridad de esa palabra, oír su voz cuando ella le respondía: «¿Ese que viene es Donald Wallace Richards, el niño más guapo de Manhattan?»

La madre se levantó y fue a su encuentro con los brazos abiertos pero, en lugar de abrazarlo, le tocó apenas los hombros con los dedos y le rozó las mejillas con los labios.

—No quiero mancharte de pintura —dijo dando un paso atrás para contemplar a su hijo—. Empezaba a pensar que no llegarías.

—Tendría que haberte llamado. —Sonó cortante pero su madre no pareció notarlo. No tenía intenciones de explicarle dónde había pasado las últimas horas.

—¿Qué te parece mi última obra? —Su madre lo llevó hacia la tela—. ¿La apruebas?

Reconoció a la modelo del cuadro: la esposa del gobernador.

—¡La primera dama de Nueva York! Impresionante. El nombre de Elizabeth Wallace Richards empezará a sonar por todas partes.

Ella tocó la manga del vestido que colgaba junto a la tela.

—Es el vestido del baile de toma de posesión. Muy bonito, pero Dios mío, me quemaré la vista pintando todos esos arabescos de lentejuelas.

Bajaron la amplia escalera cogidos del brazo, cruzaron el vestíbulo y entraron en el comedor que daba al patio y el jardín.

—¿Sabes que tuvimos una nevada terrible la otra noche? Y eso que sólo estamos en octubre. Casi nos quedamos aislados.

—Bueno, eso tiene una solución —dijo Don mientras le acercaba una silla.

La madre se encogió de hombros.

—No te hagas el psiquiatra conmigo. Claro que echo de menos el apartamento y la ciudad, pero si estoy aquí puedo trabajar a mis anchas. Espero que tengas hambre.

—No mucha.

—Pues será mejor que cojas el cuchillo y el tenedor. Carmen, como siempre, te ha preparado un banquete.

Cada vez que visitaba Tuxedo Park la asistenta de su madre le preparaba uno de sus platos favoritos. Ese día era un chile picante con especias variadas. Mientras su madre probaba una ensalada de pollo, Don comía con entusiasmo. Cuando Carmen volvió a llenarle el vaso de agua, se dio cuenta de que lo observaba a la espera de su reacción.

—Muy bueno —asintió—. Rena es muy buena cocinera, pero su chile, Carmen, es único.

—Doctor Donald —a Carmen, una versión más delgada de su propia asistente, se le iluminó la cara—, sé que mi hermana lo cuida muy bien en la ciudad, pero le digo una cosa: yo le enseñé a cocinar y aún no me ha alcanzado.

—Bueno, pero se está acercando —le advirtió Don que recordó que Carmen y Rena hablaban asiduamente. Lo último que quería era herir los sentimientos de Rena porque Carmen le repitiera algún cumplido que le había hecho a ella. Decidió cambiar de tema—. Muy bien, Carmen, ahora dígame qué tipo de informes le ha dado Rena sobre mí.

—A eso contesto yo —intervino la madre—. Dice que trabajas demasiado. Que la semana pasada, al volver de promocionar tu libro parecías agotado y preocupado.

Don no se esperaba el último comentario.

—¿Preocupado? Para nada. Seguramente pienso en mis cosas, en mis pacientes, como todo el mundo.

Elizabeth Richards se encogió de hombros.

—No empecemos a divagar. ¿Dónde has estado esta mañana?

—Tuve que ir a una emisora de radio.

—También cambiaste las visitas para no empezar hasta las cuatro.

Don se dio cuenta de que su madre le seguía la pista no sólo por la asistenta sino también por la secretaria.

—Has vuelto al lago, ¿verdad? —le preguntó.

La cara de su madre se ablandó y le cogió la mano.

—Don, no me he olvidado de que hoy era el cumpleaños de Kathy, pero ya han pasado cuatro años. El mes próximo cumplirás cuarenta. Tienes que rehacer tu vida, salir adelante. Me gustaría que conocieras una mujer a la que se le ilumine la mirada cuando vuelves a casa después del trabajo.

—A lo mejor ella también trabaja —dijo Don—. Últimamente no hay muchas mujeres que se dediquen a ser amas de casa.

—Ay, para ya, sabes muy bien a qué me refiero. Quiero verte feliz. Y permíteme ser egoísta: quiero un nieto. Me pongo celosa cuando mis amigas me enseñan las fotos de los suyos. Lo único que pienso es: Dios, por favor, yo también quiero uno. Don, quizá hasta los psiquiatras necesiten ayuda para recuperarse de una tragedia. ¿Lo has pensado alguna vez?

No respondió y se quedó cabizbajo.

—Bueno, ya está —suspiró la madre—, te dejo en paz. Sé que no debo agobiarte, pero estoy preocupada por ti. ¿Cuándo fue la última vez que tomaste unas vacaciones?

—¡Eso es! —A Don se le iluminó la cara. Ahora tenía una oportunidad de defenderse—. La semana próxima, cuando acabe la firma de libros en Miami, me tomaré seis o siete días.

—A ti te gustaban los cruceros. ¿Recuerdas que Kathy y tú los llamabais «escapadas marinas» y cogíais billetes de improviso para salir de viaje? Me gustaría que volvieras a hacerlo. Te lo pasabas bien. No has vuelto a poner un pie en un barco desde la muerte de Kathy.

El doctor Richards clavó la mirada en los ojos azul grisáceos de su madre, que reflejaban auténtica preocupación.

Ay, madre, si supieras..., pensó.

44

Susan no encontró a Pamela Hastings. En su despacho de Columbia le dijeron que no llegaría hasta las once. Tenía la primera clase a las once y cuarto.

Habrá pasado por el hospital a visitar a Carolyn Wells, pensó. Como ya eran las nueve y cuarto, probablemente no podría hablar con ella, así que pidió que la doctora Hastings la llamara a su consulta a partir de las dos, haciendo hincapié en que era una cuestión confidencial y urgente.

Volvió a ver la mirada de censura en la cara de Jed Geany cuando llegó al estudio diez minutos antes del inicio del programa.

—Ya sabes, Susan, un día de éstos...

—Ya lo sé, un día de éstos tendrás que empezar sin mí. Es un defecto de carácter, Jed. Siempre voy muy justa de tiempo. No te creas, hasta hablo conmigo misma del problema.

Jed le dedicó una sonrisa desabrida.

—Tu invitado de ayer, el doctor Richards, ha pasado por aquí —dijo—. Vino a recoger las cintas de los programas en que participó. Apuesto a que se moría de ganas de escucharlos para ver lo bien que había quedado.

Voy a verlo esta noche y podría habérselas llevado.

¿Por qué tanta prisa?, se preguntó Susan, pero al darse cuenta de que no tenía tiempo entró en el estudio. Cogió las notas del programa y se puso los auriculares.

Cuando el técnico anunció que faltaban treinta segundos, se apresuró a decir:

—Jed, ¿recuerdas la llamada de ayer de Tiffany? No sé si volverá a llamar, pero si lo hace, asegúrate de apuntar el número desde donde llama.

—De acuerdo.

—¡Diez segundos! —anunció el técnico.

Susan oyó la presentación de su programa por los auriculares seguida de la breve cortina musical. Respiró hondo y empezó.

—Buenos días y bienvenidos. Les habla la doctora Susan Chandler. Hoy vamos a ir directamente a las llamadas para responder todas sus preguntas.

Como siempre, el tiempo pasaba deprisa. Alguna gente llamaba con preguntas triviales.

—Doctora Susan, hay una compañera de trabajo que me tiene loca. Si voy a la oficina con un traje nuevo, me pregunta dónde lo he comprado y al cabo de unos días viene con el mismo. Ha pasado al menos cuatro veces.

—Es evidente que esa mujer tiene problemas de personalidad en los que usted no tiene por qué involucrarse —respondió Susan—. Sin embargo, hay una solución rápida y sencilla a su problema: no le diga dónde compra la ropa.

Otras llamadas eran más complejas.

—He tenido que ingresar a mi madre de noventa años en una residencia —dijo una mujer con voz cansada—. Me ha destrozado hacer algo así, pero está inválida. Ahora no me habla y me siento muy culpable.

—Déle un poco de tiempo para que se adapte —sugirió Susan—. Visítela con regularidad y recuerde que ella quiere verla aunque parezca enfurruñada. Dígale cuánto la quiere. Todos necesitamos saber que nos quieren, especialmente cuando estamos asustados, como le sucede a ella ahora. Por último, y lo más importante, deje de castigarse.

El problema es que algunos vivimos demasiado, pensó Susan con tristeza, mientras que otros, como Regina Clausen y quizá Carolyn Wells, se van muy pronto.

El tiempo se estaba acabando cuando oyó a Jed anunciar:

—La siguiente llamada es de Tiffany, doctora.

Susan miró la cabina de control y vio que Jed le hacía una seña: había conseguido el número de Tiffany por el identificador de llamadas.

—Tiffany, me alegro de que vuelva a llamarnos —empezó Susan, pero la chica la interrumpió.

—Doctora Susan, no me animaba a llamar porque quizá la desilusione, pero verá...

Susan escuchó consternada el discurso que Tiffany, evidentemente, había ensayado para explicar por qué no podía mandarle el anillo de turquesas. Parecía estar leyéndolo.

—... así que como le he dicho, doctora Susan, espero no desilusionarla pero es un recuerdo muy bonito que me regaló Matt, y me hace pensar en los buenos momentos que pasamos juntos.

—Tiffany, me gustaría que me llamara a la consulta —dijo Susan mientras tenía una extraña sensación de *déjà vu*. ¿No le había dicho lo mismo a Carolyn Wells cuarenta y ocho horas antes?

—Doctora Susan, no voy a cambiar de idea sobre el anillo. Además, si no le importa, me gustaría decirle que trabajo en...

—Por favor, no diga dónde —la paró Susan con firmeza.

—... el Grotto, el mejor restaurante italiano de Yonkers —dijo Tiffany desafiante, levantando la voz.

—Corta para la publicidad —le gritó Jed por los auriculares.

Bueno, al menos ahora sé dónde encontrarla, pensó Susan con ironía, mientras decía por el micrófono:

—Y ahora, una pausa para los anuncios.

Cuando terminó el programa, entró en la cabina de control. Jed le había escrito el número de Tiffany en el reverso de un sobre.

—Parece tonta, pero tuvo la habilidad de colar un anuncio gratis para su jefe —observó Jed con sarcasmo. Las llamadas de publicidad comercial estaban prohibidas en el programa.

Susan se guardó el sobre en el bolsillo de la chaqueta.

—Lo que me preocupa es que Tiffany está sola y quiere volver con su ex novio. Parece muy vulnerable. Supón que algún loco estaba escuchando el programa y se le ocurre hacerle algo.

—¿Vas a ponerte en contacto con ella por lo del anillo?

—Sí, creo que sí. Tengo que compararlo con el de Regina Clausen. Sé que es bastante improbable que procedan de la misma tienda, pero no estaremos seguros hasta comprobarlo.

—Susan, hay montones de chucherías de ese tipo que se venden en muchas tiendas. Todos esos tenderos afirman que su mercancía está hecha a mano, ¿pero a quién engañan? ¿Por diez dólares? Ni hablar.

—Seguramente tienes razón —coincidió Susan—. Además... —Iba a contarle que sospechaba que la esposa de Justin Wells, la mujer que estaba gravemente herida, era la misteriosa Karen, pero se abstuvo. No, pensó, antes de decirlo es mejor ver a dónde me lleva esta información

45

El miércoles al mediodía, cuando Nat Small vio que la tienda de Abdul Parki seguía cerrada, empezó a preocuparse. El negocio de Small, Oscuros Placeres, un *sex shop*, estaba justo enfrente de Artesanías Khyem, y los dos hombres eran amigos desde hacía años.

Nat, un hombre enjuto de cincuenta años, cara chupada, párpados caídos y oscuro pasado, se olía los problemas de la misma forma que cualquiera que se le acercara podía oler el olor a tabaco rancio y alcohol que emanaba de él.

En la calle MacDougal era un secreto a voces que el cartel de su negocio que anunciaba la prohibición de vender material a menores no guardaba concordancia con la realidad. El hecho de que nunca lo hubieran pillado se debía más bien a que sabía por instinto cuando un poli de paisano abría la puerta de su bien surtido comercio. Y si daba la casualidad de que algún chico se hallaba dentro tratando de comprar algo, Nat le pedía la documentación a gritos.

Nat tenía un solo credo que respetaba por encima de todo: no te acerques a la bofia. Por eso intentó otras soluciones cuando vio que su amigo no abría el negocio el miércoles por la mañana. Primero trató de atisbar por la puerta de la tienda, pero no vio nada. Lo llamó a su casa, pero no lo encontró. También llamó al número del casero, pero lo atendió un contestador con el absurdo «Deje su mensaje y lo llamaremos cuanto antes». Sí, claro, pensó Nat, seguro que no hará nada y aprovechará la oportunidad para quitarse de encima el contrato de arrendamiento indefinido que Abdul había conseguido en una de las periódicas crisis inmobiliarias de la ciudad.

Por último, Nat hizo algo que ponía de manifiesto la profundidad de su amistad: llamar a la comisaría por si a Abdul le había pasado algo.

—Me refiero a que es tan metódico que uno puede poner en hora el reloj guiándose por él —explicó—. Tal vez ayer se sintió mal, porque no volvió a abrir después del almuerzo. A lo mejor se fue a su casa y tuvo un ataque al corazón o algo así.

La policía registró el pequeño apartamento, impecablemente ordenado, de la calle Jane. Junto a la foto de su difunta esposa había un ramo de flores que empezaba a marchitarse. Por lo demás, no había ningún otro indicio de su presencia. Así pues, la policía decidió entrar en la tienda.

Allí hallaron el cuerpo cubierto de sangre de Abdul Parki.

Nat Small no era sospechoso. La policía lo conocía y sabía que no se involucraría en un asesinato; además, no tenía ningún móvil. De hecho, la ausencia del móvil era lo más desconcertante del caso. Había casi cien dólares en la caja registradora y no parecía que el asesino hubiera hecho ningún esfuerzo por abrirla.

Aun así, la policía decidió que podía tratarse de un robo y el criminal, quizá un drogadicto, tal vez se había asustado por la llegada de un cliente. Según la escena imaginada por la policía, el asesino se había escondido en la trastienda. Cuando el cliente se marchó, había echado el cerrojo y puesto el cartel de CERRADO.

Lo único que la policía quería de Nat y de los otros comerciantes de la manzana era información. El martes, Abdul había abierto la tienda a las nueve, como siempre. A las once había barrido la acera porque unos niños habían tirado una bolsa de palomitas.

—Nat —le dijo el detective—, usa la cabeza para algo más que tus chanchullos. Estás justo enfrente de Parki y pasas mucho tiempo poniendo guarradas en el escaparate. ¿Viste a alguien entrar o salir de la tienda después de las once?

A la hora que lo interrogaban, las tres, Nat ya había tenido mucho tiempo para pensar y recordar. El día anterior había sido muy flojo, como solían ser los martes. A eso de la una, había puesto en el escaparate las cajas de los nuevos vídeos porno recién recibidos. Aunque no se había fijado mucho, había visto a un tipo bien vestido en la puerta de su negocio que aparentemente miraba el escaparate. Pero, en lugar de entrar, cruzó la calle y se metió en la tienda de Abdul sin detenerse siquiera a mirar el escaparate.

Nat conservaba una imagen bastante clara del aspecto del individuo, a pesar de que éste llevaba gafas de sol y sólo lo había visto de perfil. Pero aunque ese sujeto tan bien vestido hubiera entrado en la tienda de Ab a eso de la una, seguramente no era el asesino, se dijo Nat. No, era inútil mencionárselo a la poli. Si lo hacía, acabaría perdiendo toda la tarde en la comisaría con un dibujante. Ni hablar.

Además, pensó, ese tío podría ser uno de mis clientes. Los ejecutivos de Wall Street, los abogados y doctores que compran mis cosas se pondrían hechos una fiera si sospecharan que hablo con la policía sobre uno de los suyos.

—No vi a nadie —informó Nat—. Pero permítame que les diga algo —añadió con tono virtuoso—. Tendrían que hacer algo con todos esos drogadictos que andan por aquí. ¡Hasta matarían a su abuela por un pico! ¡Y ya pueden ir a contarle al alcalde lo que he dicho!

46

Pamela Hastings temía que los alumnos de su curso de literatura comparada hubieran perdido el tiempo en la clase de ese día. La combinación de dos noches sin dormir y la preocupación por su amiga Carolyn Wells la había dejado agotada física y emocionalmente. Y ahora, la sospecha de que quizá no había sido un accidente y que Justin, enfadado o celoso, hubiera tratado de matarla, era algo muy perturbador. Como era dolorosamente consciente de que la clase de ese día sobre *La divina comedia* era irregular e incoherente, se sintió aliviada cuando acabó.

Para colmo, había recibido el mensaje de que llamara a la doctora Susan Chandler. ¿Qué podía decirle? No tenía derecho a hablar de Justin con una perfecta desconocida. Sin embargo, no podía evitar devolverle la llamada.

El campus de Columbia y los árboles otoñales brillaban a la luz del sol. Un bonito día para estar viva, pensó Pamela con ironía mientras cruzaba el parque. Cogió un taxi para dirigirse al hospital Lenox Hill, un destino que empezaba a volverse demasiado familiar.

Al cabo de casi dos días, las enfermeras de la garita de la UCI eran como viejas amigas. La del mostrador de guardia contestó la callada pregunta de Pamela.

—Se defiende pero sigue muy grave. Cabe la posibilidad de que salga del coma. Esta mañana temprano nos ha parecido que intentaba decir algo, pero volvió a sumirse en el silencio. De todas formas es un buen signo.

—¿Ha llegado Justin?

—Está de camino.

—¿Puedo entrar a verla?

—Sí, pero sólo un minuto. Y háblele. A pesar de lo que diga la mayoría de los médicos, algunas personas supuestamente en coma saben exactamente lo que pasa a su alrededor, pero no pueden comunicarse con nosotros.

Pamela pasó de puntillas delante de tres cubículos con otros tantos pacientes antes de llegar al de Carolyn. Miró a su amiga en la cama. Le habían hecho una operación cerebral de urgencia para parar el derrame y tenía toda la cabeza vendada. Los tubos y las sondas invadían todos los rincones de su cuerpo. Además, tenía una mascarilla de oxígeno y los moretones del cuello y los brazos atestiguaban la violencia del impacto de la camioneta.

Aún le resultaba casi imposible creer que hubiera sucedido algo tan terrible después de la velada tan alegre que había pasado con Carolyn hacía apenas unas noches. Alegre hasta que empezamos con lo de la adivinación y Carolyn trajo ese anillo de turquesas, pensó. Apoyó la mano sobre la de su amiga con cuidado de no apretársela.

—Hola, cariño —murmuró. ¿Vio un ligero movimiento o sólo era el deseo de que reaccionara?—. Carolyn, lo estás haciendo muy bien. Me han dicho que estás a punto de despertar. Qué maravilla...

—Se interrumpió cuando iba a decir que Justin estaba muy preocupado, pero se dio cuenta de que no convenía pronunciar su nombre. ¿Y si había sido él quien la había empujado? ¿Y si Carolyn lo había visto detrás de ella?

—Win...

Los labios de Carolyn apenas se movieron y lo que salió de ellos fue más un suspiro que una palabra. Pamela, sin embargo, supo que había oído bien.

Se inclinó sobre la cama y le dijo al oído:

—Creo que has dicho «Win». ¿Es un nombre? Si es así, apriétame la mano.

Pamela estuvo segura de sentir una ligera presión.

—Pamela, ¿se está despertando?

Justin estaba allí, despeinado, acalorado y tenso, como si hubiera llegado corriendo. Pamela no quería decirle lo que creía que había dicho Carolyn.

—Llama a la enfermera, Justin, creo que está tratando de hablar.

—¡Win! —Esta vez la palabra sonó clara, inequívoca, y el tono era implorante.

Justin se inclinó sobre la cama de su mujer.

—Carolyn, no dejaré que nadie más te posea. Haré lo que sea por ti. Por favor, buscaré ayuda. También te lo prometí la última vez y no lo hice, pero esta vez lo haré. Te lo prometo. Pero por favor, vuelve conmigo.

47

Aunque Emily Chandler siguió siendo socia del Club de Campo Westchester después del divorcio, no iba muy a menudo por miedo a toparse con su sucesora, Binky. Pero como le encantaba el golf y Binky no era golfista, el único peligro era encontrársela en la sede del club. Como a Emily de vez en cuando le gustaba comer allí con amigos, había ideado un sistema para evitar situaciones desagradables: llamaba al *mâitre* y preguntaba si el *trofeo esposa* tenía previsto aparecer. Si decía que no, entonces Emily reservaba una mesa. Así resultó aquel miércoles y, como consecuencia, quedó para almorzar con Nan Lake, una vieja amiga cuyo marido solía jugar al golf con Charles.

Emily se había vestido con especial cuidado para la comida. Siempre cabía la posibilidad de que Charles apareciera por allí. Ese día escogió un traje chaqueta de pantalón a cuadros azul y blanco, que sabía que combinaba con su pelo rubio ceniza. Mientras se vestía, se miró en el espejo y recordó cuántas veces la gente se había sorprendido de que fuera la madre de Dee. «¡Pero si parecéis hermanas!», solían exclamar, lo que la hacía sentirse orgullosa aunque supiera que exageraban.

Emily también sabía que ya era hora de dejar atrás el divorcio y retomar su vida. En muchas cosas había logrado superar la indignación y la amargura que había sentido al principio por lo que consideraba una traición de Charles. Incluso al cabo de cuatro años, aún se despertaba algunas noches y se quedaba tumbada sin dormir durante horas. Sin enfado pero con una infinita tristeza, recordaba que durante mucho tiempo Charles y ella habían sido felices de verdad.

Nos divertíamos, pensó mientras se preparaba para ir al club y ponía la alarma de la casa que había comprado tras la ruptura. Nos divertimos de verdad. Estábamos enamorados. Hicimos cosas juntos. Por el amor de Dios, ¿qué lo hizo cambiar de la noche a la mañana? ¿Por qué tiró por la borda nuestra vida en común?

La sensación de abandono era tan grande que Emily sabía que, aunque le resultara casi imposible reconocerlo, habría sido más fácil si su marido, en lugar de dejarla, hubiera muerto. Pero por muy duro de admitir que fuera, así era, y además sabía que Susan se lo imaginaba y lo comprendía.

No sabía lo que hubiera hecho sin Susan. La había apoyado desde el primer día, cuando Emily no se veía con fuerzas para continuar. Había sido un proceso largo, pero ahora se sentía capaz de seguir adelante sola.

Había seguido el consejo de su hija de hacer una lista de las actividades en las que siempre había querido participar, y después intentar ponerlas en práctica. Como consecuencia, ahora era voluntaria en un hospital y presidía la campaña anual de recaudación de fondos. El año anterior había participado activamente en la reelección del gobernador.

Otra de las actividades a las que se dedicaba pero que guardaba en secreto —ni siquiera se lo había contado a Susan—, quizá porque era lo más importante que había hecho en su vida, era trabajar como voluntaria con niños que padecían enfermedades crónicas. Era una experiencia gratificante y le ayudaba a ver las cosas en su justa medida. Le recordaba un proverbio: uno se compadece del hombre que no tiene zapatos hasta que conoce al que no tiene pies. Cuando volvía del hospital, se daba cuenta de todas las cosas que tenía para estar agradecida todos y cada uno de los días.

Llegó al club antes que Nan. Se sentía culpable desde el domingo, la fecha del cuadragésimo aniversario de su boda con Charley. Estaba deprimida y entregada a la autocompasión. Sabía que su ataque de llanto del sábado había fastidiado a Susan, y, para colmo, Dee lo había empeorado diciéndole que no sabía lo que significaba perder a alguien.

Susan sabe mucho más de lo que Dee quiere creer, se dijo. Cuando Charley y yo rompimos, Dee estaba en California con Jack, ocupada y feliz. Primero, Susan tuvo que superar la traición de Jack y después ocuparse de mí. Además, una vez Binky entró en escena, Charley ya no tenía tiempo para ella, y seguramente se habrá sentido dolida, porque siempre ha estado muy unida a su padre.

—¿Estás soñando despierta? —bromeó una voz.

—¡Nan! —Emily se levantó con un respingo y abrazó a su amiga—. Sí, creo que sí. —La miró con cariño—. Estás estupenda.

Era verdad. Nan, una morena delgada y de rostro fino, a los sesenta aún era una mujer bella.

—¡Y tú también! —exclamó su amiga—. Tenemos que reconocer que nos conservamos.

—Y no estamos tan mal —coincidió Emily—. Una arruguita por aquí, un pliegue por allá. Envejecer bien y no demasiado rápido.

—Bueno, ¿me has echado de menos? —preguntó Nan, que había estado un mes en Florida con su madre enferma.

—Sabes que sí. He tenido unos días con altibajos —le confió Emily.

Decidieron olvidarse de las calorías y pidieron sendas copas de *chardonnay* para acompañar los bocadillos. Cuando llegó el vino, empezó el cotilleo en serio. Emily le contó lo triste que se había sentido el domingo.

—Lo que más me afectó fue que el *trofeo* hubiera organizado la fiesta el día de nuestro cuadragésimo aniversario y que Charley la dejase.

—Seguro que lo hizo a propósito, es típico de Binky. Tengo que confesarte que hasta yo estuve un ratito en la fiesta. Aunque no vi a Susan. Creo que ya se había marchado. Me parece que sólo pasó a saludar. —Algo en el tono de Nan denotaba preocupación, y Emily no tuvo que esperar para descubrir qué era—. A la larga seguramente no importará, pero Binky no soporta a Susan. Sabe que fue ella quien convenció a Charles de que se fuera de vacaciones solo para pensar las cosas tranquilamente cuando te dijo que quería separarse. Aunque Binky se ha quedado con él, no se lo perdona.

Emily asintió.

—Sin embargo, Dee le cae bien. Así que invitó a Alex Wright a la fiesta para presentárselo. Sólo que Dee no estaba allí cuando él llegó, así que terminó hablando con Susan y, por lo que me han dicho, parece muy interesado en ella. Lo que sin duda no era parte del plan original.

—¿Y eso qué significa?

—Significa que si por casualidad Susan tiene noticias de Alex y empiezan una relación, es importante que sepa que Binky hará lo que pueda para sabotearla. Le encanta enfrentar a la gente. Es una manipuladora por excelencia.

—¿Con enfrentar a la gente te refieres a Susan y Dee?

—Así es. Para que Binky esté tan furiosa, Alex Wright le habrá dicho bastante claro que le gustaba Susan. Porque, créeme, estaba furiosa. No conozco mucho a Alex. Por lo que sé no es muy aficionado a las fiestas. Pero sí sé que la Fundación de la Familia Wright, que él dirige, ha hecho mucho bien. Y mientras muchos hijos de grandes fortunas se convierten en *playboys*, él parece muy serio con las cosas importantes. Es el tipo de hombre del que me gustaría que se enamorara Susan, ya que no lo he logrado con Bobby.

Bobby era el hijo mayor de Nan. Susan y él eran amigos desde la infancia, pero nunca había habido nada entre ellos. Bobby ahora estaba casado, pero su madre aún seguía bromeando con que ella y Emily habían perdido la oportunidad de compartir nietos.

—Ojalá tanto Susan como Dee encuentren a alguien con quien ser felices —dijo Emily, incómoda porque sabía que si a Dee le interesaba Alex Wright, iría tras él incluso sin que Binky la pinchara. También era consciente de que Nan, sutil pero deliberadamente, lo había dado a entender. Su mensaje era que Susan debía tener en cuenta las maquinaciones de Binky y que había que decirle a Dee que dejara tranquilo a Alex.

—Y ahora te contaré un chisme que te va a interesar —dijo Nan acercándose a su amiga y echando un vistazo para cerciorarse de que el camarero no andaba cerca—. Charley y Dan ayer fueron a jugar al golf. ¡Charley está pensando en retirarse! Parece que el consejo de administración de Comidas Bannister quiere un director ejecutivo más joven y le han hecho insinuaciones con una buena oferta. Charley le dijo a Dan que preferiría irse por su cuenta a que lo obligaran a hacerlo. Pero hay un problema: cuando se lo comentó a Binky, ésta tuvo un ataque. Charles le contó a Dan que le dijo que vivir con un marido jubilado es como tener un piano en la cocina. Lo que se traduciría como «inútil y molesto». —Se apoyó contra el respaldo. Luego, levantando las cejas, añadió—: ¿Crees que hay problemas en el paraíso?

48

Antes de salir del estudio Susan llamó a la consulta. Sabía que era muy probable que la visita de la una se cancelara. La paciente, Linda, una redactora publicitaria de cuarenta años, cuyo perro acababa de morir, trataba de salir de la depresión. Había tenido sólo dos sesiones, pero Susan ya sabía que el origen de la perturbación de Linda no era el dolor por la pérdida del animal, sino la muerte súbita y reciente de su madre adoptiva, de la cual Linda estaba distanciada.

El presentimiento era correcto.

—Dice que lo lamenta, pero que le ha surgido una reunión muy importante en el trabajo —le explicó Jane.

Quizá sí, quizá no, pensó Susan mientras tomaba nota mental de llamar más tarde a Linda.

—¿Algún otro mensaje? —preguntó.

—Sólo uno. La señora Clausen quiere que la llame después de las tres. Ah, y le han mandado un ramo de flores precioso.

—¿Flores? ¿Quién?

—El sobre está cerrado, y naturalmente no lo he abierto —respondió Janet con ironía—. Estoy segura de que ha de ser una nota personal.

—Ábrala, por favor, y léamela.

Susan elevó los ojos al cielo. Janet era una secretaria excelente en muchas cosas, pero su necesidad de comentar todo era motivo de exasperación constante.

—Sabía que era personal, doctora —dijo al cabo de un instante y leyó—: «Gracias por una noche maravillosa. A la espera del sábado», firmado: «Alex.»

Susan de pronto se sintió más animada.

—Bien —dijo—. Janet, como no tengo ninguna visita hasta las dos, voy a ir a hacer un recado.

Al cabo de un minuto estaba en la calle parando un taxi. Había decidido ir a ver a quien estuviera a cargo de la investigación del accidente de Carolyn Wells. Ahora que tenía la certeza de que había sido la señora Wells quien había llamado el lunes identificándose como Karen, tenía que averiguar si la policía le había dado algún crédito a la versión de la anciana que había dicho que la habían empujado al paso de la camioneta.

El artículo del *Times* de esa mañana informaba de que la comisaría Diecinueve se ocupaba de las investigaciones del accidente de Carolyn y del asesinato de Hilda Johnson.

Era evidente que era allí donde debía empezar a buscar respuestas.

A pesar de la categórica declaración de Oliver Baker en la que afirmaba que Carolyn Wells se había caído después de perder el equilibrio, el capitán Tom Shea aún no estaba satisfecho. Teniendo en cuenta que Hilda Johnson había afirmado —quizá demasiado públicamente— que había visto a alguien empujar a Wells, le costaba aceptar que la muerte de la anciana fuera una mera coincidencia, consecuencia de un asesinato fortuito. Todo se reducía a dos preguntas básicas: ¿cómo había entrado el criminal en el edificio? y ¿cómo en el apartamento de Hilda?

Desde que habían descubierto el cuerpo, un equipo de detectives había hablado con todos los inquilinos del edificio. No fue un trabajo demasiado duro, porque sólo había cuatro apartamentos en cada uno de los doce pisos.

La mayoría de los inquilinos eran como Hilda: residentes de mucho tiempo y ancianos. Todos estaban seguros de que ese lunes por la tarde no había llamado ningún repartidor, ni nadie. Los que habían entrado y salido del edificio a las horas en cuestión, aseguraban no haber visto ningún merodeador ni habían dejado entrar a nadie en el vestíbulo.

Shea llegó a la conclusión de que seguramente la misma Hilda Johnson lo había dejado entrar en el edificio y después en su apartamento. Así pues, tenía que ser una persona que le inspiraba confianza. Por lo que sabía de ella, le costaba imaginar quién podía ser. ¿Por qué diablos no habré estado de guardia el lunes por la tarde?, volvió a preguntarse bufando. Era su día libre y había ido con su mujer a Connecticut a visitar a su hija, que asistía al primer curso del Fairfield College. Hasta esa noche a las once, con las noticias, no se enteró del accidente ni vio la entrevista a Hilda.

Ojalá la hubiera llamado en aquel momento, se riñó. Si lo hubiera hecho, al ver que no me contestaba me habría dado cuenta de que pasaba algo. Si hubiera hablado con ella me habría dado una descripción del presunto agresor de Carolyn Wells.

Apenas era la una menos cuarto pero Tom ya sentía un enorme cansancio en todo el cuerpo. Estaba seguro de que la muerte de Hilda habría podido evitarse, y ahora, no sólo tenía que empezar de cero a resolver ese asesinato sino también lo que quizá era otro intento de asesinato. Hacia veintisiete años que era policía, desde los veintiuno, pero nada lo había deprimido tanto como esto.

De pronto, el teléfono lo sacó de su autoflagelación mental. Era el sargento de guardia, que le informó de que la doctora Susan Chandler quería hablar con él sobre el accidente de Carolyn Wells en Park Avenue.

—Hágala pasar —respondió Shea, que esperaba que fuera otro testigo presencial.

Unos minutos más tarde ambos se estudiaban con cauteloso interés.

A Susan le cayó bien aquel hombre de cara delgada y rasgos perfilados, ojos castaños de mirada despierta e inteligente y dedos largos y finos que tamborileaban sobre la mesa. Como se dio cuenta de que no era el típico funcionario de policía que perdía el tiempo, fue directa al grano.

—Capitán, tengo que estar en mi consulta a las dos y ya conoce el tráfico de Nueva York. Como he tardado cuarenta minutos en llegar desde Broadway y la Cuarenta y uno, seré breve.

Le resumió rápidamente su formación profesional y le hizo gracia ver que la ligera mueca de desaprobación cuando le dijo que era psicóloga daba paso a una expresión de camaradería cuando le contó que había trabajado dos años en la fiscalía del distrito.

—Mi interés en Carolyn Wells se debe a que estoy segura de que fue ella la que llamó el lunes por la mañana a mi programa de radio para dar una información valiosa acerca de Regina Clausen, una mujer que desapareció hace unos años. Durante la conversación, Wells dijo que pasaría por la consulta para verme, pero no se presentó. Sin embargo, más tarde, y según una testigo, la empujaron delante de una camioneta en Park Avenue. Me gustaría saber si hay alguna relación entre su... por el momento llamémoslo accidente, y la llamada que me hizo.

Shea se inclinó con expresión de profundo interés. Oliver Baker había dicho que la dirección en el sobre marrón que llevaba Carolyn estaba escrita en letras de imprenta y que estaba casi seguro de haber leído la abreviatura «Dra.» en la primera línea. Quizá la doctora Chandler le estaba dando la clave de la relación entre la convicción de Hilda Johnson de que habían empujado a Carolyn y su propio asesinato.

—¿Ha recibido por correo algún sobre remitido por ella? —le preguntó Shea.

—No, al menos hasta ayer. Esta mañana, cuando salí, el cartero todavía no había llegado. ¿Por qué?

—Porque tanto Hilda Johnson como otro testigo vieron a Carolyn con un sobre marrón, y otro cree haber leído «Dra.» ¿Esperaba usted algo de ella?

—No, pero quizá decidió mandarme la foto y el anillo que había prometido llevarme. Voy a ponerle la grabación de la llamada.

Cuando acabó de pasarle la cinta, Susan vio una expresión muy intensa en el rostro del capitán Shea.

—¿Está segura de que esa mujer es Carolyn Wells? —preguntó.

—Absolutamente.

—Usted es psicóloga. ¿Le parece que esa mujer tiene miedo de su marido?

—Diría que parece nerviosa por la reacción que él pueda tener por lo que me ha contado.

Shea levantó el teléfono y ordenó:

—Compruebe si hay alguna denuncia contra Justin Wells. Probablemente por alguna cuestión doméstica de hace unos dos años.

»Doctora Chandler —le dijo—, le agradezco que haya venido. Si me dan el informe que espero...

El teléfono lo interrumpió. Escuchó mientras asentía. Colgó y miró a Susan.

—Era lo que pensaba. Hace dos años, Carolyn Wells puso una denuncia contra su marido, que más adelante retiró. En la declaración afirmaba que él, en un ataque de celos, la había amenazado de muerte. ¿Sabe si Wells se enteró de la llamada que había hecho a su programa?

Susan no tenía otra alternativa que decir la verdad.

—No sólo se enteró, sino que el lunes por la tarde llamó para pedir una cinta del programa. Anoche, cuando lo llamé, negó haberla pedido. Esta mañana pasé por su oficina para dejársela y no quiso recibirme.

—Doctora Chandler, le agradezco mucho esta información. ¿Podría dejarme la cinta?

Ella se puso en pie.

—Por supuesto, tengo el original en el estudio. Pero, capitán Shea, lo que quería pedirle era que investigara la posible relación entre el hombre que conoció Carolyn Wells en el barco y la desaparición de Regina Clausen. Entre las pertenencias de Regina se encontró un anillo con la inscripción «Por siempre mía».

Estaba a punto de hablarle de las llamadas de Tiffany y de lo que le había dicho sobre el tendero de Greenwich Village que vendía y quizá hasta fabricaba unos anillos iguales, cuando Shea la interrumpió:

—Doctora Chandler, tenemos constancia de que Justin Wells era, y probablemente es, terriblemente celoso con su mujer. La grabación demuestra que ella le teme. Imagino que su marido no sabía nada del hombre que había conocido en el barco. Así que cuando Wells se enteró de que su esposa había llamado al programa, se puso furioso. Me gustaría hablar con él. Quiero saber dónde estaba entre las cuatro y las cuatro y media de la tarde del lunes. Quiero saber quién le contó lo de la llamada a su programa y exactamente qué le contó.

Todo lo que decía el capitán Shea tenía sentido. Susan echó un vistazo al reloj: debía volver a la consulta. Pero había algo que no encajaba. Algo le decía que aunque Justin Wells en un ataque de celos hubiera empujado a su mujer delante de la camioneta, tenía que haber una relación entre el hombre que Carolyn había conocido en el barco y la desaparición de Regina Clausen.

Al marcharse de la comisaría, decidió seguir una pista: Tiffany. Tenía su número de teléfono y el sitio donde trabajaba, el Grotto, «el mejor restaurante italiano de Yonkers».

49

Jim Curley se dio cuenta de que algo pasaba cuando recogió a su jefe al mediodía en la Fundación de la Familia Wright y éste le ordenó que pasara por Hayes Wadley y Smythe, una elegante floristería del Rockefeller Center. Una vez allí, en lugar de mandar a Jim, Wright le dijo que esperara y él mismo bajó del coche con una caja bajo el brazo, entró en la tienda y regresó al cabo de quince minutos seguido de un florista que llevaba un ramo espléndido en un jarrón.

Wright indicó al florista que lo dejara en el suelo del asiento trasero. El florista dedicó a Wright una sonrisa y cerró la portezuela.

—Ahora vamos al Soho —dijo a Jim con voz alegre y le dio una dirección desconocida. Al ver la perplejidad de su chófer, añadió—: Vamos a la consulta de la doctora Chandler. O mejor dicho, tú vas a ir allí a llevarle estas flores. Yo esperaré en el coche.

Jim, durante años, había llevado flores a muchas mujeres atractivas de parte de su jefe, pero nunca había visto a Alex Wright escogerlas personalmente.

—Señor Alex, si me permite el comentario —dijo Jim con la soltura de quien tiene muchos años de servicio a sus espaldas—, la doctora Chandler me cae muy bien. Es una mujer agradable y muy atractiva, muy simpática y natural, no sé si me explico.

—Te explicas perfectamente —respondió Alex—, y estoy de acuerdo.

Jim aparcó en la calle Houston y se dirigió al edificio de oficinas. Cogió el ascensor y luego se dirigió por el pasillo a la puerta con la placa de DRA. SUSAN CHANDLER. Le dio las flores a la recepcionista, rechazó la propina y volvió al coche.

—Señor Alex —preguntó aprovechando otra vez la confianza de muchos años de trabajo leal—, ese jarrón... ¿no era el Waterford de la mesa del vestíbulo que su madre trajo de Irlanda?

—¡Muy perspicaz, Jim! La otra noche, cuando acompañé a la doctora hasta la puerta, vi que tenía uno muy parecido, pero más pequeño, así que pensé que la pieza podía hacer juego. Y ahora será mejor que te des prisa porque llego tarde al Plaza para almorzar.

A las dos y media, Alex estaba de vuelta en su despacho de la Fundación de la Familia Wright.

A las tres menos cuarto, la secretaria le anunció una llamada de Dee Chandler Harriman.

—Pásemela, Alice —dijo.

Dee le habló con amabilidad y tono de disculpa.

—Alex, probablemente estás ocupado donando cinco o seis millones de dólares, así que procuraré no entretenerte.

—Desde ayer por la mañana que no reparto tanto dinero —la tranquilizó—. ¿Puedo ayudarte en algo?

—Sí, es algo muy sencillo. Esta mañana tomé una decisión trascendental. Ha llegado la hora de volver a Nueva York. Mis socios de la agencia de modelos están dispuestos a comprar mi parte. Un vecino, que tiene un piso de alquiler en este mismo edificio, se obstina en comprar el mío y me lo quitará de las manos. Así que por eso te llamo. ¿Puedes recomendarme un buen agente inmobiliario? Busco algo de cuatro o cinco habitaciones en el East Side, preferiblemente entre las avenidas Quinta y Park y las calles Setenta.

—No creo que te sirva de mucha ayuda, Dee. Vivo en la misma casa desde que nací, pero puedo preguntar por algún agente.

—Te lo agradecería. Mañana por la tarde estaré en la ciudad, así puedo empezar a buscar el viernes.

—Muy bien, tendré el nombre de alguien para recomendarte.

—De acuerdo. Quedamos mañana por la noche para tomar una copa y me pasas el nombre. Invito yo.

Dee colgó antes de que él pudiera responder. Alex Wright se apoyó en el respaldo del sillón. Se trataba de una complicación inesperada. Había notado el cambio en la voz de Susan cuando le dijo que había invitado a su hermana a la cena de la biblioteca. Por eso le había mandado flores y se había tomado tantas molestias para que fueran una atención especial.

—¿Me hace falta algo así? —murmuró en voz alta.

Después recordó que su padre siempre decía que cualquier situación negativa podía convertirse en un plus. La cuestión, pensó con ironía, era cómo hacer para que fuera así en este caso.

50

Jane Clausen entró en la sala del hospital con fatigada resignación. Tal como se imaginaba, su médico había insistido en que se pusiera inmediatamente en tratamiento. El cáncer, que inevitablemente ganaba la batalla con su cuerpo, al parecer no estaba dispuesto a darle las fuerzas ni el tiempo que necesitaba para ocuparse de todo lo que debía. Ojalá hubiera podido decir «Basta de tratamientos», pero no estaba preparada para morir... todavía no. Debía ocuparse de algunos asuntos inconclusos, especialmente ahora que tenía ciertas esperanzas de que al fin podría enterarse de la suerte corrida por Regina. Si la mujer que había llamado al programa de la doctora Chandler aparecía y enseñaba la foto del hombre que le había regalado el anillo de turquesas, al menos sería un punto de partida. Se desvistió, colgó la ropa en el pequeño armario, se puso un camisón y una bata. Vera le había preparado el equipaje. Por la mañana empezaría otra tanda de quimioterapia.

Cuando sirvieron la cena, sólo quiso una taza de té y una tostada.

Se metió en la cama, tomó el analgésico que le había traído la enfermera y empezó a adormilarse.

—Señora Clausen.

Abrió los ojos y vio el rostro solícito de Douglas Layton inclinado sobre ella.

—Douglas. —No sabía si se alegraba de la visita, pero en cierto modo se sintió reconfortada al ver la preocupación del joven abogado.

—La llamé a su casa porque necesitábamos que nos firmara un impreso fiscal. Cuando Vera me dijo dónde estaba, vine directamente aquí.

—Pensaba que había firmado todo en la reunión —murmuró.

—Me temo que se le pasó una hoja. No se preocupe, puedo esperar. No quiero molestarla ahora con esto.

—Qué tontería. Déme el papel. —No me sentía bien en esa reunión, pensó Jane. No me extraña que no lo haya firmado.

Cogió las gafas y echó un vistazo al impreso.

—Ah, sí, éste.

Firmó laboriosamente con la pluma que él le tendió, esforzándose por no salirse de la línea.

Esa noche, con la luz tenue del hospital, Jane Clausen pensó en lo parecido que era Douglas a los Layton de Filadelfia que ella conocía. Una buena familia. El día anterior se había apresurado a desconfiar de él. Ése era el problema, pensó. La enfermedad y toda la medicación le estaban haciendo perder el juicio. Mañana llamaría a la doctora Chandler y le diría que estaba segura de que había cometido una equivocación al sospechar de Douglas... una equivocación terriblemente injusta.

—Señora Clausen, ¿necesita alguna cosa?

—No, nada, gracias, Douglas.

—¿Quiere que venga a visitarla mañana?

—Llame antes. Quizá no esté para recibir visitas.

—Comprendo.

Jane Clausen sintió que le levantaba la mano y se la besaba suavemente.

Se quedó dormida antes de que él saliera de puntillas de la habitación, pero aunque hubiese estado despierta, en la oscuridad no habría visto su sonrisita de satisfacción.

51

Tiffany, tras la segunda llamada al programa, estaba muy satisfecha de sí misma. Había transmitido exactamente lo que quería y ahora sólo esperaba que alguien se lo contara a Matt. Además, estaba segura de que a su jefe Tony Sepeddi le encantaría saber que había colado un anuncio del Grotto.

¿Y si Matt aparecía esa noche en el Grotto?, pensó entusiasmada. Tiffany se miró en el espejo. Necesitaba teñirse; las raíces oscuras empezaban a asomarle en el cuero cabelludo. Además, el flequillo estaba demasiado largo. A lo mejor me confunde con un perro pastor, pensó juguetona mientras marcaba el número de la peluquería.

—¡Tiffany! ¡Justo hablábamos de ti! Ayer una clienta nos contó que habías llamado a *Pregúntale a la doctora Susan*. Así que hoy lo hemos puesto. Cuando oí tu voz, le grité a todo el mundo que se callara. Hasta apagamos todos los secadores. Estuviste genial, tan natural, monísima. Y cuéntaselo a tu jefe del Grotto porque te mereces un aumento.

Tiffany pidió hora y se la dieron enseguida.

—Ven ahora mismo. Como ya eres famosa, ahora además tienes que parecerlo.

Al cabo de cuarenta y cinco minutos, Tiffany estaba sentada con un tinte en el pelo.

Volvió a casa a las cuatro y veinte con el pelo brillante a la altura de los hombros, las uñas recién limadas y pintadas de un azul oscuro que Jill la había animado a probar. Tienes que salir dentro de quince minutos, se recordó. Anuncio o no, Tony era terrible con la impuntualidad en el trabajo. Aun así, se tomó su tiempo para plancharse la blusa y la falda que mejor le quedaban. Si Matt aparecía, podrían ir a alguna parte cuando ella acabara, a medianoche.

Dudó si llevar el anillo de turquesas que le había inspirado el momento de gloria, y decidió dejárselo. Si Matt aparecía y se lo mencionaba, ella no haría muchos aspavientos, sólo dejaría que lo viese como quien no quiere la cosa...

En el momento de abrir la puerta para salir, sonó el teléfono. Iba a dejarlo sonar para no entretenerse hablando. Pero se lo pensó mejor y salió corriendo por si era Matt. Cruzó la pequeña sala, entró en el cuarto, más pequeño aún, y atendió a la tercera llamada.

Era la madre de Matt. No se entretuvo con saludos y fue directa al grano.

—Tiffany, por favor, deja de hablar de mi hijo por la radio. Has salido con Matthew sólo unas veces y me dijo que no tenía nada en común contigo. La semana próxima se traslada a Long Island. Hace tiempo que sale con una chica muy atractiva y acaban de prometerse. Así que olvídate de él, y sobre todo no hables de las veces que salisteis juntos. Podrían oírlo sus amigos o la novia.

Un definitivo clic sonó en el oído de Tiffany.

Se quedó helada e inmóvil con el auricular en la mano. ¿Prometido? Ni sabía que tuviera novia, pensó mientras la desesperación se apoderaba de ella.

«Si desea hacer una llamada...»

La voz de la operadora llegaba como de otro planeta. Tiffany colgó con brusquedad. Tenía que ir a trabajar y, si no se daba prisa, llegaría tarde. Echó a correr escaleras abajo con lágrimas en los ojos y no hizo caso del saludo del hijo del casero que jugaba en la entrada.

En el coche, el dolor y la desilusión la invadieron. Los sollozos la convulsionaban. Le habría gustado parar y llorar desconsoladamente hasta cansarse, pero no tenía tiempo.

Pero cuando llegó al Grotto eligió un extremo apartado del aparcamiento y se quedó un rato en el coche. Sacó la polvera para arreglarse. No podía entrar así, no podía dejar que la viesen llorar por un gilipollas que comía pescado crudo y la llevaba a ver bodrios.

—¿Quién te necesita? —dijo en voz alta.

Una capa de maquillaje, un poco de sombra de ojos y un retoque de carmín la ayudaron a reparar el daño, a pesar de que el labio inferior no paraba de temblarle. Bueno, si tú no me quieres, tampoco te quiero yo, pensó con determinación. ¡Te odio, Matt, eres un gilipollas!

Faltaba un minuto para las cinco. Después de todo, llegaría a tiempo, pero tenía que moverse. Lo único que le faltaba era que Tony le gritara.

Camino a la puerta de la cocina, pasó al lado del contenedor. Se detuvo y lo miró. Con gesto rápido se quitó el anillo de turquesas del dedo y lo tiró dentro.

—Este anillo asqueroso sólo me ha traído mala suerte —murmuró. Corrió hasta la puerta de la cocina, la empujó y gritó—: ¡Hola, chicos! ¿Se ha enterado Tony de la publicidad que le he hecho hoy a esta tasca de mala muerte?

52

El paciente de Susan de las dos llegó sólo cinco minutos después que ella. En el taxi se las había arreglado para quitarse de la cabeza todo lo que no fuera la historia clínica del paciente: Mayer Winter, un ejecutivo retirado de sesenta y cinco años que había superado las lesiones causadas por un derrame cerebral. La gravedad de su lesión sólo se notaba en el bastón que usaba para caminar y en una ligera cojera.

Y en la profunda depresión causada por el miedo de que volviera a sucederle, se recordó Susan.

La visita de ese día era la décima sesión que hacían. Susan vio una notable mejoría, el tipo de cambio de actitud que tan gratificante le resultaba. Era su propia reacción a este tipo de victorias lo que le confirmaba que no se había equivocado hacía seis años al cambiar el derecho por la psicología.

En cuanto se marchó el señor Winter, entró Janet con los mensajes.

—Ha llamado la doctora Pamela Hastings. Está en su casa y espera su llamada.

—Ahora la llamo.

—¿No son preciosas las flores?

Susan apenas había reparado en el jarrón que había sobre el archivador de su despacho. Abrió los ojos asombrada.

—Debe de ser un error —exclamó—. Es un jarrón Waterford.

—Ningún error —le aseguró Janet—. Intenté darle una propina al hombre que trajo el ramo, pero la rechazó. Dijo que eran de parte de su jefe. Parecía el chófer o algo así.

Claro, Alex notó algo en mi tono cuando me dijo que también había invitado a Dee el sábado, pensó Susan. Eso explica un detalle tan espléndido. Qué estúpido de mi parte dejar que mis sentimientos fueran tan transparentes.

El regalo era hermoso, pero el placer de recibirlo disminuyó cuando comprendió el motivo. Por un momento se debatió entre llamar o no a Alex y decirle que no podía aceptar el jarrón. Sacudió la cabeza y pensó que ya se ocuparía más tarde de todo eso. Ahora tenía cosas más urgentes que hacer. Levantó el auricular del teléfono.

La conversación fue breve y Pamela Hastings prometió pasar por la consulta al día siguiente a las nueve de la mañana.

Susan echó un vistazo a su reloj. Dentro de un instante llegaría otro paciente, así que no tenía tiempo para especular sobre el hecho evidente de que Pamela Hastings estaba preocupada por algo más que el estado de su amiga. «Doctora Chandler —le había dicho—, tengo que tomar una decisión muy importante relacionada con lo que le ha pasado a Carolyn Wells. Quizá usted pueda ayudarme.»

A Susan le hubiera gustado tener más información, pero sabía que habría sido una conversación complicada. Por lo tanto iba a tener que esperar.

—El señor Mentis está aquí —anunció Janet asomando la cabeza por el vano de la puerta.

A las cuatro menos diez llamó Donald Richards.

—Sólo llamaba para confirmar lo de esta noche, Susan. A las siete en el Palio, en la calle 51 Oeste. ¿De acuerdo?

Después de la llamada, Susan tenía unos minutos antes del siguiente paciente. Buscó el número de Jane Clausen y llamó. Como no hubo respuesta, le dejó un mensaje en el contestador.

A las seis y cinco terminó la sesión del último paciente. Janet ya se había marchado. A Susan le hubiera gustado pasar al menos un rato por su casa, pero sabía que apenas tenía tiempo de arreglarse un poco en la consulta antes de coger un taxi para ir al restaurante.

Le hubiera gustado llamar a Tiffany a su casa para convencerla de que se vieran aunque sólo fuera para comparar su anillo de turquesas con el que Jane Clausen había encontrado entre las pertenencias de Regina. Pero Tiffany seguramente estaba en el restaurante en la hora punta de la cena. La llamaré más tarde, desde casa, pensó. Dijo que trabajaba de noche, así que probablemente esté hasta bastante tarde. Si no la encuentro, telefonearé a su casa por la mañana.

Tuvo un escalofrío. ¿Por qué pensar en Tiffany la intranquilizaba tanto? Era una sensación que tenía que ver con lo que su abuela solía llamar «sexto sentido».

53

No sabía el apellido de Tiffany, pero aunque lo supiera y figurara en la guía de Yonkers, no era prudente ir a buscarla a su casa. Además, no era necesario, ella ya le había dicho dónde encontrarla.

Llamó al Grotto a media tarde y preguntó por ella. Como suponía, aún no había llegado; entraba a las cinco.

Había aprendido hacía mucho tiempo que la mejor manera de obtener información era dejar que los demás corrigieran una afirmación equivocada.

—Termina a las once, ¿verdad?

—A las doce, cuando cierran la cocina. ¿Quiere dejar un mensaje?

—No, gracias. Intentaré llamarla otra vez a su casa.

Al día siguiente, si el que había atendido en el Grotto se acordaba de la llamada, seguramente pensaría que había sido un amigo de Tiffany. Después de todo, ¿no había dicho que sabía el número de su casa?

Esperaba que las horas que faltaban para su excursión a Yonkers fueran placenteras. Sin embargo, estaba impaciente por verla y esperaba la cita con muchas ganas. Tiffany lo había examinado. Probablemente, como mucha gente que trabajaba en restaurantes, tenía buena memoria para las caras. Por pura suerte no le había soltado a Susan Chandler que, cuando estaba en esa tienda, había visto a un hombre comprar uno de esos anillos de turquesas.

Se imaginó a Chandler decir: «Tiffany, lo que me dices es muy importante. Tengo que verte...»

Demasiado tarde, Susan, pensó. Es una lástima...

¿Y el novio de Tiffany? ¿El tal Matt?

Volvió a visualizar la escena en la tienda de *souvenirs*. Había llamado para cerciorarse de que Parki tuviera anillos. Al entrar en la tienda, llevaba en la mano el importe exacto, impuestos incluidos, y tal como había pedido, Parki tenía el anillo en la caja. Fue al dar la media vuelta para marcharse cuando vio a la pareja. Recordaba claramente el momento. Sí, la chica lo miró a la cara. El chico con el que iba estaba revolviendo las chucherías del estante, de espaldas a él. Gracias a Dios no era un problema.

Parki ya había desaparecido de la escena. Y esa noche Tiffany también dejaría de ser una preocupación.

En aquel momento recordó un verso de *El bandolero*, un poema que había aprendido en su infancia: «Llegaré a ti con la luz de la luna, aunque el infierno se interponga en mi camino», y se rió entre dientes.

54

El miércoles por la tarde, cuando Justin Wells regresó del hospital a su despacho, lo sorprendió el mensaje de que llamara al capitán Shea, de la comisaría Diecinueve, para hablar del accidente de su esposa. El mensaje concluía con la alarmante frase: «Ya sabe dónde estamos.»

Justin nunca se permitía recordar aquella terrible noche en que Carolyn había puesto una denuncia contra él.

No tendría que haberla amenazado con matarla, pensó mientras estrujaba el mensaje. En realidad no quería hacerle daño, sólo la cogí del brazo cuando se quiso ir de casa pero no para torcérselo. Se lo doblé porque quiso soltarse.

Después se había encerrado en el cuarto y llamado a la policía. El resto fue una pesadilla. Al día siguiente Carolyn le dejó una nota en la que le decía que retiraba la denuncia pero en cambio solicitaba el divorcio. Después desapareció.

Le había rogado a Pamela Hastings que le dijera dónde estaba Carolyn, pero ella se negó a darle ninguna información. Sólo cuando se le ocurrió llamar a la agencia de viajes de su mujer y decir que no encontraba el número que le había dejado, le dieron el teléfono del barco en que navegaba y pudo llamarla.

Habían pasado exactamente dos años.

Una de las promesas que le había hecho a Carolyn en ese momento era empezar una psicoterapia, y la cumplió, pero... no soportaba la idea de hablar de sus cosas, ni siquiera a alguien tan comprensivo como el doctor Richards, y ahí acabó todo.

Claro que nunca se lo dijo a Carolyn. Ella pensaba que todavía seguía la terapia con el doctor Richards.

Justin empezó a pasearse por el despacho mientras recordaba que Carolyn había estado diferente durante el fin de semana, más callada, nerviosa. Y la semana anterior, un día había vuelto tarde a casa, porque, según ella, había tenido que enseñarle unos planos a un cliente al que le estaba decorando la casa en East Hampton.

Luego, Barbara, la recepcionista, le había dicho el lunes —delante de sus socios— que estaba segura de que Carolyn había llamado al programa *Pregúntale a la doctora Susan* para hablar de un hombre que había conocido en un crucero cuando se había separado de su marido.

Llamó a su mujer y se lo preguntó, y sabía que la había alterado. Ahora Carolyn estaba en el hospital, en coma, intentando decir el nombre de alguien. Algo como «Win». ¿El nombre del tipo con el que se había liado en el barco? El mero hecho de pensar en ello le oprimió el pecho. Las gotas de sudor le cubrían la frente.

Alisó la nota y volvió a leerla. Tenía que llamar al capitán Shea. No quería que volviera a llamarlo otra vez al trabajo. Barbara ya lo había mirado de una manera rara al darle el mensaje.

El recuerdo de esa noche espantosa de hacía dos años casi le daba náuseas: la policía que lo detenía y lo llevaba a la comisaría esposado como un vulgar ladrón.

Justin cogió el auricular y volvió a colgar. Al final se obligó a hacer la llamada.

Una hora más tarde le estaba dando su nombre al sargento del mostrador de la comisaría Diecinueve, perfectamente consciente de que algunos polis se acordarían de su cara.

Lo hicieron pasar al despacho del capitán Shea y empezó el interrogatorio.

—¿Ha vuelto a tener problemas con su mujer desde la última vez, señor Wells?

—Absolutamente ninguno.

—¿Dónde estuvo el lunes entre las cuatro y las cuatro y media de la tarde?

—Dando un paseo.

—¿Pasó por su casa?

—Sí. ¿Por qué?

—¿Vio a su esposa?

—No; había salido.

—¿Entonces qué hizo?

—Volví a la oficina.

—¿Por casualidad estaba en la esquina de la calle Ochenta y uno Park a las cuatro y cuarto?

—No; estaba andando por la Quinta Avenida.

—¿Conocía a la difunta Hilda Johnson?

—¿A quién? —Hizo una pausa—. Espere un minuto. ¿No es la mujer que dijo que Carolyn no se había caído sino que había sido empujada? La vi por televisión. Aunque deduzco que nadie le hizo caso.

—Sí —respondió Shea en voz baja—. Es la mujer que insistió en que habían empujado a su esposa al paso de la camioneta. Hilda era una mujer muy cuidadosa, señor Wells. Jamás le habría abierto la puerta del edificio ni de su apartamento a nadie, a menos que confiara en esa persona. —Tom Shea se inclinó sobre el escritorio y añadió con tono de confidencia—: Señor Wells, yo conocía a Hilda. Era todo un personaje de este barrio. Estoy seguro de que le hubiera abierto las puertas de par en par al marido de la mujer a la que, según ella, habían empujado. Seguramente habría querido contarle personalmente su versión de los hechos. Por casualidad, ¿no visitó anoche a Hilda Johnson?

55

Donald Richards esperaba en la barra del Palio cuando llegó Susan, a las siete y diez.

—Sí, había un tráfico terrible. No te preocupes —le interrumpió la disculpa—, yo también acabo de llegar. Hoy he almorzado con mi madre. Escuchó los programas en los que intervine y se quedó muy impresionada contigo. Sin embargo, cuando le dije que había quedado aquí contigo para cenar, me riñó. Parece que en su época los caballeros siempre pasaban a buscar a las damas a su casa y las acompañaban hasta el restaurante.

Susan rió.

—Con el tráfico que hay en Manhattan, si hubieras tenido que pasar por el Village y volver otra vez al centro, los restaurantes ya habrían cerrado. —Miró en derredor. La barra en forma de herradura estaba repleta y flanqueada a ambos lados por pequeñas mesas, todas ocupadas. En un mural espléndido se veía la famosa carrera de caballos que daba nombre al restaurante; la imagen, en la que predominaban los rojos, se extendía por todas las paredes del salón de dos pisos. La luz tenue daba un ambiente acogedor y sofisticado al mismo tiempo—. Es la primera vez que vengo aquí. Me gusta, es muy bonito —comentó.

—Yo también, pero me lo recomendaron mucho. El comedor está en el primer piso.

Richards le dio su nombre a la joven de la recepción.

—Tenemos la reserva confirmada. Nos dejan usar el ascensor gratis —le dijo a Susan, que trataba de que no se le notara el interés con que examinaba a Donald Richards.

Tenía cabello castaño oscuro, con un toque caoba; «castaño otoño», lo habría llamado la abuela Susie, pensó Susan. Llevaba unas gafas grandes con montura gris de metal. Las lentes resaltaban el color azul grisáceo de los ojos... ¿O eran azules claros, y la montura influía ligeramente en el color?

Era evidente que se había vestido para la cena. El lunes y el martes había ido al estudio con una americana gastada y unos pantalones corrientes, con la típica pinta de profesor descuidado. Pero esa noche, en cambio, tenía un aspecto completamente diferente: un traje azul oscuro, obviamente caro, y corbata azul y plateada.

—Estás estupenda. Me gusta mucho tu conjunto —dijo Donald cuando subieron en el ascensor y se cerraron las puertas.

—No estoy muy segura de estar a tu altura —respondió ella con candidez—. Como diría mi abuela, estás de lo más emperifollado.

—Te aseguro que estás completamente a la altura.

Bajaron en el primer piso, donde los recibió el *mâitre* y los acompañó a la mesa. Pidieron las bebidas, Susan vino blanco y Donald un martini.

—Casi nunca lo pido —explicó—, pero hoy ha sido un día muy duro.

¿Por qué había comido con su madre?, se preguntó Susan. Se recomendó no mostrarse demasiado curiosa. No obstante, quería saber muchas cosas y se preguntaba si encontraría una manera segura de formular las preguntas. Por ejemplo, ¿por qué se había alterado tanto cuando le habían preguntado por la muerte de su esposa? ¿No era normal mencionar que había hecho varios cruceros cuando Susan le habló de la desaparición de Regina Clausen en un barco? Y el *Gabrielle* era su barco favorito. Tenía que hacerlo hablar de él.

La mejor manera de dirigir la conversación hacia donde uno quiere es desarmar al otro. Ayúdalo a relajarse, se dijo.

—Hoy ha llamado una oyente —le comentó con una sonrisa—, y dijo que después de escucharte en el programa fue a comprar tu libro. Le pareció muy bueno.

Richards le devolvió la sonrisa.

—Sí, la he oído. Obviamente una mujer con mucho criterio.

¿La has oído?, se preguntó Susan. Los psiquiatras ocupados no suelen escuchar los programas de consejos de dos horas.

Llegaron las bebidas y Richards levantó la copa para brindar por ella.

—Brindo por el placer de tu compañía.

Era un brindis típico. Sin embargo, ella sintió que detrás del cumplido informal había algo: una intensidad en la forma en que lo dijo y entrecerró los ojos, como si la examinara bajo un microscopio.

—Doctora Susan —le dijo—, tengo que reconocer algo: te he buscado en Internet.

Vaya, ya somos dos, pensó Susan. En fin, ahora estamos parejos.

—¿Te criaste en Westchester? —le preguntó.

—Sí, en Larchmont y después en Rye. Pero mi abuela siempre vivió en Greenwich Village, y de niña pasaba muchos fines de semana con ella. Siempre me ha gustado. Mi hermana es mucho más del tipo club de campo que yo.

—¿Padres?

—Divorciados hace tres años. No fue una de esas situaciones de incompatibilidad, sino que mi padre conoció a otra y se enamoró perdidamente. Mi madre quedó destrozada y pasó por varias etapas: desolación, enfado, amargura, negación...

—¿Y tú cómo te sentiste?

—Triste. Éramos una familia feliz, muy unida, o al menos eso creía. Nos queríamos. Sin embargo, después del divorcio todo cambió. A veces me parece que hubiéramos ido en un barco que choca con un arrecife y se hunde. Nos salvamos todos pero cada uno en un bote salvavidas diferente. —De pronto se dio cuenta de que había contado más de lo que quería.

Donald, para cambiar de tema, le preguntó:

—Tengo curiosidad por algo. ¿Qué te hizo dejar la fiscalía y volver a la universidad para doctorarte en psicología clínica?

Para Susan era una pregunta fácil de responder.

—Me di cuenta de que no estaba tranquila. Cuando sacaba a algún delincuente incorregible de las calles me sentía muy satisfecha. Pero una vez procesé a una mujer que mató a su marido porque estaba a punto de dejarla. La condenaron a quince años. Jamás olvidaré la cara de asombro e incredulidad cuando oyó la sentencia. Lo único que pensé es que si la hubieran cogido a tiempo, si la hubieran ayudado a liberar esa ira antes de que la destruyera...

—Un dolor terrible puede disparar una ira terrible. No me sorprende que más adelante, cuando viste a tu madre en esa situación, pensaras que podría haber sido ella la sentenciada.

Susan asintió.

—Después de la separación, durante un breve período, mi madre tuvo tendencias suicidas y violentas a la vez, por lo menos eso se deducía de la forma en que hablaba de mi padre. Hice todo lo posible por ayudarla. En cierto modo echo de menos los juzgados, pero sé que tomé la decisión apropiada. ¿Y tú qué? ¿Cómo llegaste a esta profesión?

—Siempre quise ser médico. En la facultad comprendí hasta qué punto la mente afecta a la salud física, y elegí la psiquiatría.

Llegó el camarero con las cartas, y tras unos minutos de sopesar los pros y los contras de los diferentes platos, hicieron el pedido. Susan esperaba utilizar la pausa para dirigir la conversación hacia él, pero Richards volvió a su programa de radio.

—Mi madre me preguntó —dijo— si habías vuelto a tener noticias de Karen, la mujer que llamó el lunes.

—No, ninguna.

—¿El productor le mandó la grabación del programa a Justin Wells?

—¿Lo conoces? —preguntó Susan, asombrada.

—Sí, nos hemos visto.

—¿Personal o profesionalmente?

—Profesionalmente.

—¿Lo tratabas por unos celos exagerados y peligrosos?

—¿Por qué lo preguntas?

—Porque si la respuesta es sí, creo que tienes la obligación moral de contárselo a la policía. No quería ser evasiva cuando me preguntaste sobre Karen, pero la verdad es que, aunque no volvió a llamarme, me he enterado de algunas cosas. Resulta que la mujer que dijo llamarse Karen es la esposa de Justin Wells, y en realidad se llama Carolyn. Se cayó o la empujaron delante de una camioneta en marcha poco después de llamarme.

Donald Richards se quedó serio y pensativo.

—Creo que tienes razón, tengo que hablar con la policía —dijo.

—El capitán Shea de la comisaría Diecinueve está a cargo de la investigación —le informó Susan. Tenía razón, pensó. Es evidente que lo que le pasó a Carolyn está relacionado con la llamada que me hizo y los celos de su marido.

Pensó en el anillo de turquesas con aquella frase amorosa. El hecho de que Tiffany lo hubiese comprado en Greenwich Village probablemente no significaba nada. Como las estatuas de la Libertad de plástico, los Taj Mahals de marfil o los relicarios con forma de corazón, eran el tipo de recuerdos y chucherías que tenían las tiendas de todas partes.

—¿Qué tal la ensalada? —preguntó Richards.

Era evidente que quería cambiar de tema. Y tenía razón, pensó Susan aliviada. Ética profesional.

—Perfecta. Ya te he hablado mucho de mí. ¿Y tú, tienes hermanos?

—No; soy hijo único. Crecí en Manhattan. Mi padre murió hace diez años. Mi madre entonces decidió vivir todo el año en Tuxedo Park. Es pintora, bastante buena por cierto, incluso diría que muy buena. Mi padre era un marino nato y solía llevarme a navegar.

Susan cruzó los dedos mentalmente.

—¿Por qué interrumpiste tus estudios durante un año para trabajar en un crucero? ¿Influencia de tu padre?

Richards sonrió.

—Parece que los dos consultamos Internet, ¿no? Sí, lo pasé muy bien ese año. Hice un crucero alrededor del mundo, primero por los puertos más importantes y después por otros más pequeños. Recorrí casi todo el globo.

—¿Qué hace exactamente un ayudante del director del crucero?

—Ayuda a organizar y coordinar las actividades a bordo. Todo, desde contratar a los animadores y asegurarse de que tengan todo lo que necesitan, hasta organizar partidas de bingo o bailes de disfraces. Resolver contratiempos. Fijarse en los pasajeros solos o tristes y animarlos. De todo.

—Tu biografía dice que conociste a tu mujer en el *Gabrielle*, que además es tu barco favorito. Era el barco en que viajaba Regina Clausen cuando desapareció.

—Sí, no la conocía, por supuesto, pero comprendo muy bien por qué le recomendaron el *Gabrielle*. Es un barco precioso.

—Si hubieras sabido de la desaparición de Regina Clausen, ¿la habrías incluido en tu libro? —preguntó con la esperanza de que la pregunta no sonara muy brusca.

—No, no lo creo.

—Me intriga saber qué te dio la idea de escribir *Mujeres desaparecidas*.

—Me interesé en el tema porque hace seis años tuve un paciente cuya mujer desapareció. Un día, simplemente no volvió a casa. Él se la imaginaba en todo tipo de situaciones: prisionera, vagando por las calles con amnesia, asesinada.

—¿Y supo al fin qué había pasado?

—Sí, hace dos años. Cerca de su casa hay un lago. Alguien fue a bucear y vio un coche en el fondo. Resultó su coche y ella estaba dentro. Probablemente derrapó en una curva.

—¿Y qué fue de él?

—Cambió su vida. Al año siguiente se casó. Ahora es una persona diferente de la que acudió a pedirme ayuda. Me impresionó ver que quizá lo que más duele cuando se pierde a un ser querido es no saber qué le ha pasado... y me hizo investigar otros casos de mujeres desaparecidas sin dejar rastro.

—¿Cómo elegiste los casos de tu libro?

—Me di cuenta de que en la mayoría de los casos las desapariciones se debían a algún tipo de engaño. Sobre esa base, analicé cómo algunas mujeres se metían en determinadas situaciones y después recomendé algunas pautas para evitarlas.

Durante la conversación el camarero había retirado los platos de ensalada y servido los primeros. La conversación continuó a lo largo de toda la cena, en la que intercalaron comentarios sobre la buena calidad de la comida y otros restaurantes favoritos (Nueva York es un festín para comer) con las preguntas de tanteo más evidentes.

Don Richards terminó el último trozo de lenguado y se reclinó en el respaldo de la silla.

—Me siento como en una sesión de preguntas y respuestas en la que yo soy el que responde —dijo de buen humor—. Hablemos un poco más de ti, Susan. Como te he dicho, a mí me gusta navegar. ¿Qué haces tú en los ratos libres?

—Suelo esquiar. Me enseñó mi padre, un gran esquiador. A mí me llevaban a esquiar igual que a ti te llevaban a navegar. Mi madre y mi hermana detestan el frío, así que mi padre tenía todo el tiempo para mí.

—¿Sigues esquiando con él?

—No, me temo que ha colgado los esquíes.

—¿Desde que se ha vuelto a casar?

—Más o menos.

Susan se alegró de que el camarero llegara con la carta de los postres. Estaba hablándole demasiado de ella a pesar de que lo que quería era saber de él.

Los dos decidieron saltarse el postre y pedir café. Cuando lo sirvieron, Richards mencionó a Tiffany.

—Hoy me dio mucha pena escucharla. ¿No te parece demasiado vulnerable?

—Creo que está desesperada por enamorarse y que la quieran —coincidió Susan—. Parecía como si Matt hubiera sido lo más parecido a una relación duradera en toda su vida. Mencionó su nombre por si acaso.

Richards asintió.

—Apuesto a que si Matt la llama, no será por lo feliz que está del revuelo armado por el detalle de regalarle un anillo. La mayoría de los chicos se espantarían por algo así.

¿Le quita importancia a lo del anillo?, se preguntó ella. De pronto recordó la letra de la canción *Por siempre mía*: «Ver las pirámides del Nilo, y el sol que se levanta en una isla tropical...»

Cuando más tarde salieron del restaurante, Richards llamó un taxi. Le dio la dirección de Susan.

—No creas que adivino el pensamiento —se explicó—, pero

busqué tu nombre en la guía y te encontré como S. C. Chandler. ¿Qué significa la «C»?

—Connelley, el apellido de mi madre.

Cuando llegaron a su casa, Donald dejó el taxi esperando y la acompañó hasta la puerta del apartamento.

Tu madre va a estar encantada: un perfecto caballero, se dijo Susan pensando en Alex Wright que le había dicho lo mismo hacía dos noches. Dos caballeros en tres días no está mal, pensó.

Richards le cogió la mano.

—Creo que te di las gracias por el placer de tu compañía al principio de la noche. Ahora te las vuelvo a dar con más énfasis aún. —Se puso serio y añadió—: No tengas miedo de que te hagan un cumplido. Buenas noches.

Cuando se marchó, Susan cerró con doble llave y se apoyó un momento contra la puerta.

Después se dirigió al contestador automático. Había dos mensajes; el primero era de su madre: «Llámame a cualquier hora antes de la una.» Eran las once menos cuarto. Sin escuchar el segundo mensaje y con los dedos cruzados para que no pasara nada malo, Susan empezó a marcar.

El nerviosismo de su madre era evidente, y casi sin hacer caso de los saludos de Susan empezó a explicar el motivo de la llamada.

—Susan, es una locura, pero me siento como si me obligaran a elegir entre mis hijas...

Susan escuchó la torpe explicación de su madre de lo contento que estaba Alex Wright de conocerla, a pesar de que Binky quería presentárselo a Dee.

—Sabemos que Dee está muy sola y deprimida, pero no me gustaría que interfiriera en una relación que a lo mejor a ti te gusta... —Era evidente que esa conversación le resultaba muy difícil.

—Te molestaría ver que Dee persigue otra vez a alguien que demuestra interés en mí. Es eso, ¿no, mamá? Pues verás, tuve una cena muy agradable con Alex Wright, pero eso es todo. Creo que Dee lo ha estado llamando. En realidad, él la ha invitado a venir con nosotros a una cena el sábado por la noche. No estoy compitiendo con mi hermana. Cuando encuentre al hombre apropiado para mí, los dos lo sabremos y no tendré que preocuparme de que escape porque mi hermana lo llama con el dedo. Porque si es un hombre de esa clase, entonces no lo quiero.

—¿Estás insinuando que debería olvidarme de tu padre? —protestó su madre.

—No, ¿de dónde sacas eso? Comprendo muy bien lo mal que te

sientes porque papá te ha abandonado. A mí también me hace sentir muy mal. Pero para mucha gente, incluida yo, perder la confianza sería un golpe mortal para una relación. Así que veamos lo que pasa. A fin de cuentas, sólo he salido una vez con Alex Wright. Quizá la próxima vez que nos veamos nos aburramos espantosamente.

—Sólo te pido que comprendas que la pobre Dee está muy mal —le rogó su madre—. Esta tarde me ha llamado para decirme que vuelve a Nueva York. Nos echa de menos y está cansada de la agencia de modelos. Tu padre la ha invitado a un crucero la semana próxima. Espero que le levante el ánimo.

—Yo también. Bueno, mamá, tengo que colgar.

Al fin escuchó el último mensaje. Era de Alex Wright: «He cancelado una cena de trabajo y quería ver si te encontraba. Sé que no está muy bien que te invite otra vez de improviso, pero la verdad es que tenía ganas de verte. Te llamaré mañana.»

Susan volvió a escuchar el mensaje con una sonrisa. Al doctor Richards no le parecería que me resisto a este cumplido, pensó. Y me alegro de que Dee se vaya a hacer un crucero la semana próxima.

Más tarde, cuando estaba en la cama a punto de dormirse, recordó que quería llamar a Tiffany al Grotto. Tenía que convencerla de que se viesen para comparar el anillo de ella con el que habían encontrado entre las pertenencias de Regina Clausen. Encendió la luz y miró el reloj. Eran las doce menos cuarto.

Pidió el número en información y llamó al restaurante. El teléfono sonó durante un buen rato hasta que alguien ladró: «¡Grotto!»

Susan preguntó por Tiffany, que tardó unos minutos en atender. En cuanto le dijo su nombre, la chica explotó.

—Doctora Susan, no quiero volver a oír una palabra sobre ese estúpido anillo. Me llamó la madre de Matt y me dijo que me olvidase de su hijo porque se va a casar. ¡Así que tiré el maldito anillo a la basura! No lo digo por usted, pero ojalá no hubiera oído su programa ese día. Y ojalá Matt y yo jamás hubiéramos entrado en esa tienda de *souvenirs*. Y ojalá el tendero no nos hubiera dicho que ese hombre que acabábamos de ver compraba esos anillos para sus novias.

Susan dio un respingo.

—Tiffany, esto es muy importante: ¿viste a ese hombre?

—Claro, un tío guapísimo, con clase. No como Matt.

—Tiffany, tengo que hablar contigo. Ven mañana a la ciudad. Podemos almorzar juntas. Dime, ¿podrías recuperar el anillo?

—Doctora Susan, ahora mismo está debajo de una tonelada de huesos de pollo y pizza y ahí se va a quedar. No quiero volver a hablar del anillo. Me siento de lo más idiota por haber dicho en su programa lo fantástico que era Matt. ¡Es un gilipollas! Oiga, tengo que cortar. Mi jefe me está mirando mal.

—Tiffany, ¿te has acordado de dónde comprasteis ese anillo? —preguntó Susan con tono de súplica.

—Ya se lo he dicho, en el Village. En el West Village, no muy lejos de una estación de metro. Lo único que recuerdo es que había un *sex shop* enfrente. Tengo que irme. Adiós, doctora.

Susan, completamente despierta, colgó el auricular. Era una lástima que Tiffany hubiera tirado el anillo, pero lo bueno era que aparentemente recordaba al hombre que había comprado varios. Llamaré a Chris Ryan para que investigue a Douglas Layton, pensó, y le daré el teléfono de la casa de Tiffany para que averigüe la dirección. Si no puede, mañana iré a cenar al Grotto.

56

Tiffany se las había arreglado para pasar la noche y mantener el espíritu alegre y descarado de siempre. Le había sido de ayuda que en el Grotto hubiera mucho trabajo y no tuviera tiempo para pensar. Sólo un par de veces, cuando fue al lavabo y vio su imagen en el espejo, sintió que la ira y el dolor se apoderaban otra vez de ella.

A las once, un tipo entró y se sentó en la barra. Tiffany se dio cuenta de que la desnudaba con la mirada cada vez que pasaba a su lado para atender una mesa.

Imbécil, pensó.

A las doce menos cuarto le cogió la mano y la invitó a tomar una copa en su casa cuando acabara de trabajar.

—¡Vete al cuerno! —le respondió ella.

Entonces el tipo le apretó la mano con tanta fuerza que Tiffany gritó de dolor.

—No tienes por qué ponerte desagradable —masculló el.

—¡Suéltala! —dijo Joey, el barman, que había salido de detrás de la barra—. Paga la cuenta y lárgate, ya has bebido bastante.

El tipo se puso de pie. Era grande, pero Joey lo era más aún. Arrojó unos billetes sobre el mostrador y se marchó.

Inmediatamente después llamó la doctora Susan y Tiffany se volvió a acordar de lo mal que se sentía. Lo único que quiero es llegar a casa y meterme en la cama.

A las doce menos cinco, Joey le dijo a Tiffany:

—Avísame cuando salgas, así te acompaño al coche. Quizá ese tipo esté fuera.

Pero en el momento en que Tiffany se abotonaba el abrigo para marcharse, entró un grupo de gente que salía de la bolera y la barra se llenó. Joey tardaría por lo menos diez minutos en poder salir.

—Me voy, Joey, no te preocupes. Nos vemos mañana —dijo Tiffany, y se marchó.

Sólo cuando estuvo fuera recordó que había dejado el coche en el extremo del aparcamiento. Qué fastidio, pensó. Si ese tío está por aquí puede darme problemas. Recorrió el aparcamiento con la mirada. Sólo había una persona, un hombre que parecía recién salido del coche y probablemente enfilaba hacia el bar. A pesar de la penumbra, se notaba que no era el gilipollas que la había molestado. Este hombre era más alto y más delgado.

No obstante, había algo que le producía una sensación rara. Buscó a tientas en el bolso las llaves mientras se dirigía deprisa hacia el coche.

De pronto se encontró delante del hombre. Tenía algo brillante en la mano. ¡Un cuchillo!, pensó y se quedó paralizada. ¡No!, se dijo al ver que el hombre iba a su encuentro. ¿Por qué?, se preguntó incrédula.

—¡Por favor! ¡Por favor! —rogó.

Tiffany vivió lo suficiente para ver la cara de su agresor, lo suficiente para que su excelente memoria la ayudara a reconocer a su asesino: era el hombre con clase que había visto fugazmente en la tienda de *souvenirs* del Village, el que había comprado los anillos con la frase «Por siempre mía».

57

El sudor le perlaba la frente mientras conducía de regreso a la ciudad por la autovía del Bronx. Se había escapado por los pelos. Acababa de cruzar el muro bajo que separaba el Grotto de la gasolinera cerrada en la que había aparcado el coche, cuando oyó a un hombre gritar «¡Tiffany!».

Había dejado su coche al otro lado de la gasolinera y, como por suerte había una pendiente, no tuvo que poner el motor en marcha hasta llegar a la carretera. Una vez allí, giró a la derecha y se mezcló con el resto de los coches. Era muy probable que no lo hubieran visto.

Recordó que la semana próxima todo habría acabado. Elegiría a alguien para «ver la jungla mojada de lluvia» y su misión habría terminado.

Veronica, tan confiada, había sido la primera, y ahora estaba enterrada en Egipto: «Ver las pirámides del Nilo.»

Regina se había ganado su confianza en Bali: «Y el sol que se levanta en una isla tropical.»

Constance había reemplazado a Carolyn: «Ver el zoco del viejo Argel.»

«Cruzar el océano en un avión plateado.» Pensó en Monica, la tímida heredera a la que había conocido en un vuelo a Londres. Recordaba la conversación que habían mantenido sobre el reflejo del sol en el ala de la nave.

Ahora se daba cuenta de que los anillos habían sido un error. Una especie de broma privada, como los nombres utilizados en sus viajes especiales. Tendría que haberse guardado las bromas.

Pero Parki, el artesano que hacía los anillos, ya estaba fuera de la circulación. Y Tiffany, la que lo había visto comprarlos, también. Estaba seguro de que la chica, igual que Carolyn, al final lo había reconocido. Tiffany lo había visto con claridad y sin ningún tipo de disfraz en la tienda de *souvenirs*, pero aun así resultaba inquietante que lo hubiera reconocido en la penumbra del aparcamiento.

Bueno, eran unas plumas al viento que no podía recuperar, pero que seguramente volarían sin que nadie las viera. Por mucho que hubiera intentado mantenerse fuera del objetivo de las cámaras en los cruceros, era inevitable haber salido en alguna foto. Fotos que gente de todo el mundo sin duda habría enmarcado para recordar sus fabulosas vacaciones. Fotos que ahora pasaban desapercibidas en montones de escritorios o paredes. Aquello le resultaba divertido y alarmante al mismo tiempo.

Después de todo, Carolyn Wells había estado a punto de mandarle a Susan Chandler una foto en la que salía él. La idea de haber escapado por los pelos le crispaba los nervios. Se imaginaba a Susan abriendo el sobre, asombrada y horrorizada al reconocerlo.

Al fin llegó al garaje donde guardaba el coche. Bajó la rampa, se detuvo y le hizo una seña al vigilante, que lo saludó con la amabilidad reservada a los viejos clientes. Era casi la una. Caminó hasta su casa, satisfecho de sentir el viento fresco en la cara.

Dentro de una semana todo habrá acabado, se prometió. Para entonces habré empezado la última etapa de mi viaje. Susan Chandler habrá sido eliminada y empezará mi crucero final.

Sabía que una vez hubiera acabado, desaparecería ese fuego que lo consumía y al fin sería libre... libre para ser la persona que su madre siempre había creído que llegaría a ser.

58

El jueves a primera hora de la mañana, Pamela Hastings se detuvo en el hospital para visitar a Carolyn Wells, con la esperanza de encontrarla mejor. Pero le dijeron que seguía igual.

—Volvió a llamar a ese Win —le dijo Gladys, la jefa de enfermeras del turno de la mañana—. Pero a mí me sonó a algo así como «Oh, Win», como si intentara hablar con él.

—Gladys, ¿su marido la oyó cuando lo dijo?

—No, no ha vuelto desde ayer por la tarde.

—Vaya. ¿Sabe si ha llamado? ¿Está enfermo?

—No tenemos ninguna noticia suya.

—Pero bueno —dijo Pam como para sí misma—. Lo llamaré. ¿Puedo ver a Carolyn?

—Por supuesto.

Habían pasado sólo dos días y medio desde el accidente, pero estaba muy familiarizada con la unidad de cuidados intensivos. El día anterior estaban corridas las cortinas de un cubículo en el que había un hombre con un infarto agudo. Ese día la cama estaba vacía. Pamela decidió no preguntar; estaba segura de que había muerto durante la noche.

La parte sin vendar de la cara de Carolyn esa mañana parecía más morada e hinchada que el día anterior. A Pam todavía le resultaba imposible creer que esa mujer llena de vendas y tubos fuera su amiga de toda la vida, tan guapa y entusiasta.

Carolyn tenían las manos sobre la colcha. Pam entrelazó los dedos con los de su amiga y notó que le faltaba la sencilla alianza de oro. Recordó lo poco que a su amiga le gustaba llevar joyas. Algunos broches, unos pendientes y el sencillo collar de perlas de su abuela era lo máximo que se permitía usar.

—Carolyn —dijo en voz baja—. Soy yo, Pam. Sólo quería saber

cómo estabas. Todo el mundo me pregunta por ti. En cuanto mejores vendrán a verte. Vicky y Lynn están organizando una fiesta de convalecencia. Champán, caviar, salmón ahumado... La «banda de las cuatro» sabe cómo divertirse, ¿no?

Pam sabía que era pura cháchara, pero le habían dicho que a lo mejor Carolyn la escuchaba. No quería hablar de Justin. Se le ocurrió que si éste la había empujado delante de la camioneta y Carolyn lo sabía, estaría aterrorizada.

—Tengo que irme, Carolyn —dijo—, pero volveré mas tarde. Te quiero.

Le rozó la mejillas con los labios y no percibió ninguna reacción.

Salió de la UCI secándose las lágrimas con el dorso de la mano. Al pasar por la sala de espera, se quedó pasmada de ver allí a Justin, cabizbajo en una silla. Estaba sin afeitar y con la misma ropa que la tarde anterior. Al verla, salió al pasillo.

—¿Te ha dicho algo Carolyn? —le preguntó ansioso.

—No, nada. Justin, por el amor de Dios, ¿qué pasa? ¿Por qué no viniste anoche?

Él dudó antes de responder.

—Creo que la policía, aunque aún no me ha acusado formalmente de nada, piensa que yo empujé a Carolyn bajo esa camioneta. —Miró a Pamela fijamente a los ojos—. Te impresiona, ¿no es así, Pam? Te impresiona pero no te sorprende. A ti también te había pasado por la cabeza esa posibilidad, ¿no? —Torció el gesto y empezó a sollozar—. Nadie comprende cómo me siento y lo que siento por ella. —Meneó la cabeza y señaló la UCI—. No pienso volver a entrar allí. Si alguien la empujó, y si Carolyn se dio cuenta de que la empujaban pero no vio quién era, hasta ella puede pensar que fui yo. Pero tengo una pregunta que haceros a todos vosotros. Si está liada con ese tipo, con ese Win ¿por qué diablos no está aquí con ella ahora?

59

Chris Ryan había sido agente del FBI durante treinta años. Cuando se retiró montó una pequeña empresa de seguridad en la calle 52 Este. Ahora, a sus sesenta y nueve años, con una cabellera completamente canosa y unos kilos de más, expresión afable y ojos azules, parecía el personaje perfecto para encarnar a Papá Noel en la escuela de sus nietos.

Su personalidad sencilla y su sentido del humor sardónico lo convertían en alguien muy querido, pero todos los que lo trataban profesionalmente tenían un gran respeto por sus cualidades de investigador.

Susan y él se habían hecho amigos porque la familia de una víctima de asesinato lo había contratado para que tratara de resolver el crimen al margen de la policía. Susan trabajaba directamente en ese caso como ayudante del fiscal de distrito y la información que Chris averiguó y le transmitió la ayudó a conseguir una confesión.

Cuando le dijo que había decidido dejar la fiscalía y volver a estudiar, Ryan se quedó atónito.

«Pero si eres una penalista nata. ¿Por qué quieres perder el tiempo escuchando a un montón de quejicas lamentarse de sus problemas?», le había dicho. «Créeme, Chris, es un poco más que eso», respondió Susan riendo.

De vez en cuando se veían y cenaban juntos. Así que cuando ella lo llamó el jueves por la mañana, Chris se alegró mucho.

—¿Y si te invito a comer? —le preguntó—. Hay un sitio nuevo en la esquina de la Cuarenta y nueve y la Tercera. Unos chuletones muy sabrosos. Uno se alegra incluso de que le suban el colesterol. ¿Qué te parece?

—¿Un sitio nuevo en la Cuarenta y nueve y la Tercera? A mí me parece que ahí está Smith y Wollensky. Y creo que existe hace unos setenta años. Incluso alguna gente cree que tú eres el dueño. —Rió—. De acuerdo, pero tengo que pedirte un favor, Chris. Necesito una investigación rápida sobre alguien.

—¿Sobre quién?

—Un abogado, Douglas Layton. Trabaja en Hubert March y Asociados, un bufete de asesoramiento legal y financiero. Layton también está en el consejo de la Fundación de la Familia Clausen.

—Todo un triunfador. ¿Estás pensando en casarte con él?

—No, para nada.

Ryan se apoyó contra el respaldo de la silla giratoria mientras Susan lo ponía al corriente de los antecedentes y le explicaba que Jane Clausen había expresado cierta inquietud sobre Layton. Después escuchó con atención el relato de todos los acontecimientos, desde el programa de radio del lunes en que se había hablado por primera vez de la desaparición de Regina Clausen.

—¿Y dices que ese tipo se largó de tu consulta cuando se suponía que debía aparecer la tal Karen?

—Así es. Y algo que Layton le dijo a la señora Clausen el martes indicaba que conocía a su hija... un hecho que siempre ha negado.

—Pondré manos a la obra —prometió Ryan—. Últimamente no he tenido nada interesante. Sólo vigilar a algunos tíos para novias celosas. En estos tiempos nadie confía en nadie. —Cogió el bloc y un bolígrafo—. Ahora mismo me pongo a trabajar. ¿Adónde le mando la factura a la señora Clausen?

Notó que Susan dudaba.

—Me temo que no es tan sencillo. Esta mañana he encontrado un mensaje de la señora Clausen en el contestador, dice que ha tenido que ingresar en el hospital para hacerse unas sesiones de quimioterapia y que cree que sus sospechas sobre Layton eran infundadas. Es evidente que quiere que me olvide del tema, pero no puedo. No creo que se haya equivocado y estoy preocupada por ella. Así que la factura mándamela a mí.

Chris Ryan gruñó.

—Gracias a Dios tengo una pensión. Cada primero de mes le doy un beso al retrato de J. Edgar Hoover. De acuerdo. Esto está hecho. Te llamaré, Susie.

60

Leah, la secretaria de Doug Layton, una mujer sensata de poco más de cincuenta años, estudió a su jefe con mirada de censura. Parece que haya estado toda la noche de juerga, pensó mientras él pasaba por su lado y la saludaba mecánicamente.

Leah se levantó, fue hasta la cafetera y sirvió una taza. Llamó a la puerta del despacho de su jefe y entró sin esperar respuesta.

—No quiero malcriarlo, Douglas, pero creo que le hace falta.

Era evidente que Layton no estaba para bromas. Había irritabilidad en su voz cuando respondió:

—Ya sé, Leah, que usted es la única secretaria que de vez en cuando le prepara café a su jefe.

Estaba a punto de decirle que parecía muy cansado, pero decidió que ya había dicho bastante. Parece que también bebió unas copas de más, pensó. Tendría que cuidarse; no creo que en este bufete estén dispuestos a tolerar algo así.

—Avíseme si quiere otra taza —dijo lacónicamente mientras ponía el café sobre el escritorio.

—Leah, la señora Clausen está otra vez en el hospital —dijo Douglas en voz baja—. Anoche fui a verla. Creo que no le queda mucho tiempo.

—Oh, lo siento mucho. —Leah de pronto se sintió culpable. Sabía que Jane Clausen para Doug era mucho más que una clienta—. ¿Siguen en pie sus planes de ir a Guatemala la semana próxima?

—Por supuesto. Pero no voy a esperar a mostrarle la sorpresa que le tenía preparada para cuando regresara con mi informe.

—¿El orfanato?

—Sí. Ella no sabe lo rápido que han trabajado para renovar las viejas instalaciones y construir un pabellón nuevo. El señor March y yo pensamos que le gustaría mucho verlo acabado. La señora aún no sabe que la gente que dirige el orfanato nos ha pedido que le pongamos el nombre de Regina.

—¿Verdad que ha sido idea suya, Douglas?

Layton sonrió.

—Es posible, pero lo que sí propuse fue que no sólo sorprendiéramos a la señora Clausen con el nombre del orfanato, sino también con las novedades. Aunque la ceremonia será la semana que viene, creo que no deberíamos esperar más tiempo para mostrarle las fotos. Tráigame el expediente, por favor.

Leah y él examinaron las fotos de dieciocho por veinticuatro que mostraban las obras de la parte nueva del orfanato. En las más recientes se veía el edificio acabado, una bonita construcción en forma de L, pintada de blanco con tejado verde.

—Capacidad para doscientos niños más —dijo Douglas—. Equipado con los últimos adelantos clínicos. No se puede ni imaginar cuántos niños llegan desnutridos. Mi próximo proyecto es agregar una residencia para que los futuros padres puedan pasar una temporada con los niños que van a adoptar. —Abrió un cajón del escritorio—. Aquí está la placa de homenaje que descubriremos. La pondremos aquí. —Señaló con el dedo un punto en el terreno que había delante del edificio y trazó un círculo—. Se verá claramente desde la carretera y desde el camino de acceso. —Se quedó pensativo y bajó la voz—. Iba a pedirle a un pintor del lugar que reprodujera la ceremonia en que se descubriera la placa. Pero creo que debemos pedir a alguien que pinte algo inmediatamente. Póngase en contacto con Peter Crown para que se ocupe del asunto.

Leah estudió la bonita placa con letras doradas y grabadas que decía: HOGAR REGINA CLAUSEN.

—¡Ay, Douglas, la señora Clausen estará tan contenta! —exclamó Leah con los ojos húmedos—. Al menos es algo bueno que ha resultado de una tragedia.

—Efectivamente —coincidió con emoción Douglas Layton.

61

A las nueve y diez, la secretaria de Susan anunció por el intercomunicador:

—La doctora Pamela Hastings está aquí.

Susan, que empezaba a preocuparse de su tardanza, le dijo a Janet que la hiciera pasar.

Nada más verla se notaba que la mujer estaba alterada: tenía la frente arrugada y los labios apretados. Pero a Susan le cayó bien en cuanto empezó a hablar y vio que era una persona amable e inteligente.

—Doctora Chandler, la otra noche, cuando llamó al hospital, debí de parecerle una maleducada, pero me sorprendió que llamara.

—Y sin duda se sorprendió más aún cuando supo por qué llamaba, doctora Hastings. —Susan le tendió la mano y añadió—: ¿Nos tuteamos?

—Perfecto. —Pamela Hastings le estrechó la mano y se sentó. Acercó la silla hacia el escritorio de Susan como si temiera que alguien oyera lo que iba a decir—. Lamento llegar tarde y no poder quedarme mucho tiempo. Estos últimos dos días he pasado tanto tiempo en el hospital que no tengo preparada la clase de hoy.

—Y mi programa empieza dentro de cincuenta minutos —dijo Susan—, así que será mejor que vayamos al grano. ¿Ha oído la grabación de la llamada que Carolyn Wells hizo el lunes a mi programa?

—¿La cinta que Justin negó haber pedido? No.

—Ayer se la dejé a la policía. Pero haré otra copia y se la haré llegar. Aunque estoy casi segura de que fue Carolyn Wells quien llamó, me gustaría comprobarlo. Mientras tanto, le cuento lo que dijo.

Mientras le describía el programa sobre la desaparición de Regina Clausen y la llamada de una oyente con el supuesto nombre de Karen, Susan vio cómo aumentaba la preocupación de Pamela Hastings.

—No me hace falta escuchar la cinta. El viernes por la noche vi el anillo de turquesas con esa frase grabada. Me lo enseñó Carolyn. —Pamela le habló brevemente de la fiesta de cumpleaños.

Susan abrió un cajón del escritorio y sacó su bolso.

—La madre de Regina Clausen estaba oyendo el programa y escuchó la llamada de Carolyn. Después vino a verme con un anillo que había encontrado entre las pertenencias de su hija. ¿Quiere echarle un vistazo?

Abrió el bolso y sacó el anillo de turquesas.

Pamela Hastings palideció.

—Es idéntico al que me enseñó Carolyn —dijo al fin—. ¿También tiene grabada la frase «Por siempre mía»?

—Sí, aquí está. ¿Quiere verlo de cerca?

Pamela sacudió la cabeza.

—No, no quiero tocarlo. Como es usted psicóloga pensará que estoy loca, pero tengo un don o una maldición, según el caso, una intuición muy aguda, poderes adivinatorios o como quiera llamarlos. La otra noche, cuando toqué el anillo de Carolyn, le advertí que podía ser la causa de su muerte.

Susan la tranquilizó con una sonrisa.

—No pienso que esté loca. Tengo mucho respeto por los dones que menciona. Y, aunque no los comprendo, estoy convencida de que existen. Dígame, ¿qué siente con este anillo? —Volvió a tendérselo.

Pamela apartó la mirada.

—Lo siento pero no puedo tocarlo.

Ésa era la respuesta que Susan temía. El anillo era un presagio de muerte. Hubo un silencio incómodo que ella misma interrumpió.

—El lunes, cuando Carolyn me llamó al programa, percibí ansiedad en su voz. Le seré franca: me pareció que tenía miedo de su marido. El capitán de policía que escuchó la cinta tuvo la misma impresión.

—Justin es muy posesivo con Carolyn —dijo Pamela en voz baja. Era evidente que elegía las palabras cuidadosamente.

—¿Posesivo y bastante celoso como para hacerle daño?

—No lo sé. —Eran palabras angustiadas, como si se las arrancaran. Al fin levantó las manos en un gesto casi de súplica—. Carolyn está inconsciente, y si vuelve en sí quizá nos dé una versión de los hechos completamente diferente, pero debo decirle que parece estar llamando a alguien.

—¿Quiere decir a alguien a quien usted no conoce?

—Varias veces ha dicho Win. Esta mañana temprano, según la enfermera, dijo «Oh, Win».

—¿Está segura de que es un nombre?

—Se lo pregunté ayer, mientras estaba al lado de la cama cogiéndole la mano, y sentí que me apretaba la palma. Por un momento pensé que iba a recuperar el conocimiento.

—Pamela, las dos tenemos que irnos, pero debo hacerle otra pregunta. ¿Cree que Justin Wells sería capaz de hacer daño a su mujer en un ataque de celos?

Pamela reflexionó.

—Creo que lo era, y quizá aún lo sea, no lo sé. Desde el lunes por la noche está completamente alterado y ahora que la policía lo ha interrogado está peor.

Susan pensó en Hilda Johnson, la anciana asesinada que había declarado que un hombre había empujado a Carolyn Wells.

—¿Estuvo con Justin Wells en el hospital el lunes por la noche?

Pamela asintió.

—Estuve desde las cinco y media de la tarde del lunes hasta las seis de la mañana del martes.

—¿Y él estuvo todo el tiempo?

—Sí, claro —dijo, pero dudó—. No, todo el tiempo no. Recuerdo que bajaron a Carolyn del quirófano a eso de las diez y media de la noche y Justin salió a dar un paseo. Quería tomar un poco de aire para no tener uno de esos ataques de migraña. Volvió en menos de una hora.

Hilda Johnson vivía a pocas manzanas del hospital Lenox Hill, recordó Susan.

—¿Qué aspecto tenía Justin cuando regresó al hospital?

—Estaba mucho más tranquilo —respondió Pamela—. Demasiado tranquilo. Me refiero a que parecía casi en estado de trance, trastornado.

62

El jueves por la mañana, el capitán Tom Shea volvió a interrogar al testigo Oliver Baker en la comisaría. Esta vez Baker estaba muy nervioso.

—Capitán, mi mujer está hecha un manojo de nervios desde que usted llamó anoche. Empieza a preguntarse si no creerá usted que fui yo el que empujó a esa pobre mujer y quiere hacerme hablar del accidente para que me enrede y delate.

Shea vio que sus mejillas picadas de viruela, la boca pequeña y la nariz delgada parecían encogidas, como si Baker temiera que fueran a golpearlo.

—Señor Baker —dijo con fatigada paciencia—, le hemos pedido que venga sólo para ver si recuerda algún otro detalle, por muy insignificante que le parezca.

—¿No estoy bajo sospecha?

—En absoluto.

Baker lanzó un suspiro de alivio.

—¿Me dejaría llamar ahora a Betty? Cuando me marché tenía un ataque de ansiedad.

Shea levantó el teléfono.

—¿Qué número tiene? —Marcó y cuando atendieron dijo—: ¿Señora Baker? Me alegro de encontrarla. Soy el capitán Shea de la comisaría Diecinueve. Quería tranquilizarla personalmente. Le pedí a su marido que viniera hoy otra vez sólo porque es un testigo muy valioso. Algunas personas recuerdan pequeños detalles al cabo de unos días del incidente y esperamos que sea el caso de Oliver. Ahora se lo paso. Buenos días y encantado de hablar con usted.

Un sonriente Oliver Baker cogió el teléfono que le tendía Shea.

—¿Has oído, querida? Soy un testigo muy valioso. Claro. Si las niñas llaman de la escuela diles que su padre no acabará en la cárcel... ja, ja. Por supuesto, volveré a casa en cuanto salga del trabajo. Hasta luego.

Tendría que haber dejado que se preocupara, pensó Shea.

—Pues bien, señor Baker, repasemos un par de hechos. ¿Dijo usted que vio que alguien le quitaba un sobre marrón a la señora Wells?

—No, no dije «quitar»; pensé que el hombre lo cogió para ayudarla a no perder el equilibrio.

—¿Y recuerda algo de la apariencia de ese hombre? ¿No le echó un vistazo a la cara?

—No, la mujer, la señora Wells, estaba semigirada. La miré directamente a ella porque vi que había perdido el equilibrio. Y después vi que ese hombre, que no sé quién era, tenía el sobre.

—¿Está seguro de que era un hombre? ¿Por qué está tan seguro?

—Le vi el brazo... ya sabe, la manga del abrigo, la mano.

Parece que al fin empezamos a llegar a alguna parte, pensó Shea esperanzado.

—¿Qué abrigo llevaba?

—Una gabardina. Pero eso sí, una buena. La ropa de calidad se reconoce, ¿no le parece? No estoy seguro, pero apuesto a que era una Burberry.

—¿Una Burberry?

—Sí.

—Sí, lo tengo apuntado en mis notas; me lo dijo la otra vez. ¿Vio si llevaba algún anillo?

Baker sacudió la cabeza.

—Seguro que no. Tiene que entender, capitán, que todo sucedió en una fracción de segundo y después clavé la vista en esa pobre mujer. Sabía que la camioneta la atropellaría.

Una gabardina Burberry, pensó Shea. Bueno, comprobaremos cómo fue a trabajar Wells ese día.

—Señor Baker, lamento las molestias —dijo poniéndose de pie— y le agradezco que haya venido.

Baker, tranquilo de no ser sospechoso, parecía no querer marcharse.

—No sé si le resultará útil, capitán, pero... —titubeó.

—Cualquier cosa puede ser útil. Adelante.

—Bueno, quizá me equivoque, pero creo que el hombre que se llevó el sobre tenía un reloj con una correa de piel oscura.

Una hora más tarde, el detective Marty Power estaba en el despacho de Wells. Aunque Justin no estaba allí, el detective, enviado por Shea, tuvo una charla informativa con la amable recepcionista, Barbara Gingrass. En menos de tres minutos se enteró de cómo Barbara había oído la llamada de Carolyn Wells al programa *Pregúntale a la doctora Susan* y cómo luego se lo contó al señor Wells.

—Creo que le sentó muy mal y se enfadó —le confió la chica—, porque después salió y no me dijo cuándo regresaría.

—¿Recuerda si llevaba algún abrigo cuando se marchó? —preguntó Power.

Barbara se mordió el labio, pensativa.

—A ver. Por la mañana llevaba un abrigo de tweed. Es un hombre que viste muy bien y siempre me fijo en lo que lleva. Mi novio, Jake, tiene más o menos la misma talla que el señor Wells y también el pelo oscuro, así que cuando le compro ropa o algún regalo, busco algo que le haya visto al señor Wells. —Sonrió—. Jack cumplió años la semana pasada y le compré una camisa a rayas azules con los puños y el cuello blancos, igual a la que tiene el señor Wells. Me costó una fortuna, pero le encantó. Y la corbata...

Marty Power, a quien no le interesaba qué corbata le había regalado a Jack para su cumpleaños, la interrumpió.

—¿Está segura de que Justin Wells llevaba un abrigo de tweed el lunes?

—Completamente. Pero... espere un minuto. ¿sabe una cosa? Cuando el señor Wells salió el lunes por la tarde llevaba el abrigo, pero cuando regresó llevaba la gabardina Burberry. No me había dado cuenta, supongo que pasó por su casa.

La última información valiosa que recibió el detective fue que Wells siempre llevaba un reloj con una correa de piel oscura.

63

Alex Wright tenía ocupada la mayor parte del jueves, así que le pidió a su chófer que pasara a buscarlo a las nueve menos cuarto de la mañana. Jim siempre saludaba efusivamente a su jefe, pero a partir de ese momento dejaba la iniciativa en manos de Alex e intervenía sólo cuando lo creía oportuno.

A veces Alex Wright tenía ganas de hablar y conversaban sobre todo, desde el tiempo hasta de política, pasando por cosas de actualidad o los nietos de Jim. Otros días, el señor Alex lo saludaba con amabilidad y luego abría su maletín o el *New York Times* y guardaba silencio durante todo el viaje.

A Jim le parecía bien cualquiera de las dos cosas. Su devoción hacia Alex Wright era incuestionable, y más aún desde hacía dos años, cuando gracias a él su nieta había podido ingresar en Princeton. La habían admitido por mérito propio, pero incluso con la beca y el crédito era un gasto demasiado gravoso para su familia.

El señor Alex, que también había estudiado en Princeton, había insistido en que la chica fuera a esa universidad. «¿Estás bromeando, Jim? —le había preguntado—. Sheila no puede rechazar un ingreso en Princeton. Si la beca no alcanza, yo me haré cargo del resto. Sólo dile que me salude en los partidos de fútbol.»

Veinticinco años atrás, cuando su hijo Jim había tenido que ir a la universidad, las cosas habían sido muy distintas, recordó el chófer. Le pedí un aumento al señor Alex padre y me dijo que tenía suerte de tener trabajo, pensó.

Jim se dio cuenta de que esa mañana iba a ser de las silenciosas.

Alex Wright, después de saludarlo, abrió el maletín y sacó una carpeta. La estudió en silencio mientras el coche avanzaba por el tráfico del East Side Drive en dirección a Wall Street. Pero a la altura del Puente de Manhattan, puso el maletín a un lado y empezó a hablar.

—Ojalá no tuviera que salir de viaje la semana próxima, Jim —dijo.

—¿A qué lugar de Rusia va exactamente, señor Alex?

—A San Petersburgo. Hermosa ciudad. El Hermitage es magnífico. El problema es que no tendré tiempo para visitar nada. Con suerte apenas lograré terminar los planos del hospital que estamos construyendo. Estoy un poco preocupado por el lugar que han elegido.

Se acercaban a la salida, de modo que Jim se concentró en la conducción y esperó a cambiar de carril para preguntar:

—¿Pero no puede tomarse unos días para descansar? —Miró por el retrovisor y se sorprendió al ver la súbita sonrisa que iluminó el rostro de su jefe con una expresión casi infantil.

—Podría, pero la verdad es que no quiero.

Se trata de Susan Chandler, pensó Jim. Vaya, parece que le gusta de verdad. No podría haber elegido a nadie mejor, y eso que sólo la he visto una vez.

Jim creía que en un momento dado, uno conocía a alguien y se producía el flechazo. A él le había pasado hacía cuarenta años cuando acudió a una cita a ciegas y conoció a Moira. En cuanto vio sus ojos azules se enamoró perdidamente.

Sonó el teléfono del coche. Jim nunca atendía, a menos que su jefe se lo pidiera. Casi todas las llamadas eran personales. La voz de Alex Wright pasó del cálido saludo inicial a un tono más reservado.

—Ah, Dee, ¿qué tal? Estoy en el coche. Sí, tengo el desvío de llamadas activado en casa... ¿Has cogido un vuelo tan temprano? Debes de estar exhausta... Claro, ¿pero no estarás muy cansada?... Por supuesto, si tú lo dices. A las cinco en el Saint Regis. Le dije al agente inmobiliario que te llamara... Sí. Llamaré a Susan a ver si también quiere venir esta noche... De acuerdo, hasta luego.

Colgó y marcó otro número.

Jim lo oyó preguntar por la doctora Susan y después decir con cierta irritación:

—Esperaba encontrarla antes de que se marchara al estudio. Por favor, pásele este mensaje en cuanto vuelva a la consulta.

Jim vio por el retrovisor que Alex Wright colgaba el teléfono con el entrecejo fruncido. ¿Quién demonios era Dee y qué le preocupaba?, se preguntó.

Si hubiera sido capaz de adivinar el pensamiento de su jefe, habría comprendido que Alex estaba molesto porque creía que la secretaria de Susan no le había pasado el mensaje que le había dejado antes de que ella se marchara al estudio, y también por haber dejado puesto el desvío de llamadas en el teléfono de su casa para que lo encontrara precisamente la persona que más quería evitar.

64

Susan llegó al estudio con diez minutos de antelación. Como siempre, asomó la cabeza en el despacho de Jed Geany preparada para recibir la consabida reprimenda: un día de éstos no llegaría a tiempo para la emisión y «no digas que no te avisé».

Pero ese día él la miró con gesto sombrío.

—Empiezo a creer que traemos mala suerte a las personas que nos llaman, Susan.

—¿A qué te refieres?

—¿No te has enterado? Anoche, al salir del trabajo, mataron de una puñalada a Tiffany, la camarera de ese restaurante de Yonkers.

—¡Qué! —Susan sintió un puñetazo en el estómago y se apoyó en el escritorio de Jed para conservar el equilibrio.

—Calma, tranquila —le dijo él poniéndose de pie—. Tienes que empezar el programa dentro de unos minutos. Y prepárate porque seguramente te llamará un montón de gente por este asunto.

Ella recordó la conversación que había tenido la noche anterior con Tiffany, las ganas que tenía de volver con su novio y lo herida que se había sentido por la llamada de la madre de éste. Don Richards y yo comentamos lo sola que parecía, pensó. ¡Dios mío! ¡Pobre chica!

—¿Recuerdas que trataste de evitar que diera el nombre del sitio donde trabajaba? —dijo Ted—. Pues parece que un hombre entró a buscarla, trató de ligársela y se enfadó porque ella lo rechazó. Es un mal bicho, tiene una larga lista de antecedentes.

—¿Están seguros de que fue él? —preguntó Susan como atontada.

—Por lo que sé, la poli lo ha atrapado *in fraganti*. Aunque creo que todavía no ha confesado nada. Vamos, tenemos que entrar en el estudio. Voy a buscarte una taza de café.

Susan se las arregló para hacer el programa. Tal como Jed había previsto, hubo numerosas llamadas por lo de Tiffany. Jed, por sugerencia de Susan, llamó al Grotto durante una pausa y habló con Tony Sepeddi, el dueño.

—Joey, el barman, le dijo a Tiffany que esperara, que la acompañaría hasta el coche —explicó Sepeddi con voz ahogada de emoción—. Pero llegó gente, se puso a trabajar y ella se marchó. Cuando vio que se había largado, salió para cerciorarse de que estaba bien. Entonces vio a ese mal nacido que corría hacia la gasolinera de al lado. Cuando encontraron el cuerpo de Tiffany, el muy cabrón ya había escapado, pero Joey está casi seguro de que es el mismo que la molestó en la barra.

¿No se habrán equivocado de hombre? No parece un crimen aislado, pensó Susan. Carolyn Wells me llama y al cabo de unas horas la atropellan; está viva por pura casualidad. Hilda Johnson jura que vio a alguien empujar a Carolyn Wells y al cabo de unas horas la asesinan. Tiffany menciona que vio a un hombre comprar un anillo de turquesas con la inscripción «Por siempre mía» y ahora la han apuñalado. ¿Coincidencia? No lo creo. El hombre que ha detenido la policía... ¿mató a Tiffany y a Hilda Johnson y empujó a Carolyn Wells?

Susan, con intención de cerrar el programa, se dirigió a los oyentes.

—Agradezco todas sus llamadas. Pienso que en las pocas veces que Tiffany habló conmigo, todos llegamos a conocerla. Sé que ustedes lamentan su muerte tan profundamente como yo. Ojalá hubiera esperado esos minutos para que el barman la acompañara al coche. En la vida de cada uno hay muchos «ojalás», quizá también podamos sacar una lección de todo esto. No sabemos si el asesino fue a ese restaurante porque ayer oyó por radio dónde trabajaba, pero si así fue, ésta es una tragedia más que demuestra que nunca debemos dar nuestro nombre, dirección ni lugar de trabajo a nadie. —La voz se le quebró mientras concluía—: Recordemos a Tiffany y su familia en nuestras oraciones. Hemos llegado al final y volveremos mañana.

Salió del estudio inmediatamente y se marchó a la consulta. Tenía que revisar la historia del paciente de la una y hacer varias llamadas telefónicas.

Janet, con cara de pesar, le mencionó las dos llamadas de Alex Wright.

—Usted me dijo que apuntara los mensajes mientras hablaba con la doctora Hastings y después salió tan deprisa que no me acordé de decirle que lo llamara. Más tarde dejó otro mensaje.

—Comprendo.

El primer mensaje decía que lo llamara antes del programa. El segundo lo releyó una y otra vez. Hermana, pensó, te quiero mucho pero creo que hay límites. No sólo te has hecho invitar a la cena del sábado, sino que además te las has arreglado para conseguir verlo también esta noche.

Susan rompió las dos notas y las arrojó a la papelera.

—Doctora Chandler —dijo Janet—, cuando hable con el señor Wright por favor dígale que lamento no haberle pasado su primer mensaje. Parecía muy enfadado conmigo.

Saber que estaba enfadado hizo que Susan se sintiese mejor, pero en todo caso esa noche no pensaba ir a tomar ninguna copa con Alex y Dee.

—Si vuelve a llamarme se lo diré —dijo con fingida indiferencia.

Miró el reloj; eran las doce y media. Le quedaba media hora para la visita, lo que significaba que podía tomarse diez minutos para hacer unas llamadas.

La primera fue a la policía de Yonkers. Aún conocía a algunos detectives de su época en la fiscalía. Encontró a uno de ellos, Pete Sánchez, y le explicó su interés en el asesinato de Tiffany Smith.

—Pete, estoy destrozada, creo que la han matado porque habló conmigo en el programa.

Se enteró por Sánchez de que los polis estaban seguros de tener al asesino y que esperaban la confesión de Tiburón Dion en cuestión de horas.

—Claro que lo niega, Susan —le dijo Pete—. Todos lo niegan, ya los conoces. Escucha, un tipo que entró en el Grotto cuando echaban a Tiburón lo oyó decir que Tiffany se acordaría de él.

—Eso no significa que la haya matado. ¿Tenéis el arma?

—Todavía no —suspiró Pete.

Susan le habló de los anillos de turquesas, pero él no mostró gran interés.

—Déjame tu número. Te avisaré cuando tengamos la confesión firmada de Dion. No te atormentes por esto. Aquí el auténtico culpable es el sistema de libertad condicional que deja salir de la cárcel a un sujeto con semejantes antecedentes. Sólo ha cumplido ocho años de los veinticinco de condena. Y adivina cuál era el delito: ¡homicidio!

Susan colgó y se quedó sentada, sumida en sus pensamientos. El elemento común es el anillo de turquesas, pensó. Regina Clausen tenía uno y ha muerto. Carolyn Wells tenía uno y quizá muera.

Tiffany tenía otro y ha muerto. Pamela Hastings, una mujer inteligente que afirma tener poderes de precognición, no quiere ni tocar el anillo de Regina y hace unos días le advirtió a Carolyn Wells que el suyo podía causarle la muerte... Anoche Tiffany me dijo que su anillo estaba debajo de una tonelada de huesos de pollo y restos de pizza. Se diría que hablaba de un cubo de basura. Pero ¿toneladas? ¿Se referiría a un contenedor? Si así era, ¿no estaría hablando del restaurante Grotto? La mente de Susan funcionaba a toda prisa. ¿Con qué frecuencia lo vaciaban? ¿La policía lo habría revisado en busca del arma?

Buscó el número del Grotto y al cabo de un momento hablaba con Tony Sepeddi.

—Mire, doctora Chandler, me han estado interrogando desde medianoche. El contenedor está en el aparcamiento y lo vacían todas las mañanas, pero esta mañana la policía se lo ha llevado. Supongo que buscaban el arma. ¿Alguna otra pregunta? Estoy agotado.

Susan hizo una llamada más antes de repasar el historial de su paciente. Volvió a llamar a Pete Sánchez y le rogó que, además del arma, buscaran en el contenedor un anillo de turquesas con la inscripción «Por siempre mía».

65

El jueves siempre era un día muy ocupado para el doctor Donald Richards y, como de costumbre, se había levantado temprano. Su primer paciente era un hombre que dirigía una multinacional. Lo visitaba todos los jueves a las ocho. Durante el resto de la mañana tuvo otros pacientes. Algunos de ellos expresaron desaliento cuando les comunicó que el jueves siguiente estaría ausente, debido a un viaje para promocionar su libro.

Al mediodía, cuando se sentó a tomar un almuerzo rápido, ya estaba cansado, y aún le quedaba una ajetreada tarde. A la una tenía una cita con el capitán Shea de la comisaría Diecinueve para hablarle de Justin Wells.

Mientras Rena le servía un plato de sopa, puso el televisor para ver las noticias locales. La más importante era el asesinato de una joven camarera de Yonkers. La pantalla mostraba una imagen de la escena del crimen.

«Éste es el aparcamiento del restaurante italiano Grotto, de Yonkers, donde fue apuñalada Tiffany Smith, de veinticinco años, poco después de medianoche —dijo el locutor—. Ha sido detenido Tiburón Dion, un asesino en libertad condicional, a quien poco antes del crimen habían echado del local por acosar y molestar a la señorita Smith. Se espera que se presenten cargos contra él.»

—Doctor, ¿no es la mujer que llamó el otro día a *Pregúntale a la doctora Susan*, cuando usted estaba en el programa? —preguntó Rena, impresionada.

—Sí, es ella.

Echó un vistazo a su reloj. Susan estaría de camino a la consulta. Seguramente ya sabría lo de Tiffany y esperaba que él la llamara. La llamaré cuando vuelva de la comisaría, decidió mientras se ponía de pie.

—Rena, la sopa parece deliciosa pero ahora no tengo mucha hambre.

Sus ojos se demoraron en la pantalla mientras la cámara enfocaba un zapato rojo de tacón de aguja, junto a la sábana que cubría los restos mortales de Tiffany Smith.

Pobre chica, pensó mientras apagaba el televisor. Estoy seguro de que Susan estará trastornada. Primero Carolyn Wells y ahora Tiffany. Apuesto a que en cierto modo se culpa del desgraciado final de ambas.

Esa misma tarde habló con Susan a las cuatro menos cinco.

—Lo siento —dijo.

—Estoy destrozada —respondió ella—. Si ese Dion es el asesino, espero que no haya ido a buscarla al restaurante por haberla oído en mi programa.

—Por lo que han dicho en las noticias, la policía parece bastante segura. Susan, dudo mucho que un hombre como Tiburón Dion escuche un consultorio radiofónico. Lo más probable es que entrara en ese bar por casualidad.

—Siempre y cuando el asesino sea él —insistió ella con voz apagada—. Don, ¿crees que Justin Wells empujó a su mujer debajo de esa camioneta?

—Creo que no. Me parece más probable que haya sido un accidente. Hoy he ido a ver al capitán Shea y se lo dije. De hecho, le advertí que cualquier psiquiatra que examinara a Wells llegaría a la misma conclusión. Es verdad que está obsesionado con su mujer, pero parte de su obsesión proviene de un miedo exagerado a perderla. En mi opinión, nunca le haría daño a propósito.

—¿Entonces crees que Hilda Johnson, la testigo que dijo haber visto a alguien empujar a Carolyn Wells, se equivocaba?

—No necesariamente. No se puede excluir la posibilidad de que Justin Wells la hubiera seguido para ver qué había en el sobre y le hubiera hecho perder el equilibrio sin querer. Supongo que se desquició cuando la recepcionista le contó lo que había dicho su mujer por radio. No olvides que cuando Karen, o Carolyn, te llamó, prometió darte una foto del hombre que había conocido en el crucero. ¿No crees que era eso lo que contenía el sobre?

—¿El capitán Shea está de acuerdo con tu teoría?

—No lo sé, pero le advertí que si alguien había empujado a Carolyn Wells, por accidente o a propósito, y Justin Wells se enteraba de quién era, podía ser capaz de cualquier cosa, incluso de matar.

Siguieron hablando y Richards, al oír el tono de indiferencia de Susan, se dio cuenta de que estaba alterada por todo lo ocurrido.

—Todo esto ha sido terrible para ti —le dijo—. Créeme, sé cómo te sientes. La otra noche lo pasé muy bien en la cena. Me habría gustado que la llamada de hoy hubiera sido sólo para decírtelo. ¿Por qué no cenamos juntos esta noche? Seguro que cerca de tu casa habrá algún restaurante. Esta vez pasaría a buscarte.

—Lo lamento, pero no puedo. Tengo un proyecto y no sé cuánto tiempo me llevará.

Eran las cuatro en punto. El último paciente de Richards ya estaría en la sala de espera.

—Soy perfecto para los proyectos —replicó deprisa—. Avísame si puedo ayudar.

Colgó el auricular y suspiró. Susan había rechazado amable pero firmemente su oferta de ayuda. ¿Qué tendría que hacer? Se trataba de una pregunta que Donald necesitaba responder.

66

Jane Clausen, exhausta por los efectos de la quimioterapia, consiguió sonreír débilmente.

—Sólo estoy un poco atontada, Vera.

El ama de llaves que la acompañaba desde hacía veinte años no quería marcharse.

—No se preocupe. Estaré bien. Sólo tengo que descansar —añadió para tranquilizarla.

—Casi se me olvida, señora Clausen —dijo Vera, nerviosa—. Es posible que la llame la doctora Chandler. Telefoneó antes de que saliera de casa y le dije que estaba en el hospital. Parece una mujer muy agradable.

—Lo es.

—No quiero dejarla sola —suspiró Vera—. ¿Puedo quedarme para hacerle compañía?

Ya tengo compañía, pensó Jane Clausen mientras echaba un vistazo a la mesilla con el retrato de Regina que Vera le había llevado. En la foto se veía a Regina junto al capitán del *Gabrielle*.

—Me quedaré dormida dentro de cinco minutos, Vera. Será mejor que se vaya.

—Si es así, buenas noches, señora Clausen. Si necesita algo, llámeme.

Cuando se marchó el ama de llaves, Jane Clausen alargó la mano y cogió la fotografía. No tengo un buen día, Regina, pensó. Me estoy apagando y lo sé. Sin embargo, es como si algo me obligara a continuar. No sé muy bien qué es pero veremos qué pasa.

Sonó el teléfono. La mujer dejó la foto y atendió pensando que sería Douglas Layton. Pero era Susan Chandler, y su amabilidad le recordó de nuevo a Regina. Se sorprendió confesándole a Susan que no había tenido un buen día.

—Supongo que mañana será mejor —añadió—. Douglas Layton me ha dicho que tiene una sorpresa para mí. Estoy ansiosa por saber qué es.

Susan notó una ligera animación en la señora Clausen y se dio cuenta de que no podía decirle que había encargado una investigación sobre Layton.

—Me gustaría pasar a verla —le dijo en cambio—. Siempre y cuando a usted le parezca bien.

—Hablemos mañana —propuso Jane Clausen— y veamos cómo me siento. Últimamente trato de no planificar por adelantado... Mi ama de llaves acaba de traerme una foto de Regina. A veces me entristece mirar fotos de Regina, pero hoy, en cambio, es un consuelo. ¿No es extraño? —Y agregó con tono de disculpa—: Doctora Chandler, no me cabe duda de que es usted una muy buena psicóloga. No suelo hablar de mis sentimientos, pero con usted me resulta muy fácil.

—Tener una foto de un ser querido puede servir de gran consuelo. ¿Es una foto de las dos?

—No, es una de esas que sacan en los cruceros y que después exponen para que la gente compre. Por la fecha del reverso se ve que la hicieron en el *Gabrielle*, dos días antes de la desaparición de Regina.

La conversación terminó con la promesa de Susan de llamar al día siguiente. Después de despedirse y mientras Jane Clausen colgaba, Susan la oyó decir:

—Ah, Douglas, qué amable de tu parte pasar a verme.

Susan suspiró. Se inclinó hacia adelante y se masajeó las sienes. Eran las seis y todavía estaba en su escritorio. El recipiente de sopa que seguía intacto, y que se suponía había sido su almuerzo, le recordaba la razón de su incipiente dolor de cabeza.

El despacho estaba en silencio. Hacía rato que Janet se había ido. Susan a veces se imaginaba que a las cinco en punto sonaba una especie de alarma en la cabeza de su secretaria y ésta salía corriendo. Por hoy ya se ha hecho demasiado daño, pensó y se preguntó por qué se le ocurrió esa frase con reminiscencias bíblicas. Es fácil de saber, se dijo: el día empezó con el asesinato de Tiffany.

Si no me hubiera llamado para hablar del anillo de turquesas aún estaría viva, pensó Susan, mientras se levantaba y desperezaba. Qué hambre. Tendría que haber ido a reunirme con Alex y Dee. Estoy segura de que Dee no lo dejará escapar invitándolo sólo a una cerveza.

En cierto modo estaba arrepentida de no haberle devuelto sus llamadas.

«Alex, perdona, pero es uno de esos días malos —le había dicho mientras rechazaba una cita con él—. Esta noche no seré una buena compañía para nadie», le explicó con la certeza de que era verdad.

Mientras se marchaba, vio que la luz de la oficina de Nedda estaba encendida. No pensaba hacerle una visita, pero se detuvo impulsivamente y giró el pomo de la puerta, satisfecha de ver que esta vez estaba cerrada con llave. Golpeó en el cristal suavemente. Al cabo de cinco minutos, las dos mordisqueaban unas galletas con queso acompañadas de una copa de *chardonnay*.

Le contó a Nedda los acontecimientos del día y añadió:

—Acabo de darme cuenta de algo. Es curioso, pero tanto la señora Clausen como el doctor Richards me han hablado hoy de las fotos que suelen tomarse en los cruceros. Ella tiene una de su hija a bordo del *Gabrielle*, y él me recordó que Carolyn Wells, cuando llamó el lunes al programa, prometió mandarme una en que aparecía el hombre que conoció en el barco, el que quería que ella desembarcara en Argel.

—¿Adónde quieres llegar, Susan?

—Me pregunto si el fotógrafo o los fotógrafos de esos cruceros conservarán los negativos. Don Richards ha viajado mucho en barco. Se lo preguntaré.

67

El jueves, Pamela Hastings lo pasó en su despacho de Columbia poniéndose al día con el trabajo. Llamó dos veces al hospital y habló con una enfermera de la que se había hecho amiga, que le transmitió las alentadoras noticias de que, otra vez, había indicios de que Carolyn Wells iba a salir del coma.

—Al menos sabremos qué ocurrió —dijo Pamela.

—No necesariamente —le informó la enfermera—. Mucha gente que sufre un accidente grave no recuerda nada del mismo, aunque no tenga otros lapsus de memoria.

Por la tarde, la enfermera le dijo que Carolyn había intentado hablar otra vez.

—Sólo «Win» y «Oh Win» —le dijo—. Pero no olvide que la mente suele hacer jugarretas. A lo mejor se trata de alguien que conoció de niña.

Aquello la dejó intranquila y, en cierto modo, con sensación de culpabilidad. Justin cree que Carolyn llama a alguien importante para ella, y tal vez tenga razón, se dijo. Pero cuando hablé con la doctora Chandler, dejé entrever que el responsable podía ser él. ¿Qué pienso en realidad?, se preguntó desconsolada.

Cuando al fin pudo salir del despacho para ir al hospital, se dio cuenta de por qué le costaba tanto la visita de esa noche: le daba apuro encontrarse con Justin.

Estaba sentado en el extremo de la sala de espera de la UCI. También estaban los padres de un adolescente ingresado el día anterior por un accidente sufrido durante un entrenamiento de fútbol. Cuando Pamela les preguntó por el chico, la madre le respondió que ya estaba fuera de peligro.

«Fuera de peligro.» Esas palabras le produjeron escalofríos. ¿Carolyn estaba fuera de peligro?, se preguntó. Si salía del estado de coma y la trasladaban a una habitación normal ya no estaría vigilada en todo momento. Y Justin tendría acceso a ella...

Mientras cruzaba la sala de espera en dirección al marido de su amiga, sintió un torbellino de emociones contradictorias. Por un lado lástima de ese hombre que amaba a Carolyn, y por otro, culpabilidad por sospechar de él y miedo de que pudiera volver a hacerle daño.

Pamela le dio una palmada en el hombro y Justin levantó la mirada.

—Ah, la amiga íntima —dijo—. ¿La policía ya se ha puesto en contacto contigo?

Pamela se sentó en la silla de al lado.

—No sé a qué te refieres, Justin. ¿Para qué tiene que llamarme la policía?

—Pensé que a lo mejor tenías algo que añadir al acopio de pruebas. Esta tarde han vuelto a citarme en comisaría para preguntarme por qué el lunes me cambié el abrigo de tweed por una gabardina Burberry. Creen que traté de matar a Carolyn. ¿Tienes algo que agregar para ayudar a apretar el nudo, vieja amiga?

Pamela no mordió el anzuelo.

—Justin, esto no nos lleva a ninguna parte. ¿Cómo está hoy Carolyn?

—Me he asomado a verla cuando estaba la enfermera. De lo contrario me acusarán de intentar desenchufar la máquina. —Se cubrió la cara con las manos y sacudió la cabeza—. Ay, Dios, no puedo creerlo.

Una enfermera apareció por la puerta de la sala de espera.

—Lo llama la doctora Susan Chandler. Quiere hablar con usted, señor Wells. Puede atenderla desde aquí —dijo señalando un teléfono.

—Pues yo no quiero hablar con ella —repuso él con brusquedad—. Todo esto empezó porque Carolyn le hizo esa llamada.

—Justin, por favor —replicó Pamela mientras se ponía de pie y cruzaba hasta el teléfono—, sólo trata de ayudar. —Levantó el auricular y se lo tendió.

Justin Wells la miró por un instante y lo cogió.

—¿Doctora Chandler? ¿Por qué me persigue? Para empezar, y por lo que sé, mi mujer no estaría en el hospital si no hubiera ido camino del correo a mandarle algo a usted. ¿No ha hecho ya bastante daño? Por favor, manténgase alejada de nosotros.

Se disponía a colgar pero se detuvo.

—¡Ni por un instante he creído que haya sido usted el que empujó a su esposa debajo de esa camioneta! —exclamó Susan, y hasta Pamela la oyó—. Creo que fue otra persona, la misma que mató a Hilda Johnson, la testigo del accidente de su esposa, y a Tiffany Smith, otra mujer que llamó ayer a mi programa. Tenemos que vernos. Por favor, quizá usted tenga algo que yo necesito.

Justin, después de colgar, miró a Pamela, que sólo vio una expresión de agotamiento en su cara.

—Quizá sea una trampa para husmear en el apartamento sin una orden de registro, pero voy a encontrarme con ella a las ocho en casa. Pam, me ha dicho que cree que Carolyn aún está en peligro... aunque la amenaza es el tipo que conoció en el barco, no yo.

68

Alex Wright no necesitaba las miradas admirativas de la gente de las mesas del salón del hotel Saint Regis para darse cuenta de que Dee Chandler Harriman era una mujer hermosa. Iba con una chaqueta de terciopelo y pantalones de seda, y las únicas joyas que llevaba eran un collar de perlas de una sola vuelta y pendientes de perlas y brillantes. Tenía el pelo recogido en un moño informal, de modo que unos mechones le caían sobre el terso cutis. La destreza para maquillarse hacía resaltar el azul intenso de los ojos. Cuando se sentaron, Alex empezó a tranquilizarse. Había hablado con Susan, que parecía agotada, y ésta le había dicho que tenía cosas que hacer y que no podía salir con ellos.

Como él había insistido para que cambiara de idea, ella le había dicho: «Alex, además del programa de radio que hago todas las mañanas, tengo una consulta privada todas las tardes. Entre la radio y los pacientes tengo casi todo el tiempo ocupado.» Después le había asegurado que no se iba a echar atrás el sábado por la noche y que tenía muchas ganas de ir a la cena.

Al menos no parece molesta de que salga hoy con Dee, pensó mientras echaba un vistazo alrededor, y estoy seguro de que sabe que esta salida no ha sido idea mía. Mientras se obligaba a prestar atención a su acompañante, se dio cuenta de lo importante que era para él este último punto.

Dee hablaba de California.

—Me ha encantado vivir allí —decía con una voz amable y seductora—, pero un neoyorquino siempre es un neoyorquino... y en un momento dado la mayoría de nosotros quiere volver. A propósito, el agente inmobiliario que me has recomendado es fabuloso.

—¿Has visto algo interesante? —preguntó Alex.

—Una sola cosa, pero lo interesante es que los propietarios están dispuestos a alquilarlo con opción a compra. Se trasladan a Londres y todavía no están muy seguros de si quieren quedarse allí.

—¿Y dónde cae?

—En la calle 78 Este, muy cerca de la Quinta Avenida.

Alex levantó las cejas.

—Vaya, podrás venir a pedirme una taza de azúcar. Yo vivo en la Setenta y ocho entre Madison y Park —sonrió—. ¿O acaso ya lo sabías?

Dee sonrió enseñando unos dientes perfectos.

—No seas presumido. Pregúntale al agente cuántos sitios hemos visto esta tarde. No te pido azúcar, pero tengo un favor que pedirte, y no me digas que no. ¿Te importaría pasar conmigo por la casa cuando nos vayamos? Me gustaría saber tu opinión.

—Por supuesto, aunque no creo que sea muy útil —respondió él.

Una mujer muy persuasiva, pensó Alex al cabo de una hora, cuando después de visitar y admirar el apartamento para alquilar, se sorprendió enseñándole su propia casa. En el salón, Dee prestó especial atención a los retratos del padre y la madre.

—Vaya, parece que no sonreían mucho, ¿no? —dijo.

Alex fingió buscar en su memoria.

—A ver... Creo que mi padre sonrió una vez cuando yo tenía diez años, pero mi madre no era tan frívola.

—Por lo que sé, no eran personas muy comprensivas. Y mirando los retratos, ya veo de dónde has heredado tu buen porte.

—Te mereces un premio por el halago. Empieza a ser tarde. ¿Tienes algún compromiso para cenar?

—¿Y tú?

—No. Lamento que Susan tenga trabajo y no pueda venir con nosotros —añadió a propósito—. Pero la veré el sábado y, espero, también en otras ocasiones. Ahora veamos dónde podemos hacer una reserva. Enseguida vuelvo.

Dee sonrió mientras sacaba la polvera y se retocaba los labios. No se le había escapado la mirada de reojo que le había echado Alex mientras salía de la habitación. Empieza a estar interesado en mí, muy interesado. Recorrió el salón con la mirada. Un lugar un poco sombrío; yo podría sacarle mucho partido, se dijo.

69

El detective Pete Sánchez empezaba a preocuparse de no poder endosarle a Tiburón Dion el asesinato de Tiffany Smith. En principio parecía un caso rápido, pero ahora empezaba a resultar evidente que, si no encontraban el cuchillo, o si Dion no se derrumbaba y confesaba, las pruebas eran muy débiles.

El problema más grave era que Joey, el camarero del Grotto, no estaba completamente seguro de que fuera Tiburón el hombre que había visto huir. Tal como estaban las cosas, si el caso iba a juicio, la defensa aniquilaría su declaración. Pete se imaginaba la escena: «¿Es cierto que el señor Dion sólo le pidió a la señorita Smith una cita? ¿Es eso algún delito?» Joey había descrito cómo Dion le había hecho insinuaciones a Tiffany, después la había cogido de la mano y, cuando ella trató de soltarse, se la había apretado.

Sánchez sacudió la cabeza. Quizá sería un buen caso por abusos, pero no por homicidio, pensó. En ese momento tenían una patrulla revolviendo la basura del contenedor que se habían llevado del aparcamiento del Grotto. Ojalá encontraran allí el arma homicida.

Otra de sus esperanzas era que alguien llamara con algo más concreto que sospechas. El dueño del restaurante había ofrecido una recompensa de diez mil dólares a quien proporcionara información que permitiera la condena del asesino de Tiffany Smith. Sabía que para el tipo de gentuza con la que trataba Tiburón, diez de los grandes eran una fortuna. La mitad eran adictos al *crack*, escoria capaz de vender a su madre por una dosis.

A las seis y media de la tarde recibió dos llamadas casi simultáneas. La primera era de alguien llamado Billy, que le informó de que Tiburón, después de que lo echaran del Grotto, había ido a tomar un par de copas a un lugar llamado Lamps, donde le había dicho al camarero que iba a ocuparse de una chica que tenía entre ceja y ceja. El Lamps era un garito de baja estofa, a cinco minutos del Grotto.

—¿A qué hora se fue de allí? —preguntó.

—A las doce menos cinco. Dijo que la chica salía de trabajar a las doce.

—Creo que nos entenderemos, Billy —repuso Pete, feliz.

Poco después llamó el jefe de la patrulla encargada de registrar el contenedor.

—Pete, ¿recuerdas que nos dijiste que buscáramos un anillo de turquesas? Lo tenemos. Estaba justo en medio de unos restos de lasaña.

¿Y qué?, pensó Pete. Seguro que no fue Tiburón el que se lo regaló a Tiffany. Bueno, al menos podré decirle a Susan que lo hemos encontrado.

70

Susan, después de hablar con Justin en el hospital y quedar en verlo en su apartamento, paró para tomarse una hamburguesa en un local de comida rápida cercano a la consulta. La forma de comer que menos me gusta, pensó mientras recordaba con ironía las cenas que había tenido últimamente con Alex Wright y Don Richards. Y apuesto a que Dee se las ha arreglado para que Alex la invite a cenar.

Cogió una patata frita, la hundió en el ketchup y la mordisqueó despacio. Al menos le calmaba el malestar de saber que su hermana mayor otra vez iba detrás del hombre que se interesaba por ella.

No es que esté loca por Alex, pensó y dio un mordisco a la hamburguesa. Es demasiado pronto para eso. No, pero tiene que ver con la justicia y la lealtad y todas esas viejas virtudes que en nuestra familia parecen pasadas de moda, se dijo mientras valoraba el dolor que sentía por la actitud de su hermana.

Sintió un nudo en la garganta y como sabía que los ojos se le llenarían de lágrimas, sacudió la cabeza y se dijo con desdén: Muy bien, nena, llora y acaba ya de una vez.

Tomó un buen trago de café caliente. No hay nada mejor que quemarse para alejar la autocompasión de la mente, pensó. No es el numerito de Dee lo que me pone mal, sino lo que le ha pasado a Tiffany. Pobre chica. Se moría de ganas de que la quisieran y ahora ya no tendrá la oportunidad. Y, a menos que Pete Sánchez me enseñe una confesión firmada del tipo que han detenido, estoy segura de que su muerte tiene que ver con el anillo de turquesas, y no con el pobre diablo que la acosó en el restaurante.

«Por siempre mía.» Tiffany dijo que el anillo tenía esa frase grabada, lo mismo que el encontrado por Jane Clausen entre los efectos personales de Regina y el que Carolyn Wells había prometido mandarle. Ni el capitán Shea ni Pete Sánchez tenían demasiado interés en los anillos, pero esos asesinatos e intentos de asesinato estaban en cierto modo relacionados con los anillos y los cruceros que habían hecho Regina y Carolyn. Susan estaba segura.

Consultó el reloj, tomó otra taza de café y pidió la cuenta. Justin Wells la recibiría en su casa de la Quinta Avenida a las ocho. Tenía el tiempo justo de llegar allí.

Susan no sabía qué aspecto esperaba que tuviese Wells. Pamela Hastings, el capitán Shea y Don Richards coincidían en que era un hombre extremadamente celoso. Creí que tendría un aspecto más siniestro, pensó cuando Wells le abrió la puerta del apartamento. Era un hombre atractivo de poco más de cuarenta años, cabello oscuro, hombros anchos, complexión atlética... Apuesto, decidió mientras lo estudiaba. Si la apariencia indicara algo, era el último hombre al que se le atribuirían violentos ataques de celos. Pero las apariencias engañan, pensó mientras le tendía la mano y se presentaba.

—Adelante, doctora Chandler. Pam también está aquí. Antes que nada, me gustaría disculparme por la forma en que le hablé.

—Llámeme Susan, y no hace falta que se disculpe. Tal como le he dicho, creo que tiene usted razón: su mujer está en el hospital a causa de la llamada que hizo a mi programa.

La sala demostraba que era la casa de un arquitecto y una decoradora. Unas columnas finas separaban la sala del vestíbulo. El salón tenía molduras y una chimenea de mármol con intrincados relieves, suelo de parquet brillante, una delicada alfombra persa, sillas y sillones de aspecto cómodo y mesas y lámparas antiguas.

Pamela Hastings la saludó calurosamente.

—Es muy amable de su parte, Susan. No sabe cuánto significa su presencia para mí.

Se siente como si hubiera traicionado a Justin Wells, pensó Susan. Le lanzó una sonrisa tranquilizadora y dijo:

—Sé lo cansados que deben de estar los dos. Así pues, vayamos directo al grano. El lunes, cuando Carolyn me llamó, dijo que iría a la consulta y me llevaría el anillo de turquesas y una foto del hombre que se lo había regalado. Ahora sabemos que cambió de idea y decidió mandarme las cosas por correo. Quisiera ver si hay otras cosas, recuerdos o lo que sea de ese crucero, que puedan darnos alguna pista del misterioso individuo que trató de convencerla de que bajara del barco y se fuera a Argel. Recuerden que cuando intentó llamarlo a su hotel, le dijeron que no lo conocían.

—Supongo que se hace cargo de que Carolyn y yo no hablamos mucho de ese viaje —intervino Justin con voz apagada—. Fue una temporada terrible y los dos estábamos ansiosos por dejar atrás la separación.

—Ésa es exactamente la cuestión. Carolyn no te mostró el anillo de turquesas ni, por supuesto, la foto de ese hombre. Lo que la doctora Chandler espera es que haya algún otro recuerdo que tú tampoco hayas visto.

Wells se ruborizó.

—Doctora, como ya le he dicho por teléfono, puede usted buscar cualquier cosa que pueda ayudarnos a encontrar a la persona que le hizo esto a Carolyn.

Susan notó un matiz amenazador en la voz. Don Richards tenía razón, pensó. Justin Wells era capaz de matar a cualquiera que hubiera hecho daño a su mujer.

—Manos a la obra —propuso Susan.

Carolyn Wells tenía un despacho en el apartamento, una habitación amplia con un escritorio grande, un sofá, una mesa de dibujo y archivadores.

—También tiene un despacho en la empresa de decoración —explicó Wells—, pero aquí hace la mayor parte del trabajo creativo, y sin duda aquí es donde se ocupa de su correspondencia personal.

Susan captó la tensión en su voz.

—¿Está cerrado el escritorio? —preguntó.

—No lo sé. Jamás lo toco.

Wells se apartó como embargado por la emoción al ver el escritorio en el que solía sentarse su mujer.

Pamela le apoyó la mano en el brazo y le dijo:

—Justin, ¿por qué no nos esperas en la sala? No hace falta que pases por esto.

—Es cierto, no lo necesito. —Llegó hasta la puerta y se volvió—. Pero insisto en una cosa: quiero saber qué encontráis, bueno o malo —dijo con tono casi acusatorio—. ¿Me dais vuestra palabra?

Ambas mujeres asintieron.

—Empecemos —le dijo Susan a Pamela cuando él salió.

Susan registró el escritorio mientras Pamela se ocupaba del archivador. Si me hicieran esto a mí, pensó, ¿cómo me sentiría? Además del historial de los pacientes, protegidos por la confidencialidad, ¿qué otra cosa me turbaría que encontraran o comentaran? Enseguida dio con la respuesta: la nota que Jack le había escrito después de decirle que Dee y él estaban enamorados, parte de la cual aún recordaba. «Lo que más me entristece es haberte herido, algo que jamás he tenido intención de hacer.»

Ya es hora de quemar esa carta, decidió.

Se sentía como una fisgona revisando los papeles personales de una mujer que no conocía. El estilo de Carolyn Wells tenía un toque de sentimentalismo. En el cajón de abajo del escritorio encontró algunas carpetas con las etiquetas «Mamá», «Justin» y «Pam». Susan les echó un vistazo y vio que contenían cosas tales como tarjetas de cumpleaños, notas personales, fotos, etc. En la de «Mamá» encontró también una esquela mortuoria de hacía tres años. La leyó y vio que Carolyn era hija única y el padre había precedido a su mujer en diez años.

Cuando se separó de Justin y se embarcó en ese crucero, hacía sólo un año que había muerto la madre. Era muy posible que hubiera estado emocionalmente frágil, un ser vulnerable para una persona atenta.

Susan trató de recordar qué le había dicho su madre sobre la vez que había visto a Regina Clausen en esa reunión de accionistas. Era algo así como que estaba muy entusiasmada con el proyecto de ese crucero y que el padre de ella, poco antes de morir con algo más de cuarenta años, había comentado lo arrepentido que estaba de no haberse tomado más vacaciones.

Dos mujeres vulnerables, pensó Susan mientras cerraba la última carpeta. Eso está claro, pero aquí no hay nada.

Pamela Hastings estaba a punto de terminar con el tercer cajón del archivador.

—¿Qué tal? —le preguntó.

—Nada importante. Carolyn mantenía un miniarchivo de sus últimos trabajos: notas personales de sus clientes, fotos de los trabajos acabados, esa clase de cosas. —Hizo una pausa y luego añadió—: Un momento. Quizá aquí haya algo. —Tenía una carpeta con la etiqueta SEAGODIVA—. Es el nombre del barco en el que hizo el crucero.

La llevó al escritorio y arrimó una silla.

—Ojalá haya algo —murmuró Susan mientras las dos empezaban a revisar la carpeta.

Pero parecían cosas inútiles, el tipo de recuerdos de un viaje que suele guardar la gente: el itinerario del barco, los boletines diarios del *Seagodiva* con las actividades programadas, información sobre los puertos en que harían escala, etc.

—Mumbai... es el nombre nuevo, o mejor dicho el viejo nombre restituido de Bombay —dijo Pamela—. Allí fue donde Carolyn subió al barco. Omán, Haifa, Alejandría, Atenas, Tánger, Lisboa... ésos fueron los puertos donde hicieron escala.

—Argel fue la ciudad que estuvo a punto de visitar con el hombre misterioso. Mire la fecha. El barco tenía que recalar en Tánger el 15 de octubre. La semana que viene se cumplen exactamente dos años.

—Regresó el día 20 —comentó Pamela—. Lo recuerdo porque es el cumpleaños de mi marido.

Susan echó un vistazo a los boletines. El último describía excursiones que podían contratarse en el barco. El titular era: VISITAR EL ZOCO DEL VIEJO ARGEL.

Era una línea de la canción... «Por siempre mía», pensó. Entonces vio algo escrito a lápiz en la última hoja: «Win, Palace Hotel, 555-0634.»

Se lo enseñó a Pamela.

—Creo que no hay duda de que Win es el hombre que conoció en el barco —musitó.

—Dios mío, ¿eso significa que es el hombre al que ahora está llamando? —preguntó Pamela.

—No lo sé. Ojalá todavía estuviera aquí la foto que prometió mandarme —dijo Susan—. Apuesto a que la tenía guardada en esta carpeta. —Recorrió el escritorio con la mirada como si esperara que la fotografía se materializara. En ese momento vio un trocito de cartón azul brillante junto a unas tijeras.

—¿Tienen una señora de la limpieza? —preguntó.

—Sí, viene los lunes y los viernes de ocho a once de la mañana. ¿Por qué?

—Porque Carolyn me llamó poco antes de las doce. Recemos para que... —Metió el brazo debajo del escritorio, sacó la papelera y la vació sobre la alfombra. Salieron trozos de cartón azul y un trozo de foto con el borde arrugado, que recogió y empezó a examinar—. Es Carolyn con el capitán, ¿no?

—Sí —dijo Pamela—. Pero ¿por qué la cortó?

—Supongo que quería mandar sólo la parte de la foto en que salía el hombre que le había regalado el anillo de turquesas. No quería revelar su identidad ni que la identificaran.

—Y ahora ha desaparecido —comentó Pamela.

—Es posible —respondió Susan mientras unía los trozos de cartón azul—. Pero mire esto. En el marco de cartón está impreso el nombre del estudio de Londres que hizo estas fotos e instrucciones para encargar más copias. —Apartó la silla y se puso de pie—. Voy a llamar, y si aún tienen el negativo pediré una copia. Pamela, ¿se da cuenta de que quizá estemos a punto de descubrir la identidad de un asesino en serie?

71

Nat Small estaba un poco sorprendido de lo mucho que echaba de menos a su amigo y compañero Abdul Parki, el dueño de la tienda de enfrente. El lunes por la mañana, hacía sólo tres días, lo había visto barriendo la acera y le había dicho en broma que por qué no limpiaba también la acera de su *sex shop*.

Parki le había lanzado su típica sonrisa suave y tímida, antes de responderle:

—Nat, sabes que haría todo lo que pudiera por ti, pero para limpiar tu tienda haría falta mucho más que mi escoba.

Los dos habían reído.

El martes lo había visto otra vez barriendo las palomitas que un chiquillo había tirado por todas partes. Pero desde entonces no había vuelto a verlo. Nat estaba molesto de que tanto la policía como los medios de comunicación hubiesen prestado tan poca atención a la muerte de Parki. Apenas habían mencionado el asesinato en el telediario local, acompañado de un breve plano de la tienda. Un pez gordo de la mafia, detenido ese mismo día, había acaparado toda la atención. No, no se habían preocupado mucho por Parki. Lo calificaron de «crimen cometido probablemente por un drogadicto» y todos se conformaron y lo olvidaron.

A los dos días, el local de Artesanías Khyem parecía tan abandonado que cualquiera hubiera dicho que hacía años que estaba vacío. Y encima de la puerta habían puesto un cartel de SE ALQUILA. Espero que nadie se pelee por venir aquí, ya es bastante duro así, pensó.

El jueves por la noche, Nat cerró su tienda a las nueve. Antes de marcharse, sin embargo, hizo unos cambios en el escaparate. Al mirar la calle a través del cristal, se acordó de ese individuo elegante que el martes había estado mirando el mismo escaparate antes de cruzar y entrar en la tienda de Parki. Después de todo, quizá tendría que haber hablado de él a la poli. Pero enseguida cambió de idea. Sería una pérdida de tiempo, razonó. Seguramente el tipo había entrado y vuelto a salir enseguida de la tienda de Parki. Era más el estilo de hombre que entraba a curiosear las mercancías de su *sex shop* Oscuros Placeres que a comprar algo en Artesanías Khyem. Las cosas de Parki eran estrictamente para turistas, y ese sujeto no parecía un turista.

Nat sonrió al recordar esa tontería que le había regalado Parki el año anterior: la estatuilla de un hombrecito gordo con cabeza de elefante sentado en un trono.

—Eres un buen amigo, Nat —le había dicho Parki con su acento cantarín—, y lo he hecho para ti. Es Ganesh, el dios de cabeza de elefante. La leyenda cuenta que Shiva, su padre, le cortó la cabeza por accidente cuando Ganesh tenía cinco años. Cuando la madre le pidió que volviera a ponérsela, le puso por error una de elefante. La mujer protestó, ya que su hijo había quedado tan feo que todo el mundo lo evitaría. Entonces el padre replicó: «Lo convertiré en el dios de la sabiduría, la prosperidad y la felicidad. Ya verás cómo lo adorarán.»

Nat sabía con qué dedicación le había hecho Parki esa estatuilla. Y como casi todas las cosas que hacía a mano, tenía turquesas incrustadas.

Nat Small raramente se dejaba llevar por impulsos sentimentales, pero en honor a su amigo asesinado, entró en el almacén de la tienda, sacó el dios elefante y lo puso en el escaparate de manera que la trompa apuntara a la tienda de Parki. Lo dejaré aquí hasta que alguien alquile el local, pensó. Será una especie de homenaje a un amable hombrecillo.

Con una sensación de tristeza y virtud al mismo tiempo, Nat Small cerró y se marchó a casa. Feliz con la idea de que quizá abrieran una pastelería en el local de Parki. No sólo sería práctico, sino también muy bueno para su negocio.

72

Donald Richards le había dicho a Rena, su asistenta, que tenía planes para cenar. Como no quería cenar solo, se le ocurrió llamar a Mark Greenberg, un colega psiquiatra al que había visitado profesionalmente tras la muerte de su mujer. Greenberg pensaba cenar solo.

—Betsy va a ir a la ópera con su madre —le dijo.

Quedaron en el Kennedy de la calle 57 Oeste. Greenberg, un hombre con pinta de intelectual de cerca de cincuenta años, esperó a que sirvieran las bebidas para preguntar:

—Don, hace tiempo que no hablamos de médico a paciente. ¿Cómo estás?

Richards sonrió.

—Inquieto. Supongo que es buena señal.

—He leído tu libro. Me gustó. Dime, ¿por qué lo escribiste?

—Es la segunda vez que me lo preguntan en estos días. El tema me interesaba. Tuve un paciente cuya esposa había desaparecido. Fue el punto de partida. Hace dos años encontraron el coche con el cuerpo dentro y el hombre pudo por fin recuperar cierta normalidad. La esposa se salió de la carretera y cayó en un lago. Se trataba de una muerte por accidente, pero la mayoría de las mujeres del libro desaparecieron por algún engaño. Mi propósito era que otras mujeres tomaran conciencia de los peligros que las acechan y enseñarles a evitar las trampas en que cayeron otras víctimas.

—¿Una redención personal? ¿Te sigues culpando por la muerte de Kathy? —preguntó Greenberg.

—Me gustaría creer que lo estoy superando, pero a veces me cuesta. Mark, te lo he dicho muchas veces, Kathy no quería hacer esa sesión de fotos, estaba un poco mareada. Me lo comentó. «Ya sé lo que vas a decir, Don, que no es justo que me retire y avise en el último momento», me dijo. Siempre le criticaba la costumbre de cancelar sus compromisos a última hora, especialmente los de trabajo. Pues bien, hacerme caso le costó la vida. —Don bebió un trago de su copa.

—Pero Kathy no te dijo que pensaba que estaba embarazada —le recordó Greenberg—. Si no, cuando te comentó que estaba mareada, le hubieras dicho que se quedara en casa.

—No, no me dijo nada. Después caí en la cuenta de que hacía seis semanas que no tenía la regla. —Don Richards se encogió de hombros—. Por momentos me cuesta, pero estoy mejor. A lo mejor cumplir cuarenta años me ayuda a comprender que ya es hora de dejar atrás el pasado.

—¿Has pensado en hacer un crucero, aunque sea breve? Sería un paso importante para ti.

—Creo que haré uno pronto. Acabo la promoción del libro en Miami la semana próxima y veré si hay algún barco que me vaya bien.

—¡Estupendo! Última pregunta: ¿Estás saliendo con alguien?

—Anoche tuve una cita con Susan Chandler, una psicóloga que tiene un programa de radio diario y también una consulta privada. Una mujer muy atractiva e interesante.

—Deduzco que tienes ganas de volver a verla.

Don sonrió.

—Diría incluso que tengo grandes planes para ella, Mark.

Cuando Don Richards regresó a casa, a las diez, pensó en llamar. Decidió, que no era demasiado tarde y ella atendió al primer timbrazo.

—Susan, esta tarde parecías muy deprimida. ¿Cómo estás?

—Mejor. Me alegra que me llames, Don. Quería preguntarte algo.

—Adelante.

—Solías hacer cruceros, ¿no?

Richards apretó el auricular.

—Sí, antes y después de casarme. A mi mujer y a mí nos gustaba mucho el mar.

—¿Y estuviste varias veces en el *Gabrielle*?

—Sí.

—Nunca he estado en un crucero, así que ten paciencia conmigo. Creo que hay un servicio de fotógrafos a bordo, que toman muchas fotos.

—Sí, es un negocio muy rentable.

—¿Sabes si guardan los negativos de viejos cruceros?

—No tengo ni idea.

—¿Tienes alguna foto tomada en el *Gabrielle?* Lo que quiero saber es el nombre del estudio que trabaja, o trabajaba, en ese barco.

—Seguro que tengo fotos de los viajes que hicimos Kathy y yo.

—¿Podrías buscarlas? Me harías un favor. Se lo podría pedir a la señora Clausen pero no quiero molestarla.

—Espera un momento.

Donald dejó el teléfono y se dirigió al armario donde guardaba los recuerdos y las fotos de su matrimonio. Sacó una caja del estante de arriba que decía «Vacaciones» y la llevó hasta el teléfono.

—Un minuto —le dijo a Susan—. Si hay alguna seguro que está en esta caja. Me alegra que estés en el otro extremo de la línea. Revisar viejos recuerdos puede ser muy deprimente.

—Eso he hecho en el apartamento de Justin Wells —le dijo Susan.

—¿Has estado con Justin Wells? —Donald no se esforzó en ocultar su sorpresa.

—Sí, pensé que podía serle útil.

Él se dio cuenta de que Susan no iba a decirle nada más sobre el tema. De pronto encontró lo que buscaba: una pila de carpetas de cartón azul brillante.

Abrió una y miró una foto en la que estaba con Kathy en una mesa del *Gabrielle*. Detrás había un ventanal por el que se divisaba una puesta de sol en el océano.

Sacó la foto y le dio la vuelta; allí estaba la información para pedir más copias. Se la leyó a Susan con voz firme.

—Esto sí es una suerte. El mismo estudio se ocupa de las fotos del *Gabrielle* y del barco en que navegó Carolyn. Voy a pedir una copia de la foto que creemos iba a mandarme Carolyn.

—¿Te refieres a la del hombre que le regaló el anillo de turquesas?

Susan no respondió directamente.

—Creo que no tendría que ser tan optimista. Lo más probable es que ya no tengan los negativos.

—Escucha, la semana próxima estaré fuera de la ciudad para la etapa final de la gira de promoción del libro —dijo él—. Me voy el lunes, pero me gustaría verte antes. ¿Desayunamos o almorzamos el domingo?

Susan rió.

—Será mejor que quedemos para comer. Porque el sábado por la noche tengo un compromiso.

Después de colgar, Don Richards se quedó sentado un rato mirando las fotos de los viajes que hizo con Kathy. De pronto le parecía una época muy remota de su vida.

Era evidente que se avecinaba un cambio. Sabía que era muy posible que dentro de una semana hubiera dejado el tormento de los últimos cuatro años.

73

Susan miró el reloj. Eran más de las diez. Había sido un día muy largo y, desgraciadamente, no sería una noche muy larga. Tenía que despertarse al cabo de seis horas para hacer una llamada.

Las cuatro de la madrugada en Nueva York eran las nueve de la mañana en Londres. A esa hora pensaba llamar al estudio Ocean Cruise Pictures y preguntar si podía encargar unas copias de los cruceros del *Gabrielle* y el *Seagodiva* en que habían estado Regina Clausen y Carolyn Wells.

Aunque era tarde, decidió tomar una ducha. Disfrutó del agua caliente y después se secó con energía, se envolvió el pelo húmedo con una toalla mullida, se puso un camisón y el albornoz, y, más relajada, se dirigió a la cocina para prepararse una taza de chocolate caliente que tomaría en la cama. Sin duda era lo último que haría ese día, pensó mientras ponía el despertador a las cuatro de la madrugada.

Cuando sonó la alarma, Susan lanzó un gemido de protesta y se despertó con dificultad. Antes de irse a dormir, como de costumbre, había abierto las ventanas y apagado la calefacción, por lo que el dormitorio estaba como una «nevera», como solía llamarlo la abuela Susie.

Se incorporó y cogió el teléfono que tenía al lado. Con creciente ansiedad marcó el número del estudio fotográfico de Londres.

—Ocean Cruise Pictures, buenos días —la atendieron.

Susan esperaba encontrarse con una centralita automática que le diera las inevitables instrucciones, pero en cambio le dijeron:

—¿Qué desea?

Al cabo de un minuto estaba al habla con el departamento de pedidos.

—Es posible que tengamos las fotos de esos cruceros. Solemos conservar las de la vuelta al mundo.

Susan se asombró cuando supo la cantidad de fotos tomadas entre Mumbai y Atenas a bordo del *Seagodiva* y entre Perth y Hong Kong en el *Gabrielle*.

—Los dos buques iban bastante llenos —le explicó el empleado—. Si hay setecientas personas a bordo, unas quinientas van en pareja. En general tratamos de hacer varias fotos de cada pasajero. Durante el embarque y también con el capitán, en las mesas del restaurante y en todos los acontecimientos sociales importantes, como el baile de disfraces. Ya ve la cantidad de recuerdos fotográficos que hay.

Cientos de fotos a doce libras cada una. Una fortuna.

—Espere. En la foto que quiero del *Seagodiva* sale una mujer sola con el capitán. ¿Podría buscar los negativos y hacer copias de las fotos en que aparezca una mujer sola con el capitán?

—¿Del trayecto de Mumbai a Atenas de octubre de hace dos años?

—Así es.

—Necesitaríamos cobrarlas por adelantado.

—No hay problema. —Su padre podía ocuparse de poner un giro desde su oficina y ella después se lo devolvería—. Escuche, necesito esas fotos cuanto antes. Si le envío el dinero hoy mismo, ¿puede mandármelas esta tarde por un servicio de mensajería?

—Puede tenerlas mañana por la mañana. ¿Se da cuenta de que hablamos de unas cuatrocientas copias?

—Sí, perfectamente.

—Nos gustaría hacerle un descuento, pero tendría que hablarlo con el señor Mayhew y me temo que hoy no volverá.

—Descuide —lo interrumpió Susan—. Déme los datos para hacer la transferencia. Tendrán el dinero hoy a las tres de la tarde hora inglesa.

—Entonces me temo que no podremos terminar el trabajo hasta mañana, de modo que recibiría las fotos el lunes.

No había alternativa y Susan tuvo que aceptarlo.

Se las arregló para dormir un rato después de la llamada, aunque no mucho. A las ocho ya estaba vestida y lista para irse a trabajar. Dudó entre esperar hasta las nueve y llamar a su padre a la oficina, pero no sabía si esa mañana iría directamente allí. Cruzó los dedos para que la atendiera él y no Binky y marcó el número de la casa de Bedford Hills.

La atendió la nueva asistenta y le dijo que los Chandler estaban de fin de semana en el apartamento de Nueva York.

—Se fueron anoche.

Qué alivio para ti, pensó Susan. Binky tenía fama de que ninguna chica la aguantaba.

Llamó al apartamento y gruñó en silencio cuando oyó la voz de su madrastra.

—Dios mío, Susan, ¿no podías esperar un poco? —le dijo con cierta ironía—. Tu padre está en la ducha. Le diré que te llame.

—Sí, por favor —pidió Susan con brusquedad.

Al cabo de quince minutos la llamaba su padre.

—Susan, Binky está muy arrepentida. Estaba tan dormida cuando llamaste que no se le ocurrió preguntar si estabas bien.

Por favor, pensó Susan, ¿tan tonto eres que no te das cuenta de que lo único que le importaba era decirme que la había despertado?

—Dile que estoy estupendamente. Papá... quiero decir, Charles, necesito que me hagas un favor.

—Lo que quieras, querida.

—Necesito que hagas una transferencia de cinco mil trescientos dólares a Londres lo antes posible. ¿Quieres que llame a tu oficina para darle los datos a tu secretaria? Hay que hacerlo enseguida. Te devolveré el dinero, naturalmente, pero tengo que sacarlo de mi cuenta de ahorro y me llevará unos días.

—No te preocupes. Lo haré con mucho gusto. ¿Pasa algo? Parece una urgencia. No estarás enferma o en apuros, ¿eh?

Qué amable, hasta pareces un padre, pensó.

—Descuida. Estoy ayudando a una amiga con una investigación. Tenemos que identificar a alguien en las fotos de un crucero.

—Bien. Dame los datos y me ocuparé de hacerlo ahora mismo. Ojalá me pidieras favores más a menudo, me gusta. Me hace sentir muy bien. Nos vemos poco y te echo de menos.

Susan sintió una fugaz oleada de nostalgia, que desapareció en cuanto oyó de lejos la voz de Binky. Su padre sonrió con indulgencia.

—Bueno, tengo que colgar, querida. Binky quiere descansar, así que voy a dejarla dormir un rato más.

74

El viernes por la mañana, Chris Ryan se instaló en su vieja silla giratoria y empezó a estudiar el informe preliminar sobre Douglas Layton.

El primer punto señalaba que los antecedentes académicos de Layton coincidían con los que él había dado. No era uno de esos tipos que decían que se habían graduado en una universidad que sólo habían visto en foto. El siguiente punto, sin embargo, para Chris era un claro indicio de que había algo raro. Desde que había terminado la carrera de derecho, había cambiado cuatro veces de trabajo, y, aunque aparentemente tenía todos los atributos que le hubieran permitido un rápido ascenso, no había sido así.

Chris levantó las cejas cuando leyó los pormenores de la situación actual de Layton. Sin duda ahora está en su mejor momento, pensó. La administración de la Fundación de la Familia Clausen tiene muchas posibilidades, así como la perspectiva de tener un puesto muy bueno como sucesor del viejo Hubert March cuando éste se retire. Por lo que Susan me ha dicho, también está adulando a la señora Clausen.

A medida que estudiaba el informe, subrayó algunos puntos. Había algo muy significativo: Layton, para alguien tan bien pagado, tanto para conservar como para gastar sumas de dinero importantes, parecía poseer muy poco. ¿Cuánto ganaba?, pensó Chris. Era un hombre de treinta y tantos, soltero, sin responsabilidades económicas, que había trabajado en buenas empresas con un buen sueldo, pero parecía no tener nada. Su coche era alquilado, como el apartamento. En su cuenta corriente sólo había lo justo para cubrir los gastos mensuales.

¿Qué hacía Layton con el dinero? Cabía la posibilidad de que fuera drogadicto.

Chris sonrió con un mal presagio. Había elementos que justificaban una investigación más exhaustiva. Le gustaba ese momento en que se olía algo y empezaba la cacería. Llamaré a Susan, se dijo. Ella siempre quería saber todo desde el principio. Probablemente sentiría cierta satisfacción al saber que tenía razón... al menos en cuanto a Doug Layton. Allí había gato encerrado.

75

Cuando Susan llegó a la consulta tenía un mensaje de Pete Sánchez en el contestador. Oyó con cierta sensación de triunfo que habían encontrado el anillo. Puede que sea importante, pensó.

Se sentó al escritorio y ordenó mentalmente las piezas del rompecabezas. A lo mejor los anillos no fueran la clave para resolver esos asesinatos, pero era evidente que relacionaban a todas las víctimas. Y, si estaba en lo cierto, Tiffany había sido asesinada no porque tenía un anillo, sino por miedo a que identificara al hombre que había comprado los demás en esa tienda de *souvenirs* del Village.

Intentaré explicarle mi teoría a Pete a ver qué pasa, se dijo mientras cogía el teléfono.

Sánchez estaba de buen humor.

—Los de la oficina del fiscal del distrito están apretando al sospechoso —le informó alegremente—. Una de mis fuentes nos ha llevado hasta un par de testigos que lo oyeron decir lo que le haría a Tiffany, e incluso que volvería al Grotto para ocuparse de ella. Cantará. Bueno, ¿qué pasa con ese anillo de mala suerte?

Susan eligió las palabras con cuidado.

—Pete, a lo mejor me equivoco, pero creo que esos anillos de turquesas tienen relación con este caso. Uno fue hallado entre los efectos personales de una mujer desaparecida hace tres años. El lunes, una mujer llamó a mi programa y prometió enseñarme el que tenía. Creemos que cambió de idea y decidió mandarlo por correo. Camino al correo la atropelló una camioneta. La policía sigue investigando, pero al parecer la empujaron. Tiffany prometió mandarme su anillo, pero también cambió de idea y decidió conservarlo por razones sentimentales. Después lo arrojó a la basura, pero la persona que la asesinó no lo sabía y además no estoy segura de...

—Susan —la interrumpió Sánchez—, el tipo que atacó a Tiffany está detenido. No veo qué tiene que ver el anillo de turquesas con este caso. Sabemos que habló contigo sobre un ex novio, un chico llamado Matt Bauer y lo hemos investigado. El miércoles por la noche estaba con sus padres en Babylon, de visita en casa de su novia. Fueron a hablar de los preparativos de la boda. Fue con los padres en coche y volvió con ellos pasada la medianoche. Está limpio.

—Pete, créeme, puede que ese anillo sea importante. ¿Lo tienes?

—Aquí mismo.

—Espera un minuto. —Susan cogió su bolso y sacó del monedero el anillo que le había dado Jane Clausen—. Pete, ¿puedes describir el anillo?

—Claro. Se trata de un aro barato con trozos de turquesa incrustados. Susan, hay miles de baratijas como ésta.

—¿Tiene alguna inscripción dentro?

—Sí, pero es difícil de leer. A ver... «Por siempre mía». Eso pone.

Susan abrió el cajón de arriba del escritorio y revolvió hasta encontrar una lupa. Dejó el anillo de Regina debajo de la lámpara para examinarlo de cerca.

—Pete, ¿tienes una lupa a mano?

—Sí.

—Quiero comparar la letra de la frase grabada en los anillos. El que yo tengo tiene una «P» mayúscula ancha, una «o» abierta y una «m» con una especie de rizo.

—La «P» y la «o» parecen iguales, pero la «m» no tiene ningún rizo. Susan, ¿qué significa todo esto?

—Pete, hazme un favor y trata el anillo como si fuera una prueba. Pide al laboratorio que hagan fotos ampliadas de todos los ángulos y mándamelas por fax. Y una cosa más. Quiero hablar con Matt Bauer. ¿Tienes su teléfono?

—Susan, ese chico es inocente.

—Lo sé. Vamos, Pete, yo también te he hecho algunos favores cuando estaba en la oficina del fiscal.

Hubo un momento de silencio hasta que Sánchez dijo:

—¿Tienes un lápiz? Aquí está el número. —Después de que Susan se lo repitiera, añadió—: Susan, estoy seguro de que tenemos al asesino de Tiffany, pero tú estás metida en otra cosa y quiero estar al tanto.

—De acuerdo, prometo informarte.

Nada más colgar, Janet le anunció que tenía una llamada de Chris Ryan, que le contó todo lo que sabía sobre Douglas Layton.

—Susie, creo que hay gato encerrado y vamos por buen camino —comentó al concluir su informe.

Sí, estoy segura, pensó ella, y más gatos de los que crees. Pidió a Chris que la mantuviera informada y después le dijo a Jane que estuviera atenta porque iban a mandar un fax de Yonkers.

76

El viernes por la mañana pareció que Carolyn Wells iba a recobrar el sentido, pero su mente no se aclaró lo suficiente para devolverla a la realidad. Carolyn tenía la sensación de flotar, como si estuviera inmersa en un lóbrego mar. Nada resultaba claro. Ni siquiera el fuerte dolor acababa de ser tangible, como si se limitara a estar presente en todo su cuerpo.

Se preguntaba dónde estaría Justin. Lo necesitaba. ¿Qué le había sucedido? ¿Por qué sentía aquel dolor? Le costaba mucho recordar. Él la había telefoneado... y estaba enfadado... Ella le habló de un hombre que había conocido en el barco... Justin la llamó por eso... Justin, no te enfades. Te quiero... Nunca ha habido otro, gimoteó, pero, por supuesto, nadie la oyó. Seguía debajo del agua.

¿Por qué se encontraba tan mal? ¿Dónde estaba? Carolyn notó que alcanzaba la superficie.

—Justin —susurró.

No se daba cuenta de que había una enfermera inclinada sobre la cama. Sólo quería decirle a Justin que no se sintiera agraviado, que no se enojara con ella.

—Justin, por favor... ¡no! —suplicó, y volvió a desvanecerse, apartándose del dolor entre la acogedora oscuridad.

La enfermera, advertida de que informara de cuanto dijera Carolyn Wells, telefoneó al capitán Tom Shea. Pasaron la llamada al despacho donde el capitán estaba revisando por enésima vez el relato de Justin Wells sobre lo que había hecho la tarde del lunes: telefonear a su esposa para manifestarle su enfado por haber llamado al programa de radio, después ir a su casa para hablar con ella en persona y, al ver que no estaba, cambiarse de abrigo y regresar a la oficina. En ningún momento llegó a verla.

Shea escuchó el informe de la enfermera y dijo:

—Señor Wells, ¿por qué no oye esto usted mismo?

Justin Wells apretó los labios y se ruborizó mientras la enfermera, titubeando, le repetía las palabras de Carolyn.

—Gracias —dijo en voz baja; colgó el auricular y se puso en pie—. ¿Piensa detenerme? —preguntó a Shea.

—Todavía no.

—Bien, me encontrará en el hospital. Cuando mi esposa recobre el conocimiento, me necesitará a su lado. Tanto si recuerda lo que le ha sucedido como si no, puedo prometerle una cosa: por mucho que se esfuerce en reunir pruebas contra mí, Carolyn sabe que me mataría antes de hacerle el menor daño.

Shea esperó a que Wells se marchara para llamar al sargento de guardia.

—Envíe un agente femenino al hospital Lenox Hill —ordenó—. Justin Wells no debe quedarse en ningún momento a solas en la habitación con su mujer.

Permaneció sentado, revisando mentalmente el caso y poniendo mala cara ante la perspectiva de reunirse otra vez con Oliver Baker, que lo había llamado solicitando una entrevista. Baker estaba resultando un testigo importante. Había visto el sobre que Carolyn llevaba bajo el brazo antes de que se lo arrebataran, estaba seguro de que iba franqueado y dirigido a una doctora y no le cabía duda de que el hombre que le había arrebatado el sobre llevaba una gabardina Burberry.

Quizá la memoria de Baker se había refrescado un poco más, y por eso le había pedido una nueva reunión. Como todos los asistentes al funeral de Hilda Johnson pocas horas antes, estaba impaciente por ver a Justin Wells en manos de la justicia. ¿A qué desconocido, razonó, habría dejado entrar en su apartamento Hilda en plena noche, a no ser que éste se hubiese identificado como marido de la víctima a la que había visto que empujaban delante de la camioneta?

Wells era culpable, Shea estaba convencido, y lo enfurecía pensar que el asesino de Hilda acababa de abandonar aquella misma habitación.

77

Habría resultado muy complicado y causado demasiado revuelo cancelar todas las citas de la mañana, más aún teniendo en cuenta que se marchaba al cabo de pocos días, de modo que sólo pudo oír una parte del programa de radio de Susan. Tal como había supuesto, los oyentes seguían ávidos por comentar la muerte de Tiffany:

«Doctora Susan, mi amiga y yo teníamos la esperanza de que volviera con Matt. Estaba claro que le gustaba mucho...»

«Doctora Susan, ¿cree que Matt puede haberle hecho esto?, quiero decir, ¿es posible que se encontraran y discutieran o riñeran...?»

«Doctora Susan, vivo en Yonkers y el tipo al que están interrogando por el asesinato de Tiffany es el culpable. Estuvo en prisión por homicidio involuntario. Aquí todos pensamos que la mató él...»

«Doctora Susan, ¿Tiffany llevaba puesto el anillo de turquesas cuando la asesinaron?»

Esta última pregunta le llamó la atención y lo inquietó. ¿Llevaba el anillo? Creía que no, pero ojalá se le hubiera ocurrido buscarlo en aquel momento.

Susan respondió a las preguntas más o menos como él había supuesto que haría: que Matt no era en absoluto sospechoso, que los medios de comunicación no habían hecho ninguna mención al anillo, que no se debía olvidar la presunción de inocencia incluso cuando el sospechoso tenía antecedentes de homicidio.

Sabía lo que eso significaba. Susan no se tragaba la teoría de la policía sobre el asesinato de Tiffany. Era lo bastante lista como para relacionar esa muerte con las demás. La mente de un fiscal no descansaba nunca.

Y la mía tampoco, se dijo con arrogancia. Ya había establecido el momento para eliminar a Susan. Sólo le faltaba planear los detalles.

En el compartimiento secreto del maletín guardaba los anillos de turquesas adquiridos en la tienda de Parki; había tres, además del que Carolyn Wells había intentado enviar a Susan. Sólo necesitaba uno, claro. Los demás los arrojaría al mar cuando acabara con la última dama solitaria. Le encantaría ponerle uno a Susan Chandler una vez la hubiese matado, pero hacerlo abriría demasiados interrogantes. No, no podía correr el riesgo de dejárselo puesto, pero al menos lo deslizaría en su dedo sólo un momento, para darse el gusto de constatar que ella, como las demás, también le pertenecía.

—Hasta el lunes, se despide de todos ustedes la doctora Susan Chandler.

La bombilla roja se apagó, indicando el final de la emisión. Susan levantó la vista hacia la sala de control donde Jed se estaba quitando los auriculares.

—¿Qué tal he estado? —preguntó.

—Estupenda. Has tenido mucha participación de los oyentes. Siempre lo haces bien, y lo sabes, pero hoy lo has hecho especialmente bien. ¿Acaso alguien ha dicho algo que te preocupara?

Susan recogió sus apuntes.

—No, pero tengo la sensación de estar terriblemente distraída.

Jed bajó la voz.

—Han sido dos días muy duros. Me consta. Pero las cosas están mejorando. Oye, hoy has llegado al estudio con veinte minutos de antelación y... ¡ya estamos en fin de semana!

Susan le dedicó una mueca.

—Eres un encanto —dijo mientras se ponía en pie—. Hasta el lunes.

Janet tendió a Susan los faxes de Yonkers en cuanto cruzó el umbral de la puerta.

—El detective Sánchez ha llamado para ver si habían llegado correctamente —dijo—. Es un tipo muy gracioso. Ha dicho que lo mantuviera al corriente de todo lo que descubra, o la próxima vez no limpiará la lasaña de las pruebas antes de fotografiarlas.

—Así lo haré. Gracias, Janet. Ah, encárgueme la *gourmet delight* de siempre, por favor, y dígales que se apresuren. La señora Price llegará en veinte minutos.

—Ya he pedido su almuerzo, doctora —respondió con cierto reproche en la voz.

Parece como si hoy no hiciera más que ofender a todo el mundo, pensó Susan camino de su despacho. Primero Binky, ahora Janet; ¿quién será el próximo? Se sentó a su escritorio, dispuso ante sí los faxes con las fotos ampliadas y las comparó con el anillo que Jane Clausen le había entregado.

Era obvio que el fotógrafo se había esmerado y logró incluso unas instantáneas excelentes de la inscripción del interior del anillo. Tal como Susan esperaba, la semejanza entre el anillo de las fotografías y el de Regina era notable.

La clave está en los anillos, pensó. El que me dio la señora Clausen tiene que haberlo hecho el mismo tipo que hizo el de Tiffany, lo cual significa que fue comprado en la tienda de *souvenirs* del Village de la que me habló Tiffany. Apuesto a que Tiffany fue asesinada por hablarme en el programa sobre el hombre a quien vio comprar uno de estos anillos, pues él temería que fuera capaz de identificarlo.

Janet entró en el despacho de Susan con la bolsa del almuerzo. La dejó sobre el escritorio de Susan y ésta hizo lo mismo con el anillo de turquesas. Janet lo cogió para examinarlo.

—Qué bonitos sentimientos —dijo, ladeando la cabeza al leer la inscripción—. A mi madre le encantan las canciones antiguas, y *Por siempre mía* es una de sus favoritas.

Con voz grave y un tanto desafinada, comenzó a cantar:

—«Ver las pirámides del Nilo, y el sol que se levanta en una isla tropical...» —Hizo una pausa y tarareó unos compases—. Luego viene algo sobre «un zoco del viejo Argel», y luego algo sobre «fotos y recuerdos». No me acuerdo de la melodía, pero es una canción muy bonita.

—Sí, en efecto —convino Susan. Casi como una alarma que no pudiera desconectar, la letra de la canción resonaba en su mente. ¿Qué había en ella?, se preguntó. Volvió a coger el anillo y lo metió en el monedero.

Faltaban diez minutos para la una. Debería estar preparando su próxima sesión, pero no quería esperar hasta las dos para intentar localizar a Matt Bauer, el ex novio de Tiffany, la única persona que quizá sabría decirle dónde se encontraba la tienda de recuerdos del Village en que había comprado el anillo.

La madre de Bauer contestó al teléfono.

—Doctora Chandler, mi hijo está en el trabajo. Ya hemos hablado con la policía. Lamento la muerte de Tiffany, pero no tiene nada que ver con mi hijo; sólo salieron juntos unas pocas veces. Ella no era su tipo. Mis amigas me han contado lo de las llamadas que le hizo Tiffany, y debo decirle que fueron muy embarazosas para Matthew. Ayer telefoneé a Tiffany para informarla de su inminente boda. El miércoles por la noche cenamos con la familia de la novia, unas personas muy finas y encantadoras. No quiero ni imaginarme lo que pensarían si el nombre de Matthew saliera a relucir en relación con el caso. ¿Por qué...?

—Señora Bauer —la interrumpió Susan—, la mejor forma de asegurarse de que el nombre de Matthew queda al margen de este asunto es que hable conmigo personalmente. Dígame dónde puedo localizarlo.

La madre de Matt le dijo que trabajaba en la compañía de seguros Metropolitan Life, y le dio el número de su despacho. Susan llamó, pero le dijeron que Bauer había salido y que no regresaría hasta las tres. Dejó el recado de que la llamara urgentemente.

Luego la llamó Pete Sánchez.

—Susan, parece que lo estamos resolviendo. Este tío no sólo anunció que iba a volver al Grotto para ocuparse de Tiffany, sino que ahora admite que estuvo en el aparcamiento del restaurante. Aunque sostiene que se asustó al ver a un tío merodeando.

—Quizá esté diciendo la verdad —aventuró ella.

—Vamos, Susan, trabajaste en la oficina del fiscal del distrito. Los malos siempre proclaman su inocencia. Uno ya no se sorprende de nada cuando trata con estos desgraciados.

79

A última hora de la tarde del viernes, Chris Ryan se las había ingeniado para averiguar datos concretos y abundantes rumores acerca de Douglas Layton.

Los datos consistían en que era un jugador compulsivo que gozaba de cierta notoriedad en Atlantic City, y corría la voz de que al menos en media docena de ocasiones había perdido grandes sumas de dinero. Aquello explicaba por qué no tenía ni un céntimo a su nombre, pensó Chris.

Uno de los rumores insinuaba que Layton tenía prohibido volver a viajar en varias líneas de cruceros porque sospechaban que hacía trampas en la mesa de juego. Otro rumor aseguraba que le habían pedido que renunciara a su puesto en dos empresas financieras por las quejas que suscitaba su habitual actitud condescendiente para con el personal femenino.

A las cinco y diez de la tarde del viernes, mientras Chris Ryan asimilaba la información que había reunido, recibió una llamada telefónica de Susan.

—Estoy consiguiendo material interesante sobre Layton —le dijo—. Nada incriminador, pero interesante.

—Me muero de ganas de oírlo, pero antes quiero preguntarte una cosa. ¿Hay modo de conseguir una lista de todos los *sex shops* de Greenwich Village?

—¿Es una broma? —dijo Chris—. Nadie que se dedique a ese negocio se anuncia en las páginas amarillas.

—De eso ya he empezado a darme cuenta. ¿Qué me dices de las tiendas de *souvenirs*?

—Repasa todas las listas que van de «antigüedades» a «chatarra».

Susan rió.

—Menuda ayuda me prestas. En fin, cuéntame qué has averiguado sobre Douglas Layton.

80

La semana había resultado muy emocionante para Oliver Baker. Su breve aparición en televisión la tarde del lunes le había cambiado la vida. De súbito se había convertido en una especie de celebridad. Todos los clientes del supermercado querían conversar sobre el accidente. La mujer que trabajaba en la tintorería del barrio se deshizo en atenciones como si fuese una estrella. Incluso recibió un escueto saludo del envarado ejecutivo de Wall Street que hasta entonces jamás se había dignado saludarlo.

En casa, Oliver era todo un héroe para Betty y las chicas. Hasta la hermana de Betty, que siempre refunfuñaba y hacía muecas cuando él expresaba su opinión sobre cualquier asunto, llamó para que le contara cómo era aquello de testificar en comisaría. Por supuesto, la cuñada no se conformó con satisfacer su curiosidad, sino que se explayó sobre la coincidencia de que otro testigo, la anciana que había dicho que no se trataba de un accidente, hubiese sido asesinada, para terminar previniéndolo:

—Ándate con ojo, no vaya a ser que te ocurra lo mismo.

Él no estaba preocupado, pero naturalmente su cuñada consiguió asustarlo un poco.

Oliver, en efecto, disfrutaba de su contacto con la policía, y manifestaba una clara predilección por el capitán Shea. Era la clase de representante de la autoridad que lo hacía sentir cómodo y seguro. Le había causado una grata impresión sentarse a solas con él en su despacho y constatar la atención que éste prestaba a sus palabras.

El viernes, en la página seis del *Post* se informaba de que el arquitecto Justin Wells estaba siendo interrogado por el accidente de su esposa. El artículo incluía una fotografía en la que se le veía saliendo del hospital.

Oliver tuvo toda la mañana el *Post* encima del escritorio de la oficina, abierto por la página del artículo. Poco antes de las doce, telefoneó al capitán Shea para decirle que le gustaría verlo después del trabajo.

De ahí que a las cinco y media de la tarde del viernes Oliver Baker se hallara de nuevo en el despacho del capitán Shea, con la fotografía del periódico en la mano. Saboreando su regreso a aquel centro de poder, refirió por qué había solicitado otra entrevista.

—Capitán, cuanto más miro la foto de este hombre, más convencido estoy de que lo vi coger el sobre cuando trataba, o eso pensé entonces, de sostener a la mujer que cayó delante de la camioneta.

Oliver sonrió a los ojos comprensivos de Shea.

—Capitán, quizá yo estuviera más afectado de lo que pensaba —dijo—. ¿Cree que esto explica, en un principio, que se me borrara su cara?

81

A Matt Bauer le gustaba su trabajo en Metropolitan Life. Tenía la intención de ocupar algún día uno de los despachos de ejecutivo, y con este objetivo se esforzaba en vender pólizas de seguros a pequeñas y medianas empresas. A los veinticinco años, su estrategia empezaba a dar resultado. Lo habían seleccionado para el curso de formación de directivos, y acababa de comprometerse con la sobrina de su jefe, Debbie, la clase de mujer perfecta para acompañarlo en su camino hasta la cumbre. Lo mejor era el hecho de que estaba enamorado de ella.

Por este motivo se mostraba tan visiblemente angustiado cuando se reunió con Susan Chandler a las cinco y media en una cafetería de la estación Grand Central.

A Susan le gustó de inmediato aquel joven tan serio y apuesto, y entendió su preocupación. Le creyó cuando le dijo que lamentaba lo ocurrido a Tiffany, y fue toda comprensión cuando él le explicó por qué no quería verse implicado en la investigación de un asesinato.

—Doctora Chandler —dijo—, sólo salí con Tiffany un par de veces. Exactamente tres, si no me equivoco. La primera ocasión surgió una noche mientras cenaba en el Grotto; la invité a salir y enseguida me pidió que la acompañara a la boda de una amiga.

—¿No te apetecía ir? —aventuró Susan.

—Lo cierto es que no. Tiffany era divertida, pero no había chispa entre nosotros, supongo que sabe a qué me refiero, y también me percaté de que quería una relación seria, no una cita ocasional.

Recordando la voz esperanzada y apasionada de Tiffany, Susan asintió comprensiva.

La camarera les sirvió café, y Matt Bauer tomó un sorbo antes de proseguir.

—En la boda de su amiga mencioné una película que tenía ganas de ver. Había ganado un premio en el Festival de Cannes y habían aparecido críticas en la prensa. Tiffany dijo que también quería verla.

—De modo que, naturalmente, la invitaste.

Matt asintió.

—Sí. La exhibían en un pequeño cine del Village. Juraría que a Tiffany le pareció horrible, aunque fingió encontrarla muy buena. Antes fuimos a comer algo. Le pregunté si le gustaba el *sushi*, y me dijo que le encantaba. Doctora Chandler, se puso prácticamente verde cuando llegó la comida. Me había pedido que encargara su menú, y di por sentado que sabía que el *sushi* es pescado crudo. Después dimos un paseo, mirando escaparates. Yo apenas conozco el Village, y ella tampoco lo conocía.

—¿Fue entonces cuando entrasteis en la tienda de *souvenirs?* —preguntó Susan. Que recuerde dónde está, rogó para sus adentros.

—Sí. En realidad fue Tiffany quien se detuvo al ver algo en el escaparate. Dijo que se lo estaba pasando tan bien que quería un recuerdo de nuestra cita, de modo que entramos.

—¿Tú no querías hacerlo? —preguntó Susan.

Se encogió de hombros.

—La verdad es que no.

—¿Qué recuerdas sobre la tienda, Matt? ¿O prefieres que te llamen Matthew?

Sonrió.

—Para mi madre soy Matthew. Para el resto del mundo, Matt.

—De acuerdo, Matt, ¿qué recuerdas de la tienda?

Reflexionó un momento.

—Estaba abarrotada de *souvenirs* y baratijas, pero, aun así, muy ordenada. El propietario, o el dependiente era hindú. Lo curioso era que además de las consabidas estatuas de la Libertad, las camisetas y los broches de *I Love New York*, había muchos monos de latón, elefantes, Taj Mahals, dioses de la India y cosas por el estilo.

Susan abrió el monedero y sacó el anillo de turquesas que le había dado la madre de Regina Clausen. Lo sostuvo en la palma de la mano y se lo mostró a Matt Bauer.

—¿Lo conoces?

Examinó el anillo con detenimiento, sin cogerlo.

—¿Tiene grabado «Por siempre mía»?

—Sí, así es.

—Pues si mal no recuerdo, es el anillo que le regalé a Tiffany, o uno igual.

Y apuesto a que es igual que el de Carolyn, pensó Susan.

—Según me contó Tiffany —dijo—, el motivo que te indujo a comprar el anillo fue que un hombre adquirió uno, y que el dependiente te dijo que el mismo hombre ya había comprado varios iguales con anterioridad. ¿Recuerdas ese detalle?

—Lo recuerdo, pero no llegué a ver al sujeto en cuestión —dijo él—. La tienda era pequeña, para empezar, y había un biombo de madera pintada que me impedía ver el mostrador. También recuerdo que estaba leyendo la historia de una estatuilla, que tenía cabeza de elefante y cuerpo de hombre y era el dios de la sabiduría, la prosperidad y la felicidad, según rezaba la tarjeta. Pensé que podía ser un bonito recuerdo, pero cuando me volví para enseñárselo a Tiffany, estaba charlando con el dependiente en el mostrador. Sostenía el anillo de turquesas mientras él le contaba que el cliente que acababa de salir había comprado varios iguales.

»Le mostré el dios elefante, pero a ella no le interesó: el anillo era el recuerdo que quería —sonrió Bauer—. Era muy graciosa. Cuando le enseñé el dios elefante y le leí la leyenda, dijo que no creía que le fuera a traer prosperidad porque se parecía a muchos de sus clientes del Grotto, de modo que lo devolví a su sitio y le compré el anillo.

La sonrisa de Matt se desvaneció y meneó la cabeza.

—No fueron más que diez dólares, pero parecía que acabara de comprarle un anillo de compromiso. Luego, hasta que llegamos al metro, me cogió la mano y se puso a cantar *Por siempre mía*.

—¿Volvisteis a veros?

—Sólo una vez. No paraba de llamar a mi casa, y si se encontraba con el contestador cantaba unos compases de esa canción. Finalmente le dije que estaba dando demasiada importancia al anillo, y que aunque nuestras dos citas habían sido divertidas, creía que debíamos dejar de vernos. —Se terminó el café y miró su reloj— Doctora Chandler, lo lamento, pero tengo que irme en seguida, de verdad. He quedado con Debbie, mi prometida, a las seis y media.

Pidió la cuenta con un ademán.

—Invito yo —dijo Susan. No le había preguntado la ubicación de la tienda a propósito. Todavía abrigaba una débil esperanza de que Matt hubiese vislumbrado al cliente que había comprado el anillo, y que a medida que contara lo ocurrido en la tienda surgiera del subconsciente algún dato sobre su ubicación.

Cuando se lo preguntó, lo único que pudo decirle fue que la película era en un cine cercano a Washington Square, que el restaurante de *sushi* estaba a unas cuatro manzanas del cine, y que no andaban lejos de la estación de metro de la calle 4 Oeste con la Sexta Avenida cuando vieron la tienda de *souvenirs*.

—Matt, Tiffany mencionó un *sex shop* en la acera de enfrente de donde le compraste el anillo. ¿Lo recuerdas?

Mientras se levantaba para irse, negó con la cabeza.

—No, lo siento. Escuche, doctora Chandler, ojalá pudiera serle de más ayuda. ¿Sabe una cosa? Tiffany, debajo de su coraza, era una criatura de lo más dulce. Cada vez que recuerdo el comentario sobre el parecido de los clientes del Grotto con el dios elefante me dan ganas de reír. Espero que encuentren al asesino. Adiós.

Susan pagó la cuenta y tomó un taxi hasta la calle 4 Oeste con la Sexta Avenida. Por el camino consultó el mapa de Greenwich Village. A pesar de haber vivido allí varios años, la zona aún le resultaba un tanto confusa. Su plan consistía en fijar el punto de partida en la estación de metro y recorrer las caprichosas calles del Village hasta encontrar una tienda de *souvenirs* con productos indios que estuviera situada frente a un *sex shop*. Parecía bastante sencillo; ¿cuántas podía haber?

Quizá debería pedir ayuda a Chris Ryan, pensó, aunque el Village tampoco es tan grande, y prefiero hacerlo sola, o al menos intentarlo. Había decidido que si daba con la tienda, entraría y trataría de ganarse la confianza del dependiente hindú. Más adelante, cuando por fin tuviera la fotografía del crucero en la que aparecía el hombre que le había regalado el anillo de turquesas a Carolyn Wells, le preguntaría si lo reconocía.

Ni siquiera había llegado, pero empezaba a estrechar el cerco alrededor del asesino. Podía sentirlo.

82

Carolyn volvía a sentir dolor y mucho miedo. No sabía dónde estaba y, cuando intentaba hablar, los labios no le respondían. Trató de levantar la mano, pero algo se la sujetaba.

Quería decirle a Justin lo mucho que lo lamentaba. Pero ¿dónde estaba? ¿Por qué no iba a verla?

Notó una presencia que se precipitaba hacia ella en la oscuridad. ¡Iba a hacerle daño! ¿Dónde estaba Justin? Él la ayudaría.

—No... Por favor... ¡No! ¡Justin!

Y entonces se dio por vencida, y volvió a notar que se hundía y que su mente se batía en retirada ante el terrible dolor.

De haber tenido la conciencia despierta, habría oído el angustiado lamento de Justin cuando los monitores emitieron una alarma frenética y se activó un código 9, mas no fue así.

Como tampoco vio la condena que expresaba el rostro de la agente de policía que miraba acusatoriamente a Justin desde el otro lado de la cama.

83

El viernes por la tarde Alex Wright no llegó a su casa hasta cerca de las siete. Para adelantar trabajo, puesto que estaría de viaje la semana siguiente, había tenido que pasar todo el día en la oficina. Incluso había tenido que almorzar en el despacho, cosa que detestaba.

Después de un día tan intenso, lo que más le apetecía era una velada apacible, de modo que fue directamente a cambiarse al vestidor, y se puso unos pantalones cómodos y un jersey. Como de costumbre, se felicitó por haber resuelto el eterno problema de la falta de espacio en los armarios.

Unos años atrás, había montado el vestidor ocupando parte de un dormitorio contiguo, de modo que resultaba lo bastante espacioso como para albergar su enorme guardarropa. Uno de los elementos que más le gustaban era la estantería donde siempre había una maleta abierta, lista para hacer el equipaje. Enmarcada en la pared de encima había puesto una lista de los artículos que necesitaba llevarse en función de los distintos climas y acontecimientos.

La maleta ya estaba medio llena con las prendas que se lavaban y reponían después de un viaje: ropa interior, calcetines, pañuelos, pijamas, un batín y camisas de vestir.

Para los viajes largos, como el que estaba a punto de emprender a Rusia, Alex prefería hacerse él mismo el equipaje. Si por la razón que fuera estaba demasiado atareado, Jim Curley se ocupaba de hacerlo. Tenían una antigua broma privada sobre la ocasión en que Alex confió a Marguerite, su asistenta, que le hiciera el equipaje y ésta olvidó incluir una camisa formal, hecho que no descubrió hasta que se estaba vistiendo para asistir a una cena de etiqueta en Londres.

Mientras se calzaba unos cómodos mocasines viejos, sonrió al recordar lo que Jim dijo a propósito del incidente: «Su padre, que en paz descanse, la habría puesto de patitas en la calle sin pensárselo dos veces.»

Antes de salir del vestidor, Alex echó una ojeada a la lista y recordó que en octubre hacía mucho frío en Rusia, y que probablemente sería prudente llevarse el abrigo más grueso.

Bajó al salón, se sirvió un whisky con hielo, y cuando oyó el tintineo de los cubitos al tomar el primer sorbo, se dio cuenta de que estaba seriamente enfadado. No podía evitar estar molesto por el hecho de que Susan se hubiese mostrado tan fría por teléfono el día anterior, al rechazar su invitación a tomar una copa con él y Dee.

¿Qué pasaría al día siguiente, en la fiesta de la biblioteca, con Dee a un lado y Susan al otro?, se preguntó. Lo más probable era que fuese una situación de lo más incómoda.

Entonces sonrió. Se me ocurre una idea, pensó. Invitaré a Binky y a Charles para que vengan con nosotros. Habrá cuatro mesas de diez, así que pondré a Dee con Binky y Charles en otra mesa, decidió. Sería una declaración categórica para Susan.

—Y para Dee —dijo en voz alta.

84

Los nombres de las calles que había recorrido resonaban como una letanía en su cabeza: Christopher, Grove, Barrow, Commerce, Morton. A diferencia de la cuadrícula en la que estaban dispuestas las calles de la zona alta de Manhattan, las del Village obedecían a un trazado irregular y caprichoso. Susan terminó dándose por vencida, compró el *Post* y entró en el Tutta Pasta de la calle Carmine para cenar.

Bebió una copa de *chianti* mientras leía el periódico. En la página tres vio un retrato de Tiffany, procedente del anuario de su graduación, que ilustraba un artículo sobre la marcha de la investigación de su asesinato. La acusación no se haría esperar, decía.

Luego, en la página seis, se quedó perpleja al ver la fotografía de Justin Wells y la noticia de que lo estaban interrogando sobre las circunstancias que rodeaban al accidente sufrido por su esposa.

Hasta que localice esa tienda de *souvenirs* y hable con el vendedor, pensó, no podré convencer a nadie de que existe una conexión entre estos dos casos. Y ojalá el lunes pueda enseñarle la foto del crucero. Esta noche no he podido encontrar esa tienda, pero seguiré buscando a primera hora de la mañana.

Llegó a su casa a las diez y dejó caer el bolso sobre la mesa del recibidor. ¿Por qué llevaré siempre tan cargado este trasto?, se preguntó mientras se masajeaba los hombros. Pesa más que un muerto. Y no es una ocurrencia graciosa, se dijo mientras la imagen de Tiffany le venía a la mente. Tiene exactamente el mismo aspecto que me imaginaba: demasiado lápiz de ojos, el pelo cardado a dos dedos de la raíz, pero aun así es guapa y fresca.

Fue hasta el contestador automático que parpadeaba. Alex Wright había llamado a las nueve: «Sólo llamaba para saludar. Ojalá ya fuese mañana por la noche. En caso de que no nos hablemos durante el día, pasaré a recogerte a las seis y media.» Me hace saber que esta noche se queda en casa, pensó Susan. Eso está bien.

La llamada siguiente era de su madre. «Son las nueve y media. Volveré a llamar más tarde, cariño.» Seguramente en cuanto me meta en la ducha, pensó Susan, y decidió devolverle la llamada cuanto antes. El tono de su madre daba a entender que no estaba contenta.

—Susan, ¿sabías que Dee no sólo tiene planes de mudarse otra vez a Nueva York sino que ya ha alquilado un apartamento?

—No —dijo Susan—. ¿No es un poco repentino?

—Sí, en efecto. Siempre ha sido más bien inquieta, pero quería decirte que me ha ofendido que hoy se llevara al *trofeo* para que la acompañara a firmar el contrato.

—¿Se ha llevado a Binky? ¿Cómo es posible?

—«Para oír la opinión de otra mujer», dijo. Así que le recordé que no estoy ciega y que me habría gustado verlo, pero Dee me ha dicho que había otra persona interesada en el piso y que tenía que actuar deprisa.

—Sin duda lo ha hecho —ironizó Susan—. Mamá, por favor, no permitas que este tipo de cosas te irriten. No merece la pena. Sabes de sobra que te encantará tener a Dee otra vez en Nueva York.

—Sí, es verdad —admitió su madre con tono más calmado—. Pero me preocupa... Bueno, ya sabes, eso que hablamos la otra noche.

Dios, dame fuerzas, pensó Susan.

—Mamá, si te refieres a Alex Wright, sólo salí con él una vez. No creo que pueda decirse que tengamos una relación de compromiso.

—Ya lo sé. Aun así, creo que este regreso tan precipitado a Nueva York es un poco raro, hasta para Dee. Y otra cosa, Susan: si necesitas dinero, no es preciso que recurras a tu padre. Sé cuánto daño te ha hecho. Yo también tengo dinero en el banco, así que ya sabes.

—¿A qué viene eso?

—¿Acaso no le pediste a Charley que enviara una transferencia a Londres?

—¿Cómo te has enterado?

—No ha sido a través de tu padre, desde luego. Me lo contó Dee.

Y ella se enteró por Binky, sin duda, pensó Susan. No tiene importancia, pero ¡qué tontería!

—Mamá, no necesito dinero. Sólo tenía que efectuar un pedido de entrega inmediata y no me daba tiempo a solicitar una transferencia de fondos de mi cuenta corriente, así que le pedí la suma a papá. Además, se la devolveré la semana que viene.

—¿Pero qué dices? No seas tonta. Él tiene de sobra y además invita a Dee a un crucero. No seas tan quisquillosa, Susan. Acepta ese dinero como propio.

Hace un instante me estabas diciendo que no aceptara dinero de él, pensó Susan.

—Mamá, acabo de llegar y estoy muy cansada. Te llamaré mañana o el domingo. ¿Tienes planes para el fin de semana?

—Una cita a ciegas, Dios me asista. Helen Evan la ha organizado. Jamás imaginé que a mi edad estaría dispuesta a algo así.

Susan sonrió al detectar placer en la voz de su madre.

—Me alegro —dijo—. Pásatelo bien.

Esta noche nada de ducha, pensó mientras colgaba el teléfono. Después de semejante jornada, se impone una larga sesión de bañera caliente. No hay una sola parte física o mental de mi cuerpo que no esté preocupada, triste, irritada o dolida.

Cuarenta minutos después, abrió las ventanas del dormitorio, tal como solía hacer antes de meterse en la cama. Echó un vistazo a la calle y advirtió que estaba desierta salvo por un paseante solitario.

Ese hombre nunca conseguiría ganar el maratón, pensó. Si caminara un poco más lento avanzaría hacia atrás.

85

A pesar de lo agotada que estaba, o quizá por eso, Susan no consiguió dormir bien. Se despertó tres veces durante la noche y se sorprendió escuchando algún ruido que delatara la presencia de un intruso en el apartamento. La primera vez que despertó, creyó haber oído que la puerta principal se abría. La sensación fue tan vívida que se levantó y fue hasta la puerta, que tenía el cerrojo echado. Luego, aunque se sintió un poco tonta, comprobó los pestillos de las ventanas del salón, el estudio y la cocina.

Regresó al dormitorio con la sensación de que algo malo pasaba, pero decidida a no cerrar las ventanas del cuarto. Estoy en un segundo piso, se dijo. A no ser que Spiderman haya venido al barrio, es harto improbable que alguien trepe por la fachada.

La temperatura había bajado notablemente desde que se había acostado, y la habitación estaba casi helada. Se tapó con las mantas hasta el cuello, recordando el sueño que la había inquietado hasta el punto de despertarla. Tiffany salía corriendo por una puerta hacia un espacio mal iluminado. Tenía el anillo de turquesas y lo lanzaba al aire. Entonces una mano surgía de las sombras, cogía el anillo y Tiffany gritaba «¡No! ¡No te lo lleves! Quiero guardarlo. A lo mejor Matt me llama.» En aquel momento despertó y gritó.

Susan sintió un escalofrío. Tiffany estaba muerta porque la había llamado, pensó.

De pronto la persiana de la ventana golpeteó, empujada por una ráfaga de viento. Esto es lo que me ha sobresaltado, se dijo, y estuvo tentada de levantarse y cerrar también aquella ventana. En lugar de hacerlo, se arrebujó bien y al cabo de un momento se durmió.

La segunda vez que Susan despertó, se incorporó de golpe en la cama, convencida de haber visto a alguien en la ventana. Procura controlarte, pensó, mientras alisaba la cama una vez más y tiraba de las mantas casi hasta cubrirse la cabeza.

Se despertó por tercera vez a las seis. Aunque había dormido, su mente había estado activa. En algún momento entre las interrupciones del sueño el subconsciente había hecho hincapié en la lista de pasajeros del *Seagodiva*. La había hallado en el archivo de Carolyn Wells, y Justin le había permitido llevársela.

Al despertar, su mente se había fijado en que Carolyn había escrito el nombre «Win» en uno de los boletines diarios de noticias de a bordo. Win era el hombre con quien había planeado ir a Argel, pensó Susan. Tendría que haber examinado la lista de pasajeros mucho antes. Si el tipo que conoció era pasajero del barco, su nombre tiene que figurar en la lista, pensó.

Desvelada y sin esperanzas de volver a dormirse, decidió que una taza de café la ayudaría a despejarse. Una vez preparado, se llevó una taza de vuelta a la cama, dispuso las almohadas a modo de respaldo y comenzó a examinar la lista de pasajeros del barco. Win debe de ser un diminutivo de otro nombre, pensó. Repasó la lista en busca de un Winston o Winthrop, pero no encontró a nadie con esos nombres. Podría ser un mote, pensó. Había pasajeros con apellidos que se prestaban, como Winne y Winfrey, pero ambos viajaban en compañía de sus esposas. La lista de pasajeros incluía las iniciales del segundo nombre de varios viajeros, de manera que si al hombre que había conocido Carolyn lo llamaban Win debido a su segundo nombre, la lista le sería de poca ayuda.

Los nombres de las parejas casadas figuraban en orden alfabético, de modo que la señora Alice Jones iba delante del señor Robert Jones, y así sucesivamente. Eliminando a cuantos resultaba obvio que estaban casados, clasificó los nombres de hombre que no figuraban precedidos o seguidos por el de una mujer. El primer nombre de la lista que parecía ser el de un soltero era el de Owen Adams. Interesante, pensó cuando hubo terminado de repasar la lista de pasajeros; de las seiscientas personas del pasaje, había ciento veinticinco mujeres que viajaban solas y, en cambio, sólo dieciséis hombres. Aquello estrechaba el círculo considerablemente.

Entonces se le ocurrió otra idea: ¿estaría la lista de pasajeros del *Gabrielle* entre los efectos personales de Regina Clausen?; en ese caso, ¿sería posible que uno de los dieciséis hombres del *Seagodiva* también hubiese sido pasajero de aquel buque?

Susan se encaminó a la ducha. Aunque la señora Clausen no quería verla, iría a preguntarle sobre la lista de pasajeros del *Gabrielle*, y si se la había devuelto con las cosas de Regina le rogaría que permitiese que su asistenta se la entregase.

86

Plumas al viento. Las veía dispersarse, bailar, burlarse de él, pero ahora sabía a ciencia cierta que jamás podría recogerlas todas. El que no lo crea que se lo pregunte a la doctora Susan, pensó con enfado. Deseaba que hubiera algún modo de acelerar su plan, pero era demasiado tarde. Los pasos que debía dar ya estaban definidos, y ahora no podían cambiarse. Se marcharía según lo previsto, pero luego volvería sobre sus pasos, y entonces la eliminaría.

La noche anterior, mientras paseaba ante el edificio de Susan, ella se había asomado a la ventana. Le constaba que no había podido verlo con claridad, pero aquello le hizo darse cuenta de que no debía volver a correr riesgos como aquél.

Cuando regresara a Nueva York, hallaría el modo de ocuparse de ella. No la seguiría para luego empujarla al tráfico como había hecho con Carolyn Wells. Aquel método se había demostrado poco eficaz, porque aunque Carolyn permanecía en coma, al parecer con pocas probabilidades de recuperación, seguía con vida; y mientras siguiera con vida era una amenaza. No, tendría que acorralar a Susan a solas, como había hecho con Tiffany. Sería lo mejor.

Aunque tal vez hubiese otro modo, pensó de repente.

Aquella misma tarde, disfrazado de mensajero, inspeccionaría el edificio donde trabajaba, estudiaría los sistemas de seguridad del vestíbulo y el plano de la planta donde estaba la consulta. Como era sábado, no habría mucha gente; menos ojos curiosos para observarlo.

La idea de matar a Susan en su despacho le causaba una inmensa satisfacción. Había decidido honrarla con la misma forma de muerte que había reservado para Verónica, Regina, Constance y Monica, la misma muerte que aguardaba a su víctima final, de viaje para ver «la jungla húmeda de lluvia».

La reduciría, ataría y amordazaría, y luego, mientras ella observaba presa del pánico, iría desplegando lentamente la bolsa de plástico grande y poco a poco la iría cubriendo con ella. Una vez metida dentro, de la cabeza a los pies, sellaría la bolsa. En el interior quedaría un poco de aire, el suficiente para prolongar unos minutos su agonía. Luego, en cuanto viera que el plástico se le pegaba a la cara y le tapaba la boca y las ventanas de la nariz, se marcharía. Sin embargo, no estaría en condiciones de deshacerse del cuerpo de Susan como había hecho con el de las otras. A las otras las había enterrado en la arena o las había lastrado con piedras para observar cómo desaparecían en el agua turbia. A Susan Chandler tendría que dejarla, pero lo consolaba el hecho de que la siguiente víctima, la última, sería objeto de los mismos servicios fúnebres que sus compañeras de muerte.

87

Susan salió de su apartamento a las nueve de la mañana y fue caminando hasta la Séptima Avenida. Desde allí exploró las manzanas que se sucedían oblicuamente hacia el oeste, hasta el río Hudson, comenzando por West Houston y St. Luke's Place, y luego Clarkson y la calle Morton. Decidió avanzar hasta la calle Greenwich, que discurría paralela a las avenidas, y luego subir una manzana hacia el norte y regresar en dirección este hasta la Sexta Avenida. Una vez allí, pasaría a la siguiente calle y repetiría la operación.

La mayoría de aquellas calles eran residenciales, aunque vio varias tiendas de *souvenirs*. Pero en ninguna de ellas encontró objetos de estilo hindú. Consideró la posibilidad de preguntar en esos establecimientos si conocían algún comercio como el que ella buscaba, pero decidió no hacerlo. Si lograba dar con la tienda, lo último que quería era que el dependiente indio estuviera sobre aviso de su llegada.

A mediodía, empleó su teléfono móvil para llamar a Jane Clausen al hospital Memorial Sloan-Kettering. Para su sorpresa, la señora Clausen se mostró muy complacida ante su solicitud de permiso para visitarla. De hecho, pareció como si incluso anhelara que fuera a verla.

—Me encantaría verla esta tarde, Susan —dijo.

—Estaré ahí hacia las cuatro —prometió Susan.

Había planeado entrar en algún sitio a almorzar, pero al final decidió comprar un bocadillo y un refresco a un vendedor callejero y comer en el parque de Washington Square. Aunque había sacado parte del contenido de su bolso, a medida que pasaba el tiempo le pesaba más y los pies le dolían.

El día había comenzado encapotado y fresco, pero a primera hora de la tarde había salido el sol, y las calles, casi desiertas antes, ya estaban repletas de gente. Verse rodeada de toda esa muchedumbre, desde los asiduos al Village hasta los boquiabiertos turistas, le hizo más grato el paseo. A Susan le encantaba Greenwich Village. No existe otro lugar como éste, pensó. La abuela Susie tuvo suerte de criarse aquí.

¿Haría un día como aquél, un año atrás, cuando Tiffany y Matt paseaban por allí?, se preguntó. Decidió proseguir la búsqueda y explorar la zona al este de la Sexta Avenida, por lo que enfiló por la calle MacDougal. Mientras se alejaba de Washington Square, rememoró su conversación con Matt Bauer. Sonrió al recordar el dios elefante que, según él, Tiffany había comparado con algunos de sus clientes del Grotto.

El dios elefante.

Susan se detuvo tan repentinamente que el adolescente que iba detrás chocó con ella.

—Lo siento —dijo.

Susan no contestó. Miraba fijamente el escaparate de la tienda que tenía delante. Sobre la entrada había un rótulo ovalado que decía OSCUROS PLACERES.

Oscuros placeres, claro, pensó mientras volvía a mirar el escaparate, que exhibía un portaligas de satén rojo sobre un montón de cintas de vídeo con títulos groseramente sugerentes, rodeados de una parafernalia erótica a la que Susan apenas hizo caso, ya que puso toda su atención en el objeto que ocupaba el centro del escaparate: un dios elefante con turquesas incrustadas que miraba hacia fuera.

Giró sobre sí misma. Al otro lado de la calle divisó un cartel de SE ALQUILA en el escaparate de una tienda llamada Artesanías Khyem.

Cruzó la estrecha calle hasta la tienda abriéndose paso entre el tráfico, se acercó a la puerta y miró dentro. Aunque la tienda parecía perfectamente abastecida, el interior presentaba un aspecto abandonado. El mostrador con la caja registradora se hallaba justo delante de la entrada. A la izquierda acertó a ver un gran biombo pintado que dividía la habitación. Tenía que ser el que había descrito Matt, pensó, detrás del cual estaban Tiffany y él cuando el hombre entró a comprar el anillo de turquesas.

Pero ¿dónde estaba el propietario o el dependiente que había estado allí aquel día?, se preguntó.

De repente cayó en la cuenta de que había una persona que quizá lo supiera. Volvió a cruzar la calle hacia el *sex shop*, que daba la impresión de un próspero negocio. Había un hombre pagando junto a la caja registradora, y dos adolescentes desaliñados, con el pelo lacio y largo, hacían cola tras él. Cuando finalmente los clientes se marcharon, se dirigió al dependiente, un hombre delgado que, a semejanza de su entorno, parecía un tanto sórdido.

Él la miró con ceño mientras se acercaba al mostrador. Ella se percató de que el sujeto pensaba que podía ser una agente de policía de paisano dispuesta a hacerle pasar un mal rato por una venta ilegal a menores. Está a la defensiva, pensó. Lástima que no pueda mantenerlo así. Señaló la tienda Artesanías Khyem al otro lado de la calle.

—¿Cuándo cerró esa tienda? —preguntó.

Detectó un inmediato cambio de actitud. El nerviosismo del dependiente se desvaneció y una breve sonrisa le arqueó las comisuras de los labios.

—Señora, ¿no se ha enterado de lo ocurrido? Abdul Parki, el dueño del negocio, fue asesinado el martes por la tarde.

—¿Asesinado? —Susan se sintió consternada. Otro más, pensó. Tiffany había mencionado al propietario de la tienda en mi programa.

—¿Conocía a Parki? —le preguntó el hombre—. Era un hombre muy amable.

Susan negó con la cabeza mientras intentaba recuperarse.

—Una amiga mía me recomendó su tienda —dijo con cautela—. Le regalaron un anillo de turquesas hecho por él. Mire. —Abrió el bolso y sacó el anillo que le había dado Jane Clausen.

El hombre lo miró.

—Sí, es uno de los anillos de Parki. Le encantaban las turquesas. Ah, por cierto, me llamo Nat Small. Soy el dueño del local.

—Soy Susan Chandler. Por lo que veo eran buenos amigos. ¿Cómo ocurrió?

—Lo apuñalaron. La poli cree que fueron drogadictos, aunque no se llevaron nada, según parece. Era una buena persona. Estuvo ahí casi un día entero antes de que lo encontraran. Fui yo quien llamó a la policía, cuando el miércoles vi que no abría.

Susan advirtió tristeza en el rostro de Nat Small.

—Mi amiga me dijo que era un hombre muy agradable. ¿Hubo algún testigo?

—Nadie vio nada. —Small negó con la cabeza y apartó la mirada al decirlo.

Me está ocultando algo, pensó Susan. Tengo que conseguir que entre en mi juego.

—El caso es que la muchacha que me habló de Parki murió apuñalada la noche del miércoles —dijo—. Creo que la persona que acabó con ella y con Parki es un cliente que ha comprado varios de estos anillos de turquesas a lo largo de los últimos tres o cuatro años.

La tez cetrina de Nat Small palideció cuando se encontró con la mirada de Susan.

—Parki me habló de ese hombre. Decía que era todo un caballero.

—¿Lo describió?

Small meneó la cabeza.

—Eso fue cuanto dijo.

Susan probó suerte.

—Creo que sabe algo que no me quiere decir, Nat.

—Se equivoca. —Sus ojos se desviaron hacia la puerta—. Mire, no me importa hablar con usted, pero me espanta a la clientela. Hay un tipo merodeando ahí fuera, y me consta que no entrará mientras usted siga aquí.

Susan lo miró de hito en hito.

—Nat, Tiffany Smith tenía veinticinco años. La apuñalaron cuando salió de trabajar la noche del miércoles. Tengo un programa de radio al que telefoneó y habló de una tienda de *souvenirs* del Village donde su novio le compró un anillo de turquesas que llevaba la inscripción «Por siempre mía» grabada en el interior. Describió la tienda, y mencionó a un hombre hindú. Dijo que mientras ella y su novio estaban en la tienda, un hombre, otro cliente, compró un anillo de turquesas igual al suyo. Y estoy convencida de que por eso está muerta, por lo que dijo que vio. Y le juro que Parki también está muerto porque podía identificar a ese hombre. Nat, creo que sabe algo más. Tiene que contármelo antes de que muera alguien más.

Nat Small volvió a mirar nervioso hacia la puerta, como si tuviera miedo de algo.

—No quiero verme metido en esto —dijo con un hilo de voz.

—Nat, si sabe algo, ya está metido. Por favor, dígame de qué se trata.

Habló casi en un susurro.

—El martes, poco antes de la una, había un hombre dando vueltas por ahí fuera, mirando mi escaparate, como está haciendo ese tipo ahora mismo. Supuse que estaba eligiendo lo que quería, o que igual lo ponía nervioso entrar, pues tenía todo el aspecto de ser un tipo de la parte alta de la ciudad, pero cruzó la calle y entró en la tienda de Parki.

—¿Informó a la policía?

—Eso fue precisamente lo que no hice. Me habrían sentado a mirar álbumes de fotos y me habrían pedido una descripción para el retrato robot. Una pérdida de tiempo. No era la clase de tío que aparece en los ficheros de la pasma y no tengo ni idea de cómo decir a la gente lo que debe dibujar. Vi al tipo de perfil. Tenía clase, treinta y tantos años. Llevaba un gorro, gabardina y gafas de sol, pero aun así pude verle bien el perfil.

—¿Le reconocería si volviera a verlo?

—Señora, en este negocio tengo que reconocer a las personas. Si no recuerdo el aspecto de un detective, pueden llevarme a la quiebra, y si no identificara a los drogotas, podrían asesinarme. Oiga, ahora tiene que largarse. Perjudica mi negocio. A los hombres no les gusta entrar a comprar en presencia de una dama.

—De acuerdo. Pero Nat, dígame, ¿reconocería a ese hombre si le enseñara una fotografía?

—Sí, seguro. Y ahora, ¿puede marcharse?

—Enseguida. Ah, una cosa más. No hable de esto con nadie. Por su propia seguridad, no se lo cuente a nadie.

—¿Está de broma? Claro que no diré nada. Lo prometo. Y ahora váyase y deje que me gane el pan, ¿vale?

88

Douglas Layton entró a las tres y media en la habitación que ocupaba Jane Clausen en el hospital y la encontró sentada en una silla, enfundada en una bata azul celeste de cachemir.

—Douglas —dijo con voz cansada—, ¿ha traído la sorpresa? He intentado imaginar qué podría ser.

—Cierre los ojos, señora Clausen.

La irritación se hizo patente en su sonrisa, pero obedeció.

—No soy una niña —murmuró.

Había estado a punto de besarla en la frente, pero se contuvo. Habría sido un grave error, pensó.

—Espero que le guste —dijo mientras daba la vuelta al dibujo enmarcado para que viera la imagen del orfanato que mostraba el nombre de Regina cincelado en el rótulo.

Jane Clausen abrió los ojos y se quedó contemplando el cuadro. Sólo una lágrima en el rabillo del ojo izquierdo indicaba la emoción que sentía.

—Es encantador —dijo—. No puedo imaginar un homenaje mejor a Regina. Dígame, ¿cuándo decidieron ponerle su nombre al orfanato? Lo hicieron a mis espaldas.

—Los administradores del orfanato nos rogaron que los autorizásemos a ponerle el nombre de Regina. Se anunciará durante la inauguración del ala nueva, a la que asistiré la semana que viene. Íbamos a esperar para mostrarle el dibujo y las fotos de la ceremonia a la vez, pero tuve la corazonada de que verlo ahora le levantaría el ánimo.

—¿Quiere decir antes de que me muera?

—No, no quería decir eso, señora Clausen.

—Doug, no ponga esa cara de culpabilidad. Voy a morir. Ambos lo sabemos. Y ver esto me hace muy feliz. —Sonrió con tristeza—. ¿Sabe qué otra cosa me consuela?

Le constaba que era una pregunta redundante. Contuvo el aliento, confiando en que hablara de su sensibilidad y de su entrega a la fundación.

—Pues que el dinero que habría heredado Regina sirva para ayudar a otras personas. En cierto modo, será como si ella continuara viviendo a través de personas cuyas vidas mejorarán gracias a ella.

—Le prometo, señora Clausen, que cuidaremos muy bien cada céntimo que gastemos en nombre de Regina.

—Cuento con ello. —Hizo una pausa y miró a Douglas, que seguía tenso, de pie junto a ella—. Me temo que Hubert está cada vez más distraído. Creo que me gustaría hacer algo al respecto —dijo.

Layton guardó silencio. Aquello era lo que había ido a oír, pero en aquel momento llamaron suavemente a la puerta. Susan Chandler se asomó.

—Señora Clausen, no sabía que estuviera acompañada. Me quedaré en la sala de espera mientras atiende a su visita.

—De ningún modo. Pase, Susan. Recordará a Douglas Layton, ¿verdad? Se conocieron el lunes pasado en su consulta.

Susan pensó en lo que Chris Ryan le había contado sobre Layton.

—Claro que lo recuerdo —dijo fríamente—. ¿Qué tal está, señor Layton?

—Muy bien, doctora Chandler.

Sabe algo, pensó Layton. Será mejor que me quede. No osará decir nada mientras yo siga aquí.

—Le debo una disculpa —le dijo con una amplia sonrisa—. El otro día salí de su consulta como si hubiese sonado una alarma de incendio, pero tenía una cita con un cliente que llegaba de Connecticut y había confundido la hora en mi agenda.

Se muestra muy afable, pensó Susan, mientras aceptaba la silla que él le ofrecía. Le habría gustado que se marchara, pero dispuso otra silla, indicando la intención de prolongar su visita.

—Douglas, no quisiera retenerlo —dijo Jane Clausen—. Debo comentar un asunto con Susan y luego me temo que tendré que descansar.

—Claro, no se preocupe. —Se levantó de un salto, con expresión y modales solícitos.

Un tipo con clase de cerca de cuarenta años, pensó Susan, reflexionando sobre la descripción que le había dado Nat Small del hombre que estuvo merodeando ante la tienda de Abdul Parki el día en que lo asesinaron. Aunque lo cierto es que coincide con la de muchos hombres, y que el mero hecho de haber mentido sobre una conversación con Regina Clausen no significa que la haya asesinado, pensó, reprochándose el haber sacado conclusiones.

Una enfermera se asomó a la puerta.

—Señora Clausen, el doctor pasará a verla dentro de un momento.

—Oh, vaya. Susan, me temo que la he hecho venir hasta aquí en balde. ¿Me llamará por la mañana?

—Por supuesto.

—No puede irse sin ver la sorpresa que Doug me tenía reservada. —Señaló al dibujo enmarcado—. Es un orfanato de Guatemala que la semana que viene dedicarán a Regina.

Susan lo examinó de cerca.

—Es precioso —dijo—. Tengo entendido que hay una gran necesidad de instituciones de este tipo en América Central.

—Tiene toda la razón —le aseguró Layton—, y la Fundación de la Familia Clausen está ayudando a construirlas.

Al ponerse de pie para marcharse, Susan divisó una carpeta azul en la mesilla de noche, junto a la cama. Parecía idéntica a la que había hallado hecha pedazos en la papelera del despacho de casa de Carolyn Wells.

Se acercó y la cogió. Tal como había supuesto, en la cubierta de la carpeta figuraba el logotipo de Ocean Cruise Pictures. Miró a la señora Clausen.

—¿Me permite?

—Por supuesto. Probablemente sea la última foto que le hicieron a Regina.

No cabía la menor duda de que la mujer de la fotografía era la hija de Jane Clausen. Los ojos eran idénticos, y ambas tenían la misma nariz recta; la línea de nacimiento del cuero cabelludo en la frente era similar. Regina aparecía junto al capitán del *Gabrielle*. La foto obligada de todo crucero, pensó Susan, pero es muy buena. Al investigar sobre Regina Clausen para el programa de radio, había visto fotos de ella en recortes de prensa, pero ninguna tan favorecedora como aquélla.

—Regina era muy atractiva, señora Clausen —dijo.

—Sí, lo era. Ese retrato se lo hicieron dos días antes de que desapareciera. Se la ve muy feliz. Por un lado ha sido un consuelo saberlo, y por el otro un tormento. Me pregunto si su felicidad se debe a la confianza depositada en la persona responsable de su desaparición.

—Procure no enfocarlo así —recomendó Doug Layton.

—Lamento interrumpir.

El médico apareció en el umbral. Estaba claro que deseaba que se marcharan.

Susan no podía demorarse más a la espera de que Layton se fuera antes que ella.

—Señora Clausen —dijo con premura—, ¿recuerda si la lista de pasajeros del barco figuraba entre las cosas que encontraron en el camarote de Regina?

—Sin duda vi una en el sobre que contenía información del crucero. ¿Por qué, Susan?

—Porque me gustaría tomarla prestada unos días. ¿Podría recogerla mañana?

—No, si es importante más vale que lo haga hoy. Insistí en que Vera se tomara unos días libres y se fuera a visitar a su hermana, y tiene previsto salir mañana temprano.

—Estaré encantada de recogerla ahora, siempre y cuando no la importune —dijo Susan.

—En absoluto. Doctor Markey, siento hacerle esperar —dijo Jane Clausen con súbita energía—. Douglas, alcánceme el monedero, por favor. Está en el cajón de la mesilla de noche.

Sacó una tarjeta de la cartera, anotó algo en ella y se la entregó a Susan.

—Me consta que Vera seguirá todavía en casa, la llamaré para hacerle saber que va de camino, pero aquí tiene mi dirección por si acaso. Ya hablaremos mañana —dijo.

Douglas Layton salió con Susan. Bajaron juntos en el ascensor y salieron a la calle.

—Será un placer acompañarla —sugirió—. Vera me conoce perfectamente.

—No, no se moleste. Ahí viene un taxi. Lo cogeré.

El tráfico era tan denso como de costumbre y llegó a la dirección de Beekman Place a las cinco. Dado que tendría que volver a toda prisa a su apartamento para arreglarse para la velada, trató sin éxito de convencer al taxista de que la esperara mientras subía un momento.

Agradeció que Jane Clausen hubiese llamado a la asistenta.

—Éstas son las pertenencias de Regina —explicó, mientras acompañaba a Susan a la habitación de invitados—. El mobiliario es de su apartamento. La señora Clausen pasa ratos a solas aquí de vez en cuando. Se le partiría el corazón si la viera.

Es una hermosa habitación, pensó Susan. Elegante, pero aun así cómoda y acogedora. Las habitaciones dicen mucho de las personas que las amueblan.

Vera abrió el cajón superior de un escritorio antiguo y sacó un sobre grande de papel manila.

—Todos los papeles del camarote de Regina están aquí.

Dentro había recuerdos semejantes a los que Carolyn Wells había traído de su crucero. Además de la lista de pasajeros, había media docena de ejemplares del boletín de a bordo, con información sobre los siguientes puertos en los que harían escala, y toda una gama de postales de dichos puertos. Regina probablemente las había comprado como recuerdo. De haber tenido la intención de enviarlas, lo habría hecho antes de llegar a Hong Kong.

Metió la lista de pasajeros en el bolso, y entonces decidió echar un vistazo a las postales y los boletines. Fue pasando postales hasta que dio con una de Balí que mostraba un restaurante al aire libre. Una mesa con vistas al océano estaba señalada con un círculo de bolígrafo.

¿Había cenado allí?, se preguntó Susan. En ese caso, ¿por qué fue una cena especial? Revisó las hojas informativas hasta encontrar una sobre Balí.

—Voy a llevarme esta postal y este boletín —le dijo a Vera—. Estoy segura de que a la señora Clausen le parecerá bien. Mañana iré a verla y le diré que los he cogido.

Eran las cinco y veinte cuando por fin logró parar un taxi, y no abrió la puerta de su apartamento hasta las seis menos diez. Cuarenta minutos para arreglarse para la gran cita, pensó, y ni siquiera he decidido qué ponerme.

89

Pamela Hastings estaba en la sala de espera de la unidad de cuidados intensivos del hospital Lenox Hill, tratando de consolar a un sollozante Justin Wells.

—Creí que la había perdido —dijo con la voz quebrada por la emoción—. Creí que la había perdido...

—Carolyn es una luchadora, se salvará —dijo Pamela para tranquilizarlo—. Justin, un tal doctor Donald Richards ha llamado al hospital para preguntar por Carolyn y por ti. Dejó su número. ¿Es el psiquiatra al que acudiste durante una temporada cuando Carolyn y tú tuvisteis problemas?

—El psiquiatra al que se suponía que debía acudir —dijo Wells—. Sólo lo vi una vez.

—Dejó recado de que estaría encantado de ayudar en lo que fuera. —Hizo una pausa, preocupada por cómo reaccionaría ante lo que se disponía a decirle—. Justin, ¿puedo telefonearlo? Creo que necesitas desahogarte con alguien.

Notó que el cuerpo se le tensaba.

—Pam, sigues pensando que yo le hice esto a Carolyn, ¿verdad?

—No, en absoluto —replicó—. Te voy a hablar con franqueza. Creo que Carolyn se salvará, pero también sé que todavía no está fuera de peligro. Si no lo consigue, y Dios no lo quiera, vas a necesitar tanta ayuda como puedas conseguir. Por favor, deja que lo llame.

Justin asintió.

—De acuerdo.

Pamela regresó sonriente a la sala de espera unos minutos después.

—Viene hacia aquí, Justin —dijo—. Me ha parecido muy amable. Por favor, deja que te ayude.

90

—Creo que he resuelto un problema de lo más complejo, Jim —dijo Alex Wright, muy animado.

Jim Curley tuvo claro que su jefe estaba de buen humor. Tiene un aspecto soberbio, pensó al echar un vistazo por el retrovisor, y se le ve contento.

Iban camino de la calle Downing a recoger a Susan Chandler para la cena en la biblioteca de la Quinta Avenida. Alex había insistido en salir con antelación por si se quedaban atrapados en un atasco de tráfico. Por el contrario, en la Séptima Avenida había menos coches que de costumbre, de modo que iban sobrados de tiempo. Debe de ser la ley de Murphy o algo por el estilo, pensó Jim.

—¿Qué clase de problema ha resuelto, señor Alex?

—Al invitar al padre y la madrastra de la doctora Chandler a la cena de esta noche, he podido pedirles que pasaran por el St. Regis a recoger a la hermana de la doctora Chandler. Se me habría hecho un poco raro llegar con una dama de cada brazo.

—Seguro que habría salido airoso, señor Alex.

—La cuestión no es si habría salido airoso, Jim. La cuestión es: ¿quería salir airoso? Y la respuesta es no.

Con eso quiere decir, pensó Jim, que prefiere apuntar hacia Susan y no hacia Dee. Por lo que había visto de ambas mujeres, coincidía con su jefe. Sin duda Dee era una dama espectacular, y parecía buena persona. Pero su hermana Susan tenía algo que atraía a Jim. Parecía más natural, más el tipo de persona a quien puedes invitar a tu casa sin tener que disculparte porque el piso no sea más elegante, pensó.

A las seis y cinco estaban frente al edificio de ladrillo donde vivía Susan.

—Jim, ¿cómo te las arreglas para encontrar siempre aparcamiento? —preguntó Alex Wright.

—Recompensa divina, señor Alex. ¿Quiere que ponga la radio para esperar?

—No; prefiero subir.

—Pero es muy pronto.

—No te preocupes. Me sentaré en el salón y esperaré.

—Llegas temprano —dijo Susan por el interfono con cierta consternación.

—No te estorbaré, lo prometo —dijo Alex—. Detesto esperar en el coche. Me siento como un taxista.

Susan rió.

—De acuerdo, sube. Puedes ver el resto del telediario de las seis.

Qué mala suerte, pensó. Todavía llevaba el pelo envuelto en una toalla. El traje de noche, una chaqueta negra de esmoquin con una falda larga y estrecha, estaba colgado encima de la bañera del cuarto de baño, en un esfuerzo por planchar hasta la última arruga. Llevaba puesto el albornoz que la hacía sentirse como un conejo de Pascua.

Alex sonrió cuando le abrió la puerta.

—Parece que tengas diez años —le dijo—. ¿Quieres que juguemos a médicos?

Le dedicó una mueca.

—Compórtate como es debido y pon las noticias.

Cerró la puerta del dormitorio, se sentó ante el tocador y sacó el secador de un cajón. Sería un desastre que no pudiera arreglarme el pelo yo misma, pensó. Aunque nunca me queda tan bien como a Dee.

—Dios mío, qué tarde —murmuró mientras conectaba el secador a máxima potencia.

Un cuarto de hora después, exactamente a las seis y media, se miró al espejo. El pelo estaba bien, el maquillaje ocultaba el agotamiento debido a la falta de sueño que antes había detectado en su rostro, habían desaparecido casi todas las arrugas de la falda, así que, en principio, todo estaba en orden. Sin embargo, no acababa de sentirse a gusto. ¿Había estado demasiado preocupada, había ido con prisas, o qué?, se preguntó mientras cogía el bolso de noche.

Encontró a Alex sentado en el estudio, viendo la televisión tal como le había dicho. La miró y sonrió.

—Estás preciosa —le dijo.

—Gracias.

—Como he visto las noticias, te contaré todo lo que ha ocurrido hoy en Nueva York en cuanto estemos en el coche.

—Estoy impaciente.

Está radiante, pensó Jim Curley mientras abría la puerta del coche, realmente guapa. Durante el trayecto hasta la biblioteca no apartó la vista del tráfico, pero centró su atención en la conversación del asiento trasero.

—Susan, hay algo que me gustaría aclarar —dijo Alex—. No tenía planeado invitar a tu hermana a la cena de esta noche.

—Por favor, no te preocupes por eso. Dee es mi hermana y la quiero mucho.

—No lo dudo, pero sospecho que no quieres tanto a Binky, y tal vez haya cometido un error al invitarles también a ella y a tu padre.

¡Caray, chico!, pensó Jim.

—No sabía que venían —dijo Susan con un ápice de irritación.

—Susan, por favor, esta noche quería salir contigo a solas. No fue mi intención invitar a Dee, pero una vez hecho, pensé que si añadía a tu padre y a Binky y les pedía que la acompañaran ellos, dejaría las cosas claras.

Buena explicación, pensó Jim. Venga, Susan, dale un respiro al muchacho.

La oyó reír.

—Alex, por favor, me parece que no emito las señales correctas. No pretendía mostrarme irritable, pero he tenido una semana espantosa.

—Cuenta, soy todo oídos.

—No es el mejor momento, pero gracias por tu interés.

Esto va bien, pensó Jim, suspirando aliviado.

—Susan, no suelo abordar este tema, pero entiendo lo que sientes hacia Binky. Yo también tuve madrastra, aunque mi caso fue distinto. Mi padre volvió a casarse tras la muerte de mi madre. Se llamaba Gerie.

Casi nunca habla de ella, pensó Jim. Realmente se está confiando a Susan.

—¿Cómo era tu relación con Gerie? —preguntó ella.

Mejor no preguntes, pensó Jim.

91

Aunque había estado muchas veces en la sucursal de la Quinta Avenida de la Biblioteca Pública de Nueva York, Susan Chandler no recordaba haber visto jamás la Rotonda McGraw, donde se celebraba la fiesta; era un espacio magnífico. Los altísimos muros de piedra y los murales de tamaño natural le daban la impresión de haber sido transportada en el tiempo hasta otro siglo.

A pesar de tan elegante marco, y a pesar de que disfrutaba con la compañía de Alex Wright, al cabo de una hora Susan advirtió que era incapaz de relajarse. Debería estar disfrutando de esta velada tan agradable, pensó, y heme aquí preocupada, pensando en un hombre de lo más dudoso que lleva un *sex shop*, y que tal vez pueda identificar al asesino de Regina Clausen, Hilda Johnson, Tiffany Smith y Abdul Parki... el hombre que trató de asesinar a Carolyn Wells.

Cuatro de aquellos nombres se habían añadido a la lista durante la última semana.

¿Había otros?

¿Habría otros?

¿Por qué estaba tan segura de que la respuesta era sí?

Tal vez debí seguir en la oficina del fiscal del distrito, pensó mientras tomaba unos sorbos de vino blanco y escuchaba distraída a

Gordon Mayberry, un anciano caballero que intentaba contarle lo generosa que era la Fundación de la Familia Wright con la Biblioteca Pública de Nueva York.

Alex, en cuanto habían llegado, le había presentado a un buen número de lo que supuso eran personajes clave. No estaba muy segura de si aquello debía divertirla o halagarla, puesto que era a todas luces la forma de proclamar que ella era su acompañante de la velada.

Dee, su padre y Binky entraron poco después que ella y Alex. Dee, con un vestido tubo exquisito, la abrazó afectuosamente.

—Susie, ¿te has enterado de que me mudo otra vez a Nueva York? Lo pasaremos en grande. Te he echado mucho de menos.

No me cabe duda de que lo dice en serio, pensó Susan. Por eso me ha parecido tan injusto que tratara de interferir con Alex.

—¿Ha visto el libro que van a regalarle a Alex esta noche? —preguntó Gordon Mayberry.

—No, todavía no —contestó Susan, obligándose a prestar atención.

—Es una edición limitada, por supuesto. Cada invitado recibirá su ejemplar, pero a lo mejor le gustaría echarle un vistazo antes de cenar. Le dará una idea de la fecunda tarea que la Fundación de la Familia Wright ha llevado a cabo en sus dieciséis años de existencia. —Señaló hacia un puesto iluminado próximo a la entrada de la rotonda—. Es por allí.

El libro estaba abierto por las páginas centrales, pero Susan lo cerró para verlo desde el principio. En la sobrecubierta había retratos del padre y la madre de Alex, Alexander y Virginia Wright. No es una pareja muy alegre, pensó mientras observaba sus rostros serios. Un repaso rápido al índice le indicó que las primeras páginas contenían una breve historia de la Fundación Alexander y Virginia Wright; el resto del libro se dividía en capítulos según el tipo de obra benéfica: hospitales, bibliotecas, orfanatos, laboratorios de investigación.

Lo estuvo hojeando al azar hasta que se acordó de Jane Clausen y buscó el capítulo dedicado a los orfanatos. Hacia la mitad se detuvo y examinó la fotografía de un orfanato. Debe de ser la estructura más frecuente de esta clase de institución, pensó. Y el tipo de paisaje habitual.

—Fascinante, ¿verdad? —Alex estaba junto a ella.

—Impresionante, diría yo —le contestó.

—Bueno, si te ves capaz de interrumpir la lectura, están a punto de servir la cena.

A pesar de la elegancia de la cena, Susan volvió a encontrarse distraída hasta el punto de no saber lo que comía. Tenía un presentimiento tan fuerte que parecía una presencia física. No lograba dejar de pensar en Nat. ¿Y si al asesino se le ocurría que Nat pudo haber reparado en él? Sin duda también lo eliminaría, pensó Susan. Quizá Carolyn Wells no se recuperase, y, si lo hacía, tal vez no recordase lo que le ocurrió. Eso significaba que Nat podría ser el único capaz de identificar al hombre que había asesinado a Parki y a los demás, el mismo que empujó a Carolyn.

Alex le preguntaba algo y tuvo que concentrarse para responder.

—Oh, no, todo es estupendo. Y me encanta la comida —dijo—. Sólo que no tengo mucho apetito.

El lunes me llegarán las fotos del crucero de Carolyn, pensó. Pero ¿qué descubriré? Cuando ésta llamó al programa y mencionó la fotografía, dijo que el hombre que la había invitado a visitar Argel aparecía al fondo de la instantánea. ¿Y el crucero de Regina? Quizá aparece con más claridad en las fotos de ese otro viaje. También tendría que haberlas encargado, pensó, recriminándose por no haberlo hecho. Tengo que conseguirlas antes de que sea demasiado tarde, antes de que muera otra persona.

La presentación del libro se llevó a cabo después del segundo plato. La directora de la biblioteca habló sobre la generosidad de la Fundación de la Familia Wright y sobre la donación destinada a adquirir y conservar incunables. También habló de la «modestia y dedicación de Alexander Carter Wright, que tan desinteresadamente dedica su vida a dirigir la fundación rehuyendo todo reconocimiento personal».

—Ya ves qué buen tipo soy —le susurró Alex a Susan mientras se levantaba para recoger el libro con que lo obsequiaba la directora.

Alex era un buen orador. Tenía un aire desenvuelto y afable aderezado con un toque de humor. Cuando volvió a ocupar su asiento, Susan murmuró:

—Alex, ¿te importa si me cambio de sitio con Dee para el postre?

—Susan, ¿pasa algo malo?

—No, qué va. Es por la paz en la familia. Dee parece un poco desdichada bajo el monopolio de Gordon Mayberry. Si la rescato demostraré mi buena voluntad. —Rió—. Y además tengo que hablar con mi padre.

La risa ahogada de Alex la siguió mientras caminaba hasta la mesa vecina y le pedía a Dee que le cambiara de sitio. Tengo una razón más para hacer esto, reconoció para sus adentros. Si voy a empezar a salir con Alex, quiero asegurarme de que Dee queda fuera de juego. Y si va a haber competición, prefiero atajarla de buen principio. No quiero pasar otra vez por una situación como la que viví con Jack.

Aguardó a que Mayberry centrara su atención en Binky antes de volverse hacia su padre.

—Papá, quiero decir Charles, igual te parecerá una locura, pero necesito que envíes quince mil dólares más a ese estudio fotográfico de Londres a primera hora del lunes.

Su padre la miró con sorpresa y preocupación.

—Lo haré, cariño. Pero dime, ¿tienes algún problema? Sea lo que sea, te ayudaré.

Lo cierto es que a pesar de Binky y de lo poco que le gusto, papá siempre está dispuesto a echarme una mano, pensó Susan. No debo olvidarlo.

—Te aseguro que no estoy en apuros, pero preferiría que esto fuese un secreto entre tú y yo. Estoy ayudando a otra persona.

Me consta que Nat Small puede correr peligro, pensó. Y es posible que no sea el único. Podría haber otra persona señalada para recibir uno de esos anillos de turquesas con la inscripción «Por siempre mía». ¿Por qué la letra de aquella canción resonaba insistentemente en su cabeza?, se preguntó. Ahora oía «ver el amanecer en una isla tropical». ¡Claro! Las mismas palabras aparecían en el boletín del *Gabrielle* que había encontrado entre los efectos personales de Regina Clausen aquella tarde.

Tendré las fotos del *Seagodiva* el lunes, pensó Susan. Preguntaré a Nedda si puedo utilizar la mesa grande de reuniones de su despacho para ponerlas. Esto significa que el lunes por la noche ya debería haber encontrado la foto de Carolyn. Si el estudio puede hacer copias de las fotografías del *Gabrielle* para el martes por la tarde, las tendré el miércoles. Dedicaré todo el tiempo necesario a repasarlas, una por una, aunque tenga que pasar toda la noche despierta.

Binky por fin logró desviar a Gordon Mayberry hacia otra persona.

—¿De qué estáis hablando? —preguntó mirando a Susan y Charles.

Susan advirtió el guiño conspirador de su padre al responder:

—Mi hija me estaba diciendo que tiene ganas de empezar una colección de cuadros, querida.

92

Pamela Hastings llegó al hospital Lenox Hill a mediodía del domingo y recorrió los pasillos que ya conocía tan bien hasta la sala de espera de la UCI. Tal como había supuesto, Justin Wells estaba allí, desaliñado, sin afeitar y medio dormido.

—No te fuiste a casa anoche —le reprochó.

La miró con ojos inyectados en sangre.

—No pude. Me han dicho que parece haberse estabilizado, pero todavía no me atrevo a separarme de ella mucho rato. Aunque no pienso volver a entrar en su habitación. La opinión general es que el viernes Carolyn empezó a salir del coma, pero que entonces recordó lo ocurrido y el pánico hizo que volviera a hundirse. No obstante, estuvo consciente el tiempo suficiente para decir «No, por favor, ¡no, Justin!».

—Sabes que eso no significa necesariamente «Por favor, no me empujes bajo las ruedas de un coche, Justin» —repuso ella mientras se sentaba junto a él.

—Díselo a los polis y a los médicos y enfermeras. Te lo juro, cada vez que me aproximo a Carolyn, se comportan como si temieran que fuera a desenchufarla.

Pam advirtió que abría y cerraba las manos convulsivamente. Está casi al borde de un colapso nervioso, pensó.

—¿Cenaste al menos con el doctor Richards? —preguntó.

—Sí. Fuimos a la cafetería.

—¿Qué tal te fue?

—Muy bien, y, por supuesto, ahora me doy cuenta de que hace dos años debí haber seguido con él. ¿Has oído alguna vez este poema, Pam?

—¿A cuál te refieres?

—«Por falta de un clavo la herradura se pierde, por falta de una herradura el caballo se pierde, por falta de un caballo el jinete se pierde.» O algo por el estilo.

—Justin, eso no viene a cuento.

—Sí viene. Si hubiese resuelto mis quebraderos de cabeza, no habría reaccionado con tanta dureza cuando me enteré de que Carolyn había telefoneado al programa de radio para hablar del tipo que conoció durante el viaje. Si no la hubiese disgustado con mi llamada, quizá no habría cancelado su cita con la doctora Chandler, y por consiguiente habría cogido un taxi enfrente de casa en lugar de ir a pie hasta la oficina de correos.

—¡Justin, ya basta! Te volverás loco si sigues pensando en lo que podría haber pasado. —le cogió la mano—. Justin, no fuiste el causante de esta trágica situación; deja de culparte.

—Eso es exactamente lo que el doctor Richards me dijo. —Se le llenaron los ojos de lágrimas y no pudo contener un sollozo.

Pamela lo rodeó con el brazo.

—Necesitas salir de aquí. Si seguimos así, la gente empezará a hablar de nosotros —dijo con dulzura.

—Ya sólo falta que George también se vuelva contra mí. ¿Cuándo vuelve?

—Esta noche. Y ahora quiero que te vayas a casa, te metas en cama, duermas como mínimo cinco horas y luego te duches, te pongas ropa limpia y regreses. Cuando Carolyn despierte te necesitará, y si te ve con este aspecto se apuntará de inmediato a otro crucero. —Pamela contuvo el aliento, rogando no haberse pasado de la raya, pero finalmente se vio recompensada por una risa entre dientes.

—Eres una gran amiga —dijo Justin.

Lo acompañó hasta el ascensor, no sin antes entrar a ver a Carolyn. La agente de policía los siguió hasta el cubículo.

Justin tomó la mano de su esposa entre las suyas, besó la palma y cerró los dedos envolviendo el beso. No le dijo una palabra.

Cuando las puertas del ascensor se cerraron tras él, Pamela se dirigió hacia la sala de espera, pero la detuvo la enfermera del mostrador.

—Ha vuelto a hablar justo después de que ustedes salieran.

—¿Qué ha dicho? —preguntó Pamela, casi temerosa de la respuesta.

—Lo mismo: «Win, oh, Win.»

—No se lo diga a su marido.

—No lo haré. Si pregunta, sólo le diré que ha intentado hablar y que eso es un buen síntoma.

Pamela pasó de largo la sala de espera y fue hasta los teléfonos públicos. Antes de que saliera hacia el hospital, Susan Chandler la había llamado y le había explicado que estaba tratando de seguir la pista de Win en la lista de pasajeros del *Seagodiva*.

—Dígales que escuchen atentamente si Carolyn intenta pronunciar ese nombre de nuevo —le había dicho—. Quizá lo diga entero. Win tiene que ser un mote o el diminutivo de algo como Winston o Winthrop.

Susan no estaba en casa, de modo que Pamela Hastings dejó un mensaje en el contestador: «Carolyn ha vuelto a intentar hablar, pero no ha dicho más que el habitual "Win, oh, Win".»

93

—Los domingos por la mañana Regina y yo solíamos asistir a misa en Santo Tomás, y luego salíamos a almorzar —le dijo Jane Clausen a Susan—. La música sacra es maravillosa. Cuando perdí a mi hija, fui incapaz de volver durante más de un año.

—Yo acabo de asistir a la misa de las diez y cuarto en San Patricio —dijo Susan—. La música también es magnífica.

Había ido caminando desde la catedral hasta el hospital. Hacía otro hermoso día de otoño, y Susan se preguntó qué habría hecho Tiffany Smith el domingo anterior. ¿Había presentido, de un modo u otro, que se trataba de su último domingo, que su vida llegaría a su fin al cabo de pocos días? Por supuesto que no, decidió Susan, y se regañó por ser tan morbosa.

Jane Clausen se daba cuenta de que le quedaba poco tiempo, y Susan tenía la sensación de que todo lo que decía reflejaba lo inevitable del hecho. La había encontrado en cama, con un chal sobre los hombros. No estaba tan pálida como el día anterior, pero Susan tenía la certeza de que se debía a la fiebre.

—Ha sido muy amable por venir a verme otra vez —dijo la señora Clausen—. Los domingos pasan muy despacio en el hospital. Además, ayer no tuve ocasión de hablar con usted en privado, y necesito hacerlo. Douglas Layton ha sido muy atento y amable. Ya le dije que al principio lo juzgué mal, y que mis dudas sobre él carecían de fundamento. Por otra parte, si doy el paso que tengo en mente, o sea, pedir al director actual de la fundación que se retire y ceda el puesto a Douglas, le estaré otorgando una enorme autoridad sobre una suma de dinero muy importante.

No lo haga, pensó Susan.

—Soy consciente de que en estos momentos tiendo a dejarme impresionar por las demostraciones de afecto —prosiguió Jane Clausen—, las expresiones de preocupación, las atenciones o como prefiera llamarlo. —Hizo una pausa, cogió el vaso de agua que tenía junto a la cama y bebió unos sorbos—. Por eso quiero pedirle que investigue a Douglas Layton antes de dar este paso tan decisivo. Me consta que se lo impongo y que hace apenas una semana que nos conocemos. Aun así, en este lapso me he convencido de que es una amiga de confianza. Es un don que tiene, ¿sabe? Y es probable que por eso sea tan buena en lo que hace y tenga tanto éxito.

—Por favor, estaré encantada de hacer lo que sea. Y gracias por tan amables palabras. —Susan sabía que no era el momento apropiado para decirle que ya estaban investigando a Layton, y que los resultados preliminares indicaban que no era el hombre más indicado. Eligió sus palabras con cuidado—. Lo más sensato es tener mucha cautela antes de hacer grandes cambios, señora Clausen. Le prometo que me encargaré de ello.

—Gracias. No sabe cuánto me alivia.

Susan tenía la impresión de que los ojos de Jane Clausen eran cada día más grandes. Aquella mañana irradiaban luminosidad, y sin embargo su expresión era serena. Apenas unos días atrás eran tan tristes, pensó Susan, pero ahora son distintos, como si supiera lo que le espera y lo hubiese aceptado. Susan aguardó el momento oportuno para exponerle su siguiente solicitud, pero se percató de que lo mejor sería dejar las explicaciones para más adelante.

—Señora Clausen, he traído una cámara. ¿Le importaría que sacara unas Polaroids del dibujo del orfanato?

Jane Clausen se acomodó el chal antes de responder.

—¿Tiene algún motivo para querer hacerlo, Susan? ¿De qué se trata?

—¿Me permite que se lo cuente mañana?

—Preferiría saberlo ahora, pero puedo esperar; además será agradable saber que vendrá otra vez a visitarme. Pero antes de irse dígame una cosa: ¿ha tenido noticias de la muchacha que llamó a su programa el lunes por la mañana, la que dijo que tenía un anillo de turquesas como el que perteneció a Regina?

Susan contestó con cuidado.

—¿Se refiere a Karen? Sí y no. Su verdadero nombre es Carolyn Wells. Resultó herida de gravedad pocas horas después de la llamada, y no he podido hablar con ella porque está en coma.

—Qué terrible.

—Pronuncia una y otra vez el nombre de alguien llamado Win. Creo que puede tratarse del hombre que conoció durante el crucero, pero no he podido confirmarlo. Señora Clausen, ¿Regina le telefoneó alguna vez desde el *Gabrielle*?

—Varias veces.

—¿Mencionó a alguien que se llamara Win?

—No, nunca se refirió a nadie por su nombre.

Susan advirtió fatiga en la voz de la señora Clausen.

—Voy a sacar las fotos y me marcho —dijo—. La dejaré en paz en cuestión de minutos. Necesita reposo.

Jane Clausen cerró los ojos.

—La medicación me produce una horrible somnolencia.

El dibujo estaba apoyado sobre la cómoda que había frente a la cama. Susan sacó cuatro instantáneas con flash y esperó a que se revelaran una tras otra. Satisfecha del resultado, volvió a meter la cámara en el bolso y se encaminó silenciosamente hacia la puerta.

—Adiós, Susan —dijo Jane Clausen con voz soñolienta—. ¿Sabe una cosa?... Me ha recordado algo muy grato. En mi puesta de largo, uno de mis acompañantes era un joven muy apuesto que se llamaba Owen. Hacía años que no pensaba en él, por entonces estaba loca por él. Naturalmente, de eso hace ya mucho tiempo.

Owen, pensó Susan. ¡Dios mío, eso es lo que está diciendo Carolyn!: no «Oh Win», sino Owen.

En la lista de pasajeros del *Seagodiva* figuraba un Owen Adams. Era el primer hombre que había identificado del grupo de los que viajaban sin esposa.

Veinte minutos después, Susan entró apresurada a su apartamento, corrió al escritorio y cogió la lista de pasajeros del *Gabrielle*. No figuraba ningún Owen Adams en la lista, pero al darse cuenta de que el hombre que buscaba era probable que viajara con nombre supuesto, siguió repasando toda la lista de pasajeros.

Ya había llegado casi al final cuando lo encontró. Uno de los pocos pasajeros cuyo segundo nombre aparecía en la lista era Henry Owen Young. Tiene que haber una relación, pensó.

94

Alex Wright llamó a Susan a su apartamento a las diez, a las once y a las doce, hasta que por fin la localizó a la una.

—He llamado antes, pero no estabas —dijo.

—Podrías haber dejado un mensaje.

—No me gusta hablar con los contestadores. Quería ver si me permitías invitarte a comer.

—Gracias, pero no habría sido posible —dijo Susan—. He ido a visitar a una amiga al hospital. Ahora que lo recuerdo, Alex, ¿puede ser que exista un orfanato tipo en América Central?

—¿Tipo? No sé muy bien qué quieres decir, pero creo que no. Si te refieres al aspecto, hay ciertas características que son propias de esa clase de instituciones. ¿Por qué?

—Porque tengo unas fotos que me gustaría que vieras. ¿A qué hora te vas mañana?

—Muy temprano, me temo. Por eso quería verte hoy. ¿Qué tal si cenamos?

—Lo siento, tengo planes.

—De acuerdo, por ti soy capaz de atravesar la ciudad. ¿Estarás en casa un rato más?

—Toda la tarde.

—Voy para allá.

Sé que tengo razón, pensó Susan mientras colgaba el auricular. Estos dos edificios no son sólo parecidos, son el mismo, pero de este modo estaré completamente segura.

El libro sobre la Fundación de la Familia Wright estaba sobre su escritorio, abierto por la página de la foto del orfanato de Guatemala que le había llamado la atención. Línea a línea, parecía exactamente igual que el dibujo que Jane Clausen tenía en su habitación del hospital. Pero es un dibujo, no una fotografía, se recordó. Tal vez Alex vea algún rasgo diferenciador que a mí se me ha pasado por alto.

En efecto, cuando Alex examinó las fotografías, vio algo que ella había pasado por alto, pero en lugar de diferenciar un edificio de otro, confirmaba el hecho de que se trataba del mismo. En el dibujo que tenía la señora Clausen, el artista había pintado un pequeño animal encima de la puerta principal del orfanato.

—Fíjate en esto —dijo Alex—. Es un antílope. Y ahora mira la fotografía del libro. También aparece ahí. El antílope procede del escudo de armas de mi familia; siempre ponemos uno encima de la puerta de todos los edificios que financiamos.

Estaban sentados al escritorio del estudio de Susan.

—Está claro que delante de vuestro edificio no habría un rótulo con el nombre de Regina Clausen cincelado —exclamó Susan.

—El dibujo del rótulo sin duda es falso. Sospecho que alguien se está embolsando el dinero destinado a construir ese edificio.

—Tenía que asegurarme.

Susan pensó en Jane Clausen, y en lo decepcionada y triste que estaría cuando se diera cuenta de que Douglas Layton la estaba estafando.

—Susan, pareces muy disgustada —dijo Alex.

—Lo estoy, pero no por mí. —Trató de sonreír—. ¿Qué me dices de una taza de café? No sé tú, pero yo necesito una.

—Sí, gracias. De hecho, quiero ver lo bueno que es tu café. Podría tener su importancia.

Ella cerró el libro de la Fundación de la Familia Wright.

—Mañana enseñaré esta fotografía a la señora Clausen. Tiene que saberlo cuanto antes.

Echó un vistazo al escritorio, percatándose de pronto de lo desordenado que debía de parecerle a Alex.

—Normalmente no soy tan desordenada —explicó—. He estado trabajando en un par de asuntos a la vez y los papeles se han amontonado.

Alex cogió el folleto de la lista de pasajeros del *Seagodiva* y lo abrió.

—¿Esto es de un crucero que hiciste?

—No, nunca he hecho un crucero. —Susan esperaba que Alex no le hiciera más preguntas al respecto.

No quería hablar de lo que estaba haciendo con nadie, ni siquiera con él.

—Yo tampoco —dijo mientras dejaba caer el folleto sobre el escritorio—. Me mareo.

Mientras tomaban el café, Alex contó que Binky lo había llamado para invitarlo a almorzar.

—Le pregunté si tú irías y cuando me dijo que no, rechacé la invitación.

—Me temo que no le caigo muy bien a Binky —dijo Susan—. Y supongo que no puedo culparla. Prácticamente le supliqué a mi padre de rodillas que no se casara con ella.

—¿De rodillas?

—¿Por qué? —Lo miró fijamente, y entonces advirtió la diversión que brillaba en sus ojos.

—Lo pregunto porque yo supliqué de rodillas a mi padre que no se casara con Gerie. Al final tampoco sirvió de nada, y Gerie me odiaba por la misma razón por la que Binky no te soporta.

Se puso en pie.

—Tengo que irme. Yo también debo poner orden en un escritorio desordenado. —Se volvió hacia ella desde la puerta—. Susan, estaré fuera una semana o diez días —dijo—. Puedes estar tan ocupada como quieras durante este tiempo pero no aceptes demasiados compromisos para después. ¿De acuerdo?

Mientras cerraba la puerta tras él, sonó el teléfono. Era Dee, que llamaba para despedirse.

—Mañana salgo hacia Costa Rica. Embarco allí —dijo—, y haré el viaje hasta Callao. ¡Qué bien lo pasamos anoche!

—Sí, fue estupendo.

—He llamado a Alex para darle las gracias y no estaba.

Susan advirtió la pregunta que encerraba el comentario de su hermana, pero no tenía la menor intención de explicarle que Alex había estado con ella, ni de contarle el motivo de su visita.

—Igual lo encuentras más tarde. Pásatelo bien, Dee.

Colgó con la dolorosa conciencia de que la razón por la que no estaba más a gusto con Alex era que seguía teniendo la sensación de que podía pasar algo entre él y Dee, sobre todo si ésta lo seguía acosando. Y Susan no estaba dispuesta a pasar por la congoja de perder a otro hombre por culpa de su hermana.

95

Don Richards estuvo inquieto todo el domingo. Por la mañana temprano fue a correr a Central Park. Luego volvió a casa, preparó una tortilla de queso y recordó que durante su matrimonio los domingos solía encargarse de preparar el almuerzo, pero que ahora había perdido la costumbre y casi nunca se tomaba la molestia de cocinar algo para sí mismo. Leyó el *Times* mientras comía pero, finalmente, tras servirse una segunda taza de café, se dio cuenta de que era incapaz de concentrarse, de modo que dejó a un lado el periódico y se acercó a la ventana.

Eran las once. Su apartamento tenía vistas al parque, y pudo comprobar que el día soleado y vivificante había sacado de sus casas a una multitud de neoyorquinos. Vio docenas de corredores y temerarios patinadores que se abrían paso entre los paseantes. Había muchas parejas y grupos familiares.

Se apartó de la ventana y entró en el dormitorio. Tenía que hacer el equipaje para el viaje que emprendía al día siguiente, cuya perspectiva lo fastidiaba sobremanera. Aunque ya casi había terminado. Sólo quedaba una semana más de promoción del libro, y después se tomaría una semana libre. Su agente de viajes le había mandado por fax una lista de cruceros con plazas libres en primera clase que se ajustaban a su calendario.

Regresó junto al escritorio para echarle un vistazo.

A las dos de la tarde se hallaba en Tuxedo Park. Su madre llegó a casa después de almorzar en el club con sus amigas y lo encontró sentado en los escalones del porche.

—Don, cariño, ¿por qué no me has dicho que vendrías? —preguntó con fingida indignación.

—Cuando he subido al coche aún no estaba seguro de lo que haría. Estás muy guapa, madre.

—Tú también. Te sienta muy bien el jersey. Pareces más joven. —Advirtió la maleta que tenía a un lado—. ¿Vienes para quedarte, cariño?

Don sonrió.

—No, sólo quería pedirte que me guardaras esto en el desván.

Son todas esas fotos de Kathy, pensó ella.

—Hay mucho sitio en el desván para una maleta, o, ya puestos, para cualquier otra cosa —dijo Elizabeth Richards.

—¿No vas a preguntarme lo que hay dentro?

—Si quieres que lo sepa, ya me lo dirás. Supongo que tiene que ver con Kathy.

—He sacado del apartamento todas las cosas de Kathy, madre. ¿Te sorprende?

—Don, sospecho que hasta ahora has necesitado esos recordatorios, aunque ahora me da la impresión de que tratas de retomar tu vida personal y sabes perfectamente que Kathy no puede formar parte de ella. Cumplir los cuarenta hace que la mayor parte de las personas echen una larga y sensata mirada tanto al pasado como al futuro. Por cierto, me consta que tienes una llave de la casa. ¿Por qué no has entrado?

—Vi que tu coche no estaba, y preferí no entrar en una casa vacía. —Se puso en pie y se desperezó—. Tomaré una taza de té contigo y luego me iré. Tengo una cita esta noche. Y ya van dos con la misma persona en una semana. ¿Qué te parece?

Llamó a Susan desde el vestíbulo de su edificio a las siete en punto.

—Pensarás que tengo la costumbre de disculparme por no estar lista a la hora convenida —le dijo mientras lo invitaba a entrar en el apartamento—. Mi productor lleva toda la semana gritándome por llegar justo a tiempo para la emisión. En dos ocasiones estuve a punto de llegar a la consulta después que mis pacientes, y sabes tan bien como yo que no hay que hacer esperar a las personas que siguen una terapia. Y esta noche, bueno, voy a serte franca: hace un par de horas he cerrado los ojos un momento y acabo de despertarme. He dormido como un tronco.

—Sería que lo necesitabas —dijo él.

—Te invito a una copa de vino si me concedes un cuarto de hora para arreglarme —propuso Susan.

—Trato hecho.

Saltaba a la vista que inspeccionaba el apartamento sin ningún pudor.

—Tienes una choza muy agradable, doctora Chandler —dijo—. Uno de mis pacientes es agente de la propiedad. Suele decirme que en cuanto entra en un hogar percibe vibraciones reveladoras sobre las personas que lo habitan.

—Creo en eso —dijo Susan—. Aunque no sé qué clase de vibraciones transmite este lugar, lo cierto es que me resulta la mar de cómodo. Voy a servirte la copa de vino y puedes curiosear mientras me cambio.

Don la acompañó a la cocina.

—Por favor, no te pongas de tiros largos —dijo—. Como ves, yo no lo he hecho. Esta tarde he pasado a ver a mi madre y me ha dicho que estaba guapo con el jersey, así que me he limitado a ponerme una chaqueta encima.

Hay algo extraño en Don Richards, pensó Susan mientras se abotonaba una blusa azul y buscaba su chaqueta de espiga. No sé qué es, pero hay algo.

Pasó del dormitorio al recibidor y estaba a punto de decir «Estoy lista» cuando vio a Don de pie junto a su escritorio en el estudio, mirando detenidamente las dos listas de pasajeros de los cruceros. Sin duda la oyó, porque levantó la vista.

—¿A santo de qué conservas esto, Susan? —preguntó tranquilamente.

Al no recibir una respuesta inmediata, volvió a dejarlas sobre el escritorio.

—Perdona si me he pasado de la raya al aceptar tu invitación a curiosear. Es un hermoso escritorio del siglo pasado y quería verlo de cerca. Las listas de pasajeros no me han parecido nada confidencial.

—Me dijiste que has viajado con frecuencia en el *Gabrielle*, ¿verdad? —preguntó Susan. No le gustaba la idea de que hubiese revuelto los papeles de su escritorio.

—Sí, varias veces. Es un barco muy hermoso. —Se aproximó a ella—. Estás muy guapa, y tengo mucha hambre. Vámonos.

Cenaron en una pequeña marisquería de la calle Thompson.

—El padre de uno de mis pacientes es el propietario —explicó—. Me hace descuento.

—Incluso sin el descuento, vale lo que cuesta —le dijo Susan más tarde, mientras el camarero retiraba los platos—. El pámpano estaba delicioso.

—El salmón también. —Hizo una pausa y bebió un sorbo de vino—. Susan, hay algo que debo preguntarte. He pasado por el hospital a última hora de la tarde, y también ayer, para ver a Justin Wells. Me ha dicho que os habíais visto.

—Así es.

—¿Es cuanto tienes que decir al respecto?

—Creo que es cuanto debería decir, salvo que estoy convencida de que lo ocurrido a su esposa no fue un accidente y de que él es inocente.

—Sé que oír eso ha sido un gran estímulo para él, y además ahora lo necesitaba desesperadamente.

—Me alegro. Me cae bien.

—A mí también, pero tal como te dije la otra noche, espero que finalice su terapia conmigo, o con cualquier otro, una vez su esposa esté fuera de peligro. Por cierto, en el hospital me han dicho que presenta síntomas de mejoría. Sin embargo, Justin sigue cargando con un exceso de culpa autoimpuesta a causa del accidente; eso no hay quien lo aguante. Ya sabes cómo se desarrolla el guión de la culpabilidad. Ha decidido que si no hubiera llamado a su esposa, ella no se habría disgustado. Por lo tanto, en lugar de ir caminando a la oficina de correos habría acudido en taxi a su cita contigo y, por consiguiente, no habría terminado bajo las ruedas de la camioneta. —Richards se encogió de hombros—. Por supuesto, si no hubiese tanta gente con complejo de culpa lo más probable es que me quedara sin trabajo. Es algo que comprendo muy bien. Vaya, aquí llegan los cafés.

El camarero puso una taza delante de cada uno. Susan tomó un sorbo y preguntó sin rodeos:

—¿Tienes complejo de culpa, Don?

—Lo he tenido. Creo que por fin lo estoy superando. Pero la otra noche dijiste algo que me llamó la atención. Mencionaste que después del divorcio de tus padres tuviste la impresión de que cada miembro de la familia había subido a un bote salvavidas distinto. ¿Puedes decirme por qué?

—Oye, no me analices —protestó ella.

—Lo pregunto como amigo.

—En ese caso responderé. Es lo que suele ocurrir cuando se produce un divorcio: división de lealtades. Mi madre estaba destrozada y mi padre no se cansaba de repetir que nunca había sido tan feliz. Eso me hizo poner en tela de juicio los años en que a todas luces viví en el error, pensando que éramos una familia feliz.

—¿Qué me dices de tu hermana? ¿Estáis muy unidas? No tienes por qué contestar. Tendrías que ver la cara que pones.

Susan se oyó decir:

—Hace siete años estaba a punto de comprometerme, pero Dee entró en escena. ¿Adivinas quién se quedó con el chico y se hizo su novia?

—Tu hermana.

—Exacto. Luego Jack murió en un accidente de esquí, y ahora está intentando ejercer influencia sobre el hombre con quien salgo. Bonito, ¿verdad?

—¿Todavía quieres a Jack?

—Creo que nunca dejas de querer a alguien que te ha importado mucho. También pienso que no hay que eliminar ninguna parte del pasado porque, de hecho, no hay modo de hacerlo. La diferencia, tal como suelo decirle a mi madre, radica en desprenderse del dolor y seguir adelante con la vida.

—¿Tú lo has hecho?

—Sí, creo que sí.

—¿Estás interesada en ese hombre nuevo?

—Es demasiado pronto para decirlo. Y ahora, por favor, ¿podemos hablar del tiempo?, o mejor aún, ¿puedes contarme por qué estabas tan interesado en las listas de pasajeros?

La comprensiva calidez de los ojos de Don Richards desapareció.

—Sólo si me dices por qué señalaste algunos nombres y rodeaste dos con un círculo: Owen Adams y Henry Owen Young.

—Owen es uno de mis nombres predilectos —dijo Susan—. Se está haciendo tarde, Don. Mañana te vas temprano y a mí me espera una larga jornada.

Pensó en la llamada a Chris Ryan que tenía prevista para las ocho y en el paquete de fotografías que le llegaría de Londres por la tarde.

96

A Chris Ryan los lunes le gustaba llegar temprano a la oficina. Los domingos los dedicaba a la familia, y era habitual que al menos dos de sus seis hijos fueran a visitarlos, a él y a su esposa, y se quedaran a cenar.

Tanto a él como a su mujer les encantaba que a sus nietos les gustara ir a verlos, pero a veces, cuando por fin caían rendidos en la cama, Chris recordaba con satisfacción que las personas que investigaría al día siguiente no discutían sobre a quién le tocaba usar la bicicleta o quién había comenzado una riña.

El día anterior había sido un domingo en familia de lo más fatigoso y, en consecuencia, Chris abrió la puerta de su despacho a las ocho y veinte de la mañana. Entre los mensajes recibidos había algunos que requerían atención inmediata. El primero lo había dejado el sábado una fuente de Atlantic City y contenía información interesante sobre Douglas Layton. El segundo, de Susan Chandler, había llegado a primera hora de aquella misma mañana: «Chris, soy Susan; llámame enseguida.»

Susan respondió al primer timbrazo.

—Chris, creo que tengo algo y necesito que investigues a dos sujetos. El primero fue pasajero de un barco de crucero, el *Gabrielle*, hace tres años; el segundo también estuvo en un crucero, el *Seagodiva*, hace dos años. La cuestión es que no creo que sean dos personas distintas. Creo que se trata del mismo sujeto y, si llevo razón, estamos hablando de un asesino en serie.

Chris buscó a tientas su pluma en el bolsillo de la chaqueta y cogió una hoja.

—Dame nombres y fechas. —Tras anotarlos, comentó—: Ambos a mediados de octubre. ¿Es temporada baja para los cruceros?

—No había reparado en la coincidencia de fechas, Chris —dijo Susan—. Si mediados de octubre forma parte de la pauta, una mujer podría estar corriendo un terrible peligro ahora mismo.

—Deja que lo compruebe. Mis chicos del FBI harán un rastreo rápido. Por cierto, Susan, resulta que tu amigo Doug Layton puede estar metido en un buen lío. Perdió a lo grande en las mesas de Atlantic City la semana pasada.

—Sabes de sobra que no es amigo mío, y ¿qué quieres decir «a lo grande»?

—Pues cuatrocientos mil dólares. Espero que tenga una tía muy rica.

—El problema es que cree tenerla. —La suma la dejó perpleja. Un hombre que se permitía el lujo de acumular deudas de juego tan importantes estaba en un grave aprieto. Podía desesperarse y resultar peligroso—. Gracias, Chris, estaremos en contacto.

Colgó y miró la hora en su reloj de pulsera. Le daba tiempo a efectuar una visita breve a la señora Clausen antes de ir al estudio.

Tiene que saber lo de Layton de inmediato, pensó Susan. Si debe tanto dinero a unos jugadores, tendrá que devolverlo enseguida, y tratará de sacarlo de la Fundación de la Familia Clausen.

97

Jane Clausen supo que algo grave pasaba cuando Susan la llamó pidiendo permiso para visitarla tan temprano. También había advertido la tensión de la voz de Douglas Layton cuando la llamó pocos minutos después para decirle que era preciso que pasara a verla camino del aeropuerto. Le había dicho que tenía que firmar otro documento relacionado con el orfanato.

—Tendrá que esperar como mínimo hasta las nueve —respondió ella con firmeza.

—Señora Clausen, me temo que eso puede hacerme perder el avión.

—Y yo me temo que tendría que haberlo pensado antes, Douglas. Susan Chandler vendrá a verme dentro de un momento. —Hizo una pausa, y añadió con tono tranquilo—: Ayer Susan pasó para sacar unas Polaroids del dibujo del orfanato. No quiso decirme para qué las necesitaba, pero me da la impresión de que eso es precisamente lo que viene a contarme ahora. Espero que no haya ningún problema con el edificio, Douglas.

—Por supuesto que no, señora Clausen. Quizá me las pueda arreglar sin esa firma, de momento.

—Bueno, estaré lista para recibirlo a las nueve, Douglas, y lo estaré esperando.

—Gracias, señora Clausen.

Cuando Susan llegó, Jane Clausen le dijo:

—No se preocupe por mi reacción. Dígame lo que tenga que decirme, Susan. He llegado al convencimiento de que Douglas Layton me estafa o, como mínimo, lo intenta. Y tengo interés en ver las pruebas.

Mientras Susan abría el libro de la Fundación de la Familia Wright, Jane Clausen telefoneó a Hubert March, que todavía estaba en casa.

—Hubert, vaya a la oficina, llame a nuestros auditores y asegúrese de que Douglas Layton no pueda echar mano a nuestras cuentas bancarias ni liquidar nuestros activos. ¡Y hágalo de inmediato!

Luego se puso el libro en el regazo y estudió la fotografía del orfanato.

—Todo es exacto salvo el nombre del rótulo —comentó.

—Lo siento —dijo Susan.

—No tiene por qué. Ni siquiera cuando Douglas se mostraba tan solícito dejó de inquietarme.

Cerró el libro y miró la sobrecubierta; entonces rió entre dientes.

—Gerie debe de revolverse en su tumba —dijo—. Quería que la fundación llevara su nombre y el de Alexander. Su verdadero nombre era Virginia Marie, pero todo el mundo la llamaba Gerie. La muy estúpida olvidó que la primera esposa de Alexander también se llamaba Virginia. Y veo que el joven Alex ha puesto el retrato de su madre en todos los impresos de la Fundación Wright.

—¡Bien hecho! —dijo Susan. Ambas rieron.

98

Douglas Layton acababa de descubrir cómo se siente un animal caído en una trampa. Había llamado a Jane Clausen desde un teléfono de un hotel próximo al hospital, dando por sentado que podría ir directamente a su habitación y conseguir la firma que necesitaba.

Imbécil, se reprochó. La has puesto sobre aviso. Quizá se esté muriendo, pero sigue siendo lista. Ahora telefoneará a Hubert y le dirá que se ponga en contacto con los bancos. Si lo hace estás acabado, la gente con la que tratas no atenderá a razones.

Era imprescindible que consiguiera el dinero. Temblaba sólo de pensar en lo que le sucedería si no pagaba la deuda con el casino. Ojalá la otra noche no hubiera sentido que tenía una buena racha. Pensaba meter el dinero obtenido de la señora Clausen en una cuenta aparte para su viaje. Pero entonces se fue al casino, convencido de que la suerte lo acompañaría, y durante un rato así fue. En un momento determinado llegó a ganar ochocientos mil dólares, pero luego perdió aquella cantidad y varios cientos más.

Le dijeron que tenía hasta el día siguiente para pagar, pero el día siguiente podía ser demasiado tarde. Para entonces, Susan Chandler sabría demasiado sobre él, y estaba claro que se lo contaría todo a la señora Clausen. Puede que incluso llamaran a la policía. Susan Chandler era el problema. Ella era la que había empezado todo.

Seguía junto al teléfono, tratando de decidir qué hacer. Tenía las manos frías y húmedas. Vio que la mujer de la cabina de al lado lo miraba con curiosidad.

Podía intentar una cosa que tal vez diera resultado. Pero «tal vez» no bastaba. Tenía que dar resultado ¿Cuál era el teléfono del domicilio de Hubert March?

Pilló a Hubert justo cuando se disponía a salir hacia la oficina. La pregunta que le hizo Hubert a modo de saludo, «Douglas, ¿qué está pasando?», confirmó la sospecha de que la señora Clausen lo había llamado.

—Estoy con la señora Clausen —dijo Doug—. Me temo que está perdiendo asidero con la realidad. Me dice que cree haberlo llamado hace un momento y se disculpa por lo que le haya podido decir.

La risa de alivio de Hubert March fue un bálsamo para el alma de Douglas Layton.

—Conmigo no tiene por qué disculparse, pero espero que se haya disculpado contigo, muchacho.

99

Jim Curley acompañó a Alex Wright al aeropuerto Kennedy y dejó su equipaje en el mostrador de facturación.

—Hay un lío horrible a esta hora, señor Alex —dijo mirando de reojo a la agente de policía que rondaba por allí, amenazando con multar a los coches que permanecían demasiado tiempo estacionados.

—¿Qué esperabas a las nueve de la mañana de un lunes? —preguntó Alex Wright—. Vuelve al coche y despega antes de que me toque pagar una multa. ¿Recuerdas lo que te he dicho?

—Por supuesto, señor Alex. Llamo a la doctora Chandler y le digo que estoy a su disposición.

—Exacto —dijo Alex—. ¿Y...?

—Y lo más probable es que, ¿cómo lo ha dicho usted, señor?, ah, sí, que renuncie de plano y me diga que no necesita coche y otras cosas por el estilo. Entonces será cuando me toque decir: «El señor Alex le ruega que me permita servirla, pero con una condición: la doctora Chandler no puede llevar a sus novios en el coche.»

Alex Wright rió y dio unas palmadas al hombro de su chófer.

—Sé que puedo contar contigo, Jim. Ahora lárgate. Esa poli tiene un bloc que rellenar y se encamina hacia mi coche.

100

Susan terminó el programa de radio y regresó a la consulta sabiendo que disponía de más de una hora y media antes de su primera cita, prevista para las dos. El tiempo libre era un lujo al que no estaba acostumbrada.

Lo pasó estudiando el archivo que había reunido sobre los acontecimientos de la semana anterior. Incluía los recuerdos de Regina Clausen de su crucero a bordo del *Gabrielle*, recuerdos similares a los de Carolyn Wells del *Seagodiva*, y las fotografías del anillo de turquesas de Tiffany que le había enviado Pete Sánchez.

Sin embargo, por más que los estudió no le revelaron nada nuevo.

Finalmente escuchó fragmentos de tres programas de la semana anterior: el de la llamada de Carolyn Wells del lunes, y los de las llamadas de Tiffany Smith del martes y el miércoles. Escuchó atentamente a Carolyn, tan disgustada y temerosa de verse implicada; a Tiffany, dando toda clase de disculpas el miércoles porque el martes había quitado importancia al regalo del anillo de turquesas. A pesar de todo, la atención que Susan prestó a las grabaciones también resultó infructuosa y tampoco le reveló nada nuevo.

Había pedido a Janet que no encargara el almuerzo hasta después de la una. A la una y media, Janet entró con la bolsa de costumbre, tarareando *Por siempre mía*.

—Doctora Chandler —dijo mientras dejaba la bolsa del almuerzo en el escritorio—, esta canción me ha dado vueltas en la cabeza todo el fin de semana. No logro librarme de ella. Además me iba a volver loca, porque no conseguía recordar toda la letra, así que llamé a mi madre y ella me la cantó entera. Es una canción bonita de verdad.

—Sí, lo es —convino Susan distraída mientras abría la bolsa de papel y sacaba la sopa del día. Era crema de guisantes, cosa que detestaba y que Janet sabía que detestaba. Se casa el mes que viene y se muda a Michigan, se recordó Susan. No digas nada. No tiene importancia.

—«Ver las pirámides del Nilo... y el sol que se levanta en una isla tropical... —Janet cantaba la letra de *Por siempre mía* sin que nadie se lo hubiese pedido—. Ver el zoco del viejo Argel...»

Susan olvidó de súbito el disgusto causado por la sopa.

—Pare un momento, Janet —dijo.

Janet se detuvo.

—Perdone si la he molestado —dijo.

—No, no, no me ha molestado en absoluto. Es sólo que se me ha ocurrido algo relacionado con esa canción.

Susan recordó que el boletín del *Gabrielle* calificaba Balí de isla tropical, así como la postal de un restaurante, con un círculo que señalaba una mesa en la terraza del comedor.

Con el estómago en un puño, Susan se dio cuenta de que las piezas del rompecabezas empezaban a encajar. Sí, las piezas estaban ahí, pero todavía no había descifrado quién las había estado manipulando.

Win, o Owen, quería mostrarle Argel a Carolyn Wells, pensó. «Ver el zoco del viejo Argel...»

—Janet, canta el resto de la canción, por favor —pidió Susan.

—Como quiera, doctora. Aunque no soy muy buena cantante. Veamos. Ah, ya lo tengo. «Cruzar el océano en un avión plateado...»

Tres años atrás, Regina desapareció después de su estancia en Balí, pensó Susan. Hace dos años, pudo haberle pasado lo mismo a Carolyn, y puede que otra fuese elegida en su lugar, en Argel. El año pasado tal vez conociera a una mujer en un avión en lugar de hacerlo en un crucero. Retrocedamos: ¿conoció a una mujer hace cuatro años en Egipto? Eso encajaría en el esquema, concluyo.

—«Ver la jungla húmeda de lluvia...» —Janet seguía cantando.

Ésta podría ser la letra de la víctima de este año, pensó Susan. Alguien nuevo. Alguien que no tiene ni idea de que está en peligro de muerte.

—«Y recuerda hasta que vuelvas que eres...» —Era evidente que a Janet le gustaba cantar aquella canción. Templó la voz y le confirió un tono quejumbroso para concluir—: «...por siempre mía».

Susan llamó a Chris Ryan en cuanto Janet salió del despacho.

—Chris, ¿te importaría rastrear otra pista? Necesito saber si hay algún informe sobre una mujer, probablemente turista, que desapareció en Egipto a mediados de octubre de hace cuatro años.

—Eso está hecho —le aseguró Ryan—. Estaba a punto de llamarte. ¿Recuerdas los nombres que me has dado esta mañana? Los de los pasajeros de esos dos cruceros.

—¿Qué has averiguado? —preguntó Susan.

—Esos tipos no existen. Los pasaportes que utilizaron son falsos.

Lo sabía, pensó Susan.

A las cinco y diez de aquella misma tarde, Susan rompió uno de sus principios fundamentales y dejó a su paciente a solas para contestar una llamada urgente de Chris Ryan.

—Estás pulsando las teclas correctas, Susan —dijo Ryan—. Hace cuatro años una viuda de treinta y nueve años de Birmingham, Alabama, desapareció en Egipto. Estaba de crucero por Oriente Medio. Al parecer se saltó la visita organizada y bajó a tierra por su cuenta. Nunca hallaron su cuerpo y se dio por sentado que, dada la inestabilidad política de Egipto, fue víctima de alguno de los grupos terroristas que intentaban derrocar al gobierno.

—Estoy bastante segura de que eso no tuvo nada que ver con su muerte —dijo Susan.

Poco después, mientras acompañaba a su paciente hasta la puerta, le entregaron un paquete voluminoso. El remitente era Ocean Cruise Pictures Ltd. de Londres.

—Se lo abriré yo, doctora —se ofreció Janet.

—No es necesario. Déjalo. Me ocuparé más tarde.

Aquel día tenía la agenda bastante llena, y no terminó con el último paciente hasta las siete. Por fin podía revisar las fotografías que tal vez revelaran el rostro del hombre que había matado a Regina Clausen y los demás. Estaba impaciente por verlas. Había que descubrir la identidad del asesino antes de que muriera alguien más.

Susan también tenía otro motivo especial para encontrarlo de inmediato: deseaba poder decir a la agonizante señora Clausen que el hombre que le había arrebatado a su hija no volvería a romper el corazón de otros padres.

101

Donald Richards llegó a las nueve de la mañana del lunes al aeropuerto de West Palm Beach, tal como tenía previsto. Allí lo recogió un representante de su editor, que lo llevó a Liberty's, en Boca Ratón, donde tenía programado firmar ejemplares de su libro a partir de las diez y media. Al llegar tuvo la grata sorpresa de encontrarse con una fila de gente esperándolo.

—Además hemos recibido cuarenta pedidos por teléfono —le aseguró el dependiente—. Confío en que escriba una continuación de *Mujeres desaparecidas*.

¿Más *Mujeres desaparecidas?* No lo creo, se dijo Richards mientras se acercaba a la mesa que habían dispuesto para la ocasión, sacaba su pluma y comenzaba a firmar. Sabía lo que le aguardaba a lo largo del día, y también sabía lo que tenía que hacer; un desasosiego tremendo lo incitaba a largarse de allí.

Una hora y ochenta libros firmados después, iba camino de Miami, donde tenía concertada otra sesión de firmas a las dos.

—Lo lamento, pero sólo firmas, nada de mensajes personales —dijo al propietario de la librería—. Ha surgido un imprevisto y debo marcharme sin falta a las tres.

Pocos minutos después de las tres volvía a estar en el coche.

—Próxima parada, el Fontainebleu —dijo el conductor animadamente.

—Se equivoca. Próxima parada, el aeropuerto —dijo Don. Había un avión que salía hacia Nueva York a las cuatro, y tenía intención de cogerlo.

102

Dee llegó a Costa Rica el lunes por la mañana y fue del aeropuerto al puerto, donde el *Valerie* acababa de atracar.

El lunes por la tarde se sumó sin ningún entusiasmo a la visita guiada que había contratado. Al decidir impulsivamente efectuar aquel crucero, le había parecido una gran idea. «La gran escapada», lo había llamado su padre. Ahora no estaba tan segura. Además, ahora que estaba allí, no lograba discernir de qué había escapado.

Regresó al *Valerie* manchada de barro a causa de un chaparrón que los había sorprendido en la jungla y lamentando no haber cancelado el viaje. Sí, su camarote de la cubierta superior era bonito e incluso tenía terraza privada, y saltaba a la vista que el resto del pasaje era bastante agradable. Aun así, estaba inquieta, casi angustiada, tenía la impresión de que aquél no era el mejor momento para ausentarse de Nueva York.

La siguiente escala del crucero estaba prevista para el día siguiente, en las islas San Blas de Panamá. El barco atracaría a mediodía. Quizá podría tomar un avión y regresar a Nueva York. Siempre podía dar el pretexto de que no se encontraba bien. Cuando llegó a la cubierta superior, Dee había decidido definitivamente tratar de volver a casa al día siguiente. Tenía un montón de asuntos que atender en Nueva York. Al salir del ascensor para dirigirse a su camarote, la detuvo una camarera.

—Acaba de llegar un ramo de flores precioso para usted —dijo—. Lo he puesto en el tocador.

Olvidando que estaba mojada y llena de barro, Dee corrió a su camarote, donde encontró un jarrón con dos docenas de rosas amarillo pálido. Le faltó tiempo para leer la tarjeta. La firmaba: «Adivina quién.»

Dee atesoró la tarjeta entre las manos. No le era preciso adivinar. Sabía quién se las había enviado.

Durante la cena del sábado, cuando cambió de sitio con Susan, Alex Wright le había dicho: «Me alegra que Susan haya propuesto este cambio de asientos. No soporto ver a una mujer bonita sola. Supongo que me parezco más a mi padre de lo que pensaba. Mi madrastra era muy guapa, como tú, y también era una viuda solitaria cuando mi padre la conoció durante un crucero. Puso fin a su soledad casándose con ella.»

Dee recordó que había bromeado diciendo que le parecía un tanto radical casarse con alguien sólo para poner remedio a la soledad, y Alex le tomó la mano y le dijo: «Tal vez, pero no tan radical como otras soluciones.»

Vuelve a pasar lo mismo que con Jack, pensó mientras inspiraba el aroma de las rosas. No pretendía herir a Susan entonces, y sin duda tampoco quiero hacerlo ahora. Pero no creo que esté realmente interesada en Alex. Apenas lo conoce. Estoy segura de que lo comprenderá.

Dee se duchó, se lavó el pelo y se vistió para cenar, imaginando lo divertido que resultaría que en lugar de haberse ido a Rusia, Alex Wright fuera pasajero del mismo barco que ella.

103

—Gracias, doctora Chandler. Hasta la semana que viene.

A las siete menos diez, Susan acompañó hasta la puerta a Anna Ketler, su última paciente del día. Al pasar junto al escritorio de Janet, Susan advirtió que había abierto el paquete y que las fotografías estaban amontonadas sobre el escritorio. Tiene orejas pero no oye, pensó.

Abrió la puerta exterior de la consulta para que saliera la señora Ketler y notó que no estaba bien cerrada. Janet es muy buena persona, pensó, y en muchos aspectos una gran secretaria, pero es descuidada. Me saca de quicio. Menos mal que se marcha el mes que viene; me horripilaría tener que despedirla.

—Está muy oscuro aquí fuera —dijo la señora Ketler cuando salió al rellano.

Susan miró por encima del hombro de la anciana. Sólo había un par de luces encendidas en el rellano, donde reinaba la oscuridad.

—Tiene toda la razón —dijo a la señora Ketler—. Tenga, cójame del brazo. La acompañaré hasta el ascensor.

Aunque no era débil, la señora Ketler, una mujer de setenta años, era bastante asustadiza. Había acudido a Susan un año atrás para intentar superar la depresión en que se había sumido tras vender su casa y mudarse a una residencia de ancianos.

Susan esperó a que llegara el ascensor y pulsó el botón de la planta baja para Anna Ketler antes de volver apresuradamente por el pasillo. Se detuvo un instante ante el despacho de Nedda e intentó abrir la puerta. Estaba cerrada.

Al menos aquí las cosas mejoran, pensó. Había descartado la idea de pedirle a Nedda que le dejara utilizar la sala de reuniones aquella noche. Sólo tenía que revisar unas cuatrocientas fotografías, de modo que no era imprescindible.

Todo cambiaría al día siguiente, cuando tuviera que clasificar las miles de fotos que recibiría del *Gabrielle*. La mesa larga y ancha de Nedda resultaría perfecta para esparcirlas y agruparlas. Le pediré a Chris Ryan que me ayude, decidió. Tiene buen ojo.

Quizá el tal Owen figura al fondo de más de una foto, pensó Susan, lo que facilitaría mucho la tarea.

Entró en la recepción de la consulta y cogió las fotos sin advertir la nota que Janet le había dejado debajo del teléfono. Siguió hacia su despacho, consciente del silencio del edificio y de su pulso acelerado ante la idea de ver por fin la imagen del hombre responsable de aquella serie de asesinatos. ¿Por qué estoy tan nerviosa?, se preguntó al pasar junto al armario del material de oficina. La puerta estaba entreabierta, pero como iba cargada no se detuvo a cerrarla.

Al dejar las fotos sobre el escritorio, derribó sin querer el jarrón Waterford que le había regalado Alex Wright, que se hizo añicos contra el suelo. Qué lástima, pensó, mientras barría los trozos de vidrio y los arrojaba a la papelera.

Esto es fruto de todo lo que ha pasado, se dijo mientras metía la ficha de Anna Ketler en el último cajón del escritorio. Esta última semana ha sido una pesadilla. Cerró el cajón y se guardó la llave en un bolsillo de la chaqueta. Ya la pondré en el llavero más tarde, se dijo. Ahora lo que quería era ver de una vez estas fotos. ¿Qué aspecto tendrá?, se preguntó, consciente de que era harto improbable que lo reconociera. Lo único que pido es que la foto sea lo bastante clara para proporcionar una pista a la policía, pensó.

Una hora más tarde, todavía seguía examinando las fotos en busca de la de Carolyn Wells. Tiene que estar aquí, pensó. Dijeron que me iban a enviar todas las instantáneas de mujeres en compañía del capitán.

Tenía el trozo arrugado de foto que Carolyn había arrojado a la papelera, y no hacía más que remitirse a él, mientras buscaba la copia correspondiente en los montones que tenía delante. Pero no daba con ella. Aquella foto no estaba allí.

—Por Dios... ¿dónde está? —preguntó en voz alta, a punto de dejarse vencer por la exasperación y la decepción—. ¿Por qué, entre tantas fotos, falta precisamente ésa?

—Porque la tengo yo, Susan —contestó una voz conocida.

Susan giró sobre sí misma en el momento en que recibía el golpe de un pisapapeles contra la sien.

104

Tal como había planeado, con Susan Chandler seguiría el mismo procedimiento que había utilizado con todas las demás. Le ataría los brazos y las manos a los costados, y después las piernas; la haría volver en sí para que se diera cuenta de lo que ocurría, le permitiría retorcerse un poco, lo justo para darle esperanzas, pero no lo suficiente para salvarse.

Mientras le enrollara la cuerda alrededor del cuerpo casi inerte, le explicaría por qué le sucedía aquello. Se lo había explicado a las demás, y aunque la muerte de Susan no formaba parte del plan original, sino que era más bien un asunto de conveniencia, ella también merecía saber que había pasado a formar parte del ritual destinado a expiar los pecados de su madrastra.

De haber querido, habría podido matarla con el pisapapeles, pero no la había golpeado con la fuerza necesaria. Sólo se había desmayado y empezaba a moverse. Sin duda ya estaría despejada como para captar lo que tenía que decirle.

—Susan, espero que entiendas —comenzó con tono conciliador— que jamás te habría hecho daño si no te hubieses entrometido. De hecho me gustas bastante. Eres una mujer interesante y muy lista. Aunque eso ha sido tu perdición, ¿verdad? Quizá ser tan lista no te ha servido de nada.

Empezó a rodearle los brazos con la cuerda, levantándole el torso con delicadeza. Estaba tendida en el suelo junto al escritorio. Alex le había puesto un cojín debajo de la cabeza y bajado la intensidad de las luces del techo. Le gustaba la luz tenue y siempre que podía utilizaba velas. Naturalmente, en aquella ocasión no iba a ser posible.

—¿Por qué tuviste que hablar de Regina Clausen en tu programa de radio, Susan? Tendrías que haberla dejado en paz. Ya lleva tres años muerta. Su cuerpo está en el fondo de la bahía de Kowloon, ¿sabes? ¿Has visto alguna vez la bahía de Kowloon? A ella le encantó. Es muy pintoresco. Hay cientos de pequeñas casas flotantes con familias que viven allí, sin saber que una dama solitaria yace debajo de ellos.

Le enrollaba la cuerda alrededor del torso.

—Regina descansa para siempre en Hong Kong, pero se enamoró de mí en Balí. Aun con lo lista que era, resultó fácil convencerla de que abandonara el barco. Pero eso es lo que pasa cuando te pesa la soledad. Como quieres enamorarte, estás ansioso por creer en quienquiera que te preste atención.

Comenzó a atar las piernas de Susan. Unas piernas adorables, pensó. Aunque llevaba puesto un traje pantalón, notaba sus formas al levantarlas y envolverlas con la cuerda.

—Mi padre también fue una presa fácil de embaucar, Susan. ¿No te parece gracioso? Él y mi madre eran una pareja seria, sin sentido del humor, pero no obstante la echó de menos cuando murió. Mi padre era rico, pero mi madre también poseía una fortuna importante. En su testamento se la dejó toda a él, pensando que con el tiempo pasaría a ser mía. No era una persona afectuosa, tierna ni generosa, pero a su manera se preocupaba por mí. Me decía que sería como mi padre: ganaría mucho dinero, una persona trabajadora con buena cabeza para los negocios.

Tiraba de la cuerda con fuerza mientras recordaba aquellos interminables sermones.

—Escucha lo que me decía mi madre, Susan: «Alex, algún día serás un hombre con una inmensa fortuna. Tienes que aprender a conservarla. Tarde o temprano tendrás hijos. Edúcalos como es debido. No los mimes.»

Estaba de rodillas junto a Susan, inclinado sobre ella. A pesar de la ira que traslucían sus palabras, hablaba con tono de conversación.

—Siempre me daban menos dinero que a mis compañeros del colegio, por lo tanto nunca podía salir con la pandilla. Así que me convertí en un solitario; aprendí a divertirme a solas. El teatro fue uno de mis pasatiempos predilectos. Cogía todos los papeles que podía en las producciones de la escuela. Hasta tenía un teatro en miniatura perfectamente equipado en el tercer piso de casa, el único regalo importante que recibí en toda mi vida, aunque no me lo hicieron mis padres sino un amigo de la familia que había amasado una fortuna gracias a un consejo bursátil de mi padre. Me dijo que pidiera lo que quisiera, y eso fue lo que elegí. Solía interpretar obras enteras por mi cuenta. Hacía todos los papeles. Llegué a ser muy bueno, quizás incluso lo bastante para ser profesional. Aprendí a convertirme en quien quería, a adoptar el aspecto y la voz de los personajes que inventaba.

Susan tenía conciencia de una voz conocida, pero la cabeza le estallaba de dolor y no osaba abrir los ojos. ¿Qué me está sucediendo?, se preguntó. Alex Wright estaba allí, pero ¿quién la había golpeado? Sólo acertó a entreverlo antes de perder el conocimiento. Llevaba el pelo largo y desgreñado, una gorra y un chándal andrajoso.

Un momento, se dijo, tratando de concentrarse. La voz es la de Alex; eso significa que sigue aquí. En ese caso, ¿por qué, en lugar de hablarle, no la ayudaba?, se preguntó cuando el efecto del golpe en la cabeza comenzó a remitir.

En aquel momento, lo que había estado oyendo penetró en su mente y abrió los ojos. El rostro estaba a pocos centímetros del suyo. Los ojos le brillaban con la misma locura que había visto en los ojos de los pacientes encerrados en hospitales psiquiátricos. De pronto se dio cuenta: ¡era Alex con una peluca! ¡Alex con aquellas ropas andrajosas! Alex, con unos ojos como esquirlas afiladas de turquesa que se clavaban en lo más hondo de su ser.

—He traído tu mortaja, Susan —susurró—. Aunque no eres una de las damas solitarias, quería que tú también la tuvieras. Es exactamente igual a la que llevaron las otras.

Se puso en pie, y Susan vio que sostenía una bolsa de plástico alargada, muy parecida a las que se utilizan para proteger los vestidos caros. ¡Oh, Dios mío!, pensó. ¡Va a asfixiarme!

—Me gusta hacerlo despacio, Susan —dijo—. Es mi parte favorita. Quiero verte la cara. Quiero ver cómo llega el momento en que te falta el aire y comienza la lucha final. De modo que iré despacio, y no la apretaré demasiado. Así tardarás más en morir. Unos minutos, como mínimo.

Se arrodilló delante de ella, le levantó las piernas, y deslizó la bolsa de plástico por debajo hasta meter dentro los pies y las piernas. Susan intentó zafarse, pero él se apoyó encima de ella, mirándola a los ojos mientras subía la bolsa por las caderas hasta la cintura. Los esfuerzos de Susan de nada servían, ni siquiera para hacerle perder tiempo mientras seguía deslizando la bolsa por su cuerpo. Al fin, cuando llegó al cuello, se detuvo.

—Sabes, poco después de la muerte de mi madre, mi padre se fue de crucero —explicó—. Así fue como conoció a Virginia Marie Owen, una viuda solitaria, o al menos eso decía. Era muy vivaracha, al contrario que mi madre. Se hacía llamar «Gerie». Era treinta y cinco años más joven que mi padre y muy atractiva. Él me contó que a ella le gustaba cantarle al oído mientras bailaban. Su canción favorita era *Por siempre mía*. ¿Sabes cómo pasaron la luna de miel? Siguieron la letra de esa canción comenzando por Egipto.

Susan observaba el rostro de Alex. Estaba absorto en su relato, pero mientras tanto las manos seguían jugando con la bolsa de plástico, y Susan sabía que en cualquier momento se la pasaría por la cabeza. Pensó en gritar, pero ¿quién la oiría? Sus posibilidades de escapar eran nulas, y estaba a solas con él en lo que parecía un edificio vacío. Aquella noche, hasta Nedda se había ido a casa más temprano que de costumbre.

—Mi padre fue lo bastante listo para hacer que Gerie firmara un acuerdo prenupcial, pero ella me odiaba tanto que se dedicó a persuadirlo para que creara la fundación en lugar de dejarme a mí su dinero. Lo convenció de que así inmortalizarían sus nombres. Al principio se resistió, pero con el tiempo claudicó. El último elemento de persuasión fue fruto de un descuido por mi parte: Gerie encontró y entregó a mi padre una lista más bien infantil de las cosas que quería comprar en cuanto tuviera acceso al dinero. La odié por aquello y me juré a mí mismo que me las pagaría. Pero entonces murió, poco después que mi padre, y nunca tuve ocasión de vengarme. ¿Puedes imaginarte la frustración? ¿Odiarla con semejante pasión y que me privara de la satisfacción de matarla?

Susan le estudió el rostro mientras se arrodillaba sobre ella con la mirada perdida. Está completamente loco, pensó. ¡Está loco y me va a matar como a las demás!

105

Hacia las ocho de aquella misma noche, Doug Layton estaba ante una mesa de *blackjack* en un casino de Atlantic City algo menos elegante que los demás. Mediante una rápida manipulación de fondos, había logrado reunir el dinero que necesitaba para cubrir la deuda que había acumulado durante su última visita, pero aun así su casino favorito se negó a admitirlo. Entre muchas de las personas de Atlantic City que lo conocían, Layton se estaba forjando una reputación de aprovechado.

Sin embargo, los tipos a quienes devolvió el dinero quisieron celebrarlo invitándolo a almorzar. En cierto modo, Doug había sentido alivio al ver el cariz que tomaban las cosas. Tarde o temprano los auditores habrían descubierto que estaba robando al Fideicomiso de la Familia Clausen, y, además, era más que probable que Jane Clausen se pusiera en contacto con Hubert March otra vez; puede que hasta lograra convencerlo de que acudiera a la policía. Prevenido como estaba, su plan consistía en largarse con el medio millón del que se había apoderado, antes de que fuera demasiado tarde. Ya tenía una reserva para un vuelo a Saint Thomas. Desde allí se las ingeniaría para llegar a una de las islas donde no había tratados de extradición con Estados Unidos. Era lo mismo que había hecho su padre, y nunca lo atraparon.

Medio millón era un buen comienzo para una nueva vida. Layton lo sabía y estaba decidido a abandonar el país con aquella suma.

—No puede irse de aquí sin probar suerte al menos una vez más —le dijo uno de sus nuevos amigos.

Doug Layton sopesó el reto; tuvo que reconocer que se sentía en racha.

—Bueno, quizá una mano de *blackjack* —dijo aceptando la oferta.

No eran más de las nueve cuando salió del casino. Apenas consciente de cuanto lo rodeaba, caminó hasta la playa. No había forma de conseguir el dinero que ahora necesitaba, el dinero que debía a los tipos que habían vuelto a ponerlo entre la espada y la pared cuando la suerte lo había abandonado por última vez. Todo había terminado para él. Sabía lo que le esperaba: una acusación por desfalco, la cárcel, o algo peor.

Se quitó la chaqueta y puso el reloj y la cartera encima. Lo había leído en alguna parte, y parecía lo correcto.

Oyó el batir del oleaje. Un viento fuerte y frió soplaba desde el océano, y las olas eran altas. Temblaba, en mangas de camisa. Se preguntó cuánto tardaría en ahogarse y decidió que era mejor no saberlo, que era una de esas cosas que no se saben hasta que las haces. Entró en el agua con cautela y luego dio un paso más decidido.

Todo es culpa de Susan Chandler pensó, mientras el agua gélida le lamía los tobillos. Si se hubiese mantenido al margen, nadie se habría enterado y habría estado años al frente de la fundación...

Contuvo el aliento y siguió sumergiéndose hasta dejar de hacer pie. Una gran ola lo atrapó y luego otra, hasta que le faltó el aire, perdido en un mundo de frío y oscuridad golpeado por las olas. Procuró no ofrecer resistencia.

Maldijo a Susan Chandler en silencio. Ojalá te mueras, fue su último pensamiento consciente.

106

Don Richards cogió por los pelos el avión a La Guardia. No era un vuelo directo. Maldijo la escala en Atlanta pero no había nada que hacer. En cuanto salieron del aeropuerto y lo autorizaron a usar el teléfono, llamó a la consulta de Susan Chandler.

—Lo siento, señor Richards, pero está con una paciente y no puedo interrumpirla —le informó la secretaria—. Si quiere, puede dejarme un mensaje y se lo haré llegar. Aunque tiene otro paciente después de éste, así que tal vez no...

—¿Hasta qué hora estará ahí la doctora Chandler? —preguntó Don con impaciencia.

—Doctor, tiene pacientes hasta las siete; antes me ha dicho que tenía papeleo atrasado y se quedaría hasta tarde.

—Entonces hágame el favor de anotar este mensaje, tal como se lo dicto: «Don Richards necesita verla a propósito de Owen. Su avión llega hacia las ocho. Pasará a recogerla por la consulta. Espérelo.»

—Lo dejaré en mi escritorio para que ella lo vea —respondió la secretaria con tono glacial.

Y así habría sido, si la nota no hubiese quedado oculta debajo del teléfono.

El auxiliar de vuelo estaba ofreciendo bebidas y aperitivos.

—Sólo café, por favor —dijo Don Richards. Sabía que debía mantener la cabeza despejada. Luego cenaría y tomaría una copa con Susan, pensó. Le diré lo que me parece que ya ha adivinado, que la persona de quien la pobre Carolyn trata de hablar se llama Owen, no Win. Desde que había visto el nombre Owen señalado en las dos listas de pasajeros en el apartamento de Susan, le había estado dando vueltas al asunto, y pensaba que era la explicación más plausible.

También le diría a Susan, y ésa era la razón de tanta urgencia por llegar a Nueva York cuanto antes, que quienquiera que fuese realmente el tal Owen, era el asesino. Y si Don estaba en lo cierto, Susan corría un grave peligro.

Estuve en el programa de Susan cuando llamaron tanto Carolyn como Tiffany, pensó Don, contemplando el cielo del anochecer. A Carolyn por poco la mata una camioneta. Tiffany murió apuñalada. Y el asesino no se detendrá aquí.

Cuando estuve en el programa le dije a Susan que abriera bien los ojos para advertir cualquier señal de peligro. He pasado cuatro años enfadado conmigo mismo, pensando que podía haber salvado a Kathy. Ahora comprendo que estaba equivocado. La percepción retrospectiva es algo maravilloso, pero si tuviéramos que volver a vivir los últimos momentos que pasamos juntos, volvería a decirle que no se quedara en casa.

Las nubes se deslizaban junto al avión como las olas que lamen el costado de un buque. Don pensó en los dos cruceros en que se había embarcado en los dos últimos años, breves escapadas al Caribe. En ambos casos, abandonó el barco en el primer puerto. Seguía viendo el rostro de Kathy en el agua. Ahora sabía que no volvería a sucederle.

La inquietud lo reconcomía. Susan no seguirá sola en este asunto, se prometió. Era demasiado peligroso. Mucho más peligroso de lo que ella se figuraba.

El avión aterrizó a las ocho menos cuarto.

—Les rogamos que no se impacienten —anunció el comandante—, pero esta noche hay mucho tráfico y de momento todas las puertas están ocupadas.

Eran las ocho y diez cuando Don salió por fin del avión. Corrió a un teléfono y llamó a la consulta de Susan. No le contestaron, y colgó sin dejar mensaje. Quizá ha terminado pronto y se ha ido a casa, pensó. Puede que acabe de salir. Pero allí tampoco obtuvo respuesta; esta vez, no obstante, decidió dejar un mensaje.

—Susan —dijo—, voy a pasar por la consulta. Confío en que hayas recibido el mensaje que le he dejado a tu secretaria y que todavía estés ahí. Con suerte, llegaré en media hora.

107

—Susan, seguramente comprendes la razón de mi enfado. Gerie consideraba mi obligación de dirigir una fundación familiar una especie de justicia divina. Cada día tenía que firmar cheques para repartir un dinero que me pertenecía. ¿Te imaginas? Cuando se estableció la fundación hace dieciséis años, tenía un capital de cien millones de dólares. Ahora es de mil millones, y se me puede atribuir casi todo el mérito de semejante crecimiento. Pero no importa cuánto dinero haya en las arcas, yo sigo recibiendo sólo mi ínfimo salario.

Tengo que lograr que siga hablando, se dijo Susan. ¿A qué hora viene el personal de limpieza?, se preguntó, y recordó, sintiendo que todo estaba perdido, que cuando recibió a la señora Ketler, a las seis, los había visto vaciar las papeleras. Aquello significaba que se habían ido hacía rato.

Ahora le acariciaba el cuello.

—De verdad creo que podría haber sido feliz contigo, Susan —continuó—. Si me hubiera casado contigo, habría tratado de olvidar el pasado. Pero, claro, no habría dado resultado, ¿verdad? La otra noche hiciste que Dee ocupara tu sitio en la mesa. Lo hiciste porque no quieres estar conmigo, ¿me equivoco? En el fondo sabes que lo hiciste por eso.

Es verdad que no estaba a gusto el sábado por la noche, pensó Susan. Pero ¿fue por esa razón? Suponía que se debía a lo que Nat Small me había dicho aquella misma tarde sobre la muerte de Abdul Parki.

Nat Small era un testigo. ¿Alex acabaría con él?

—Alex —dijo con voz persuasiva—, matarme no te servirá de

nada. Mañana recibiré cientos de fotografías más. No vas a poder destruirlas. La policía las estudiará una por una. Estudiarán a todas las personas que aparezcan al fondo.

—Plumas al viento —murmuró él desechando la idea.

—Alguien acabará por reconocerte, Alex. No asistes a grandes fiestas, y sin embargo en nuestra primera noche, cuando acepté tu invitación a cenar, me dijiste que habías conocido a Regina en una cena de Futures Industry. Y eso es una gran fiesta. Desde aquella noche siempre me ha inquietado algo de ti.

—Plumas al viento —repitió—. Pero tú eres la que ha esparcido las mías. Sé que no puedo llegar mucho más lejos, pero concluiré mi misión antes de que me detengan. ¿Recuerdas la canción? «Ver la jungla húmeda de lluvia...» ¿Sabes quién ha estado en la jungla hoy? Dee. Ha hecho una excursión por la jungla de Costa Rica. Se aproxima bastante. Mañana todo el mundo llorará por ti cuando descubran tu cuerpo. Pero eso no ocurrirá hasta las nueve de la mañana. Para entonces, Dee y yo estaremos desayunando en Panamá. Su barco atraca a las ocho, y la sorprenderé presentándome en el muelle. Tengo un anillo de turquesas para ella. Seguro que lo interpreta como es debido. —Hizo una pausa—. La verdad, Susan, ahora que lo pienso, me has sido de gran ayuda. Me has proporcionado la última dama solitaria. Dee será perfecta.

Despacio, muy despacio, iba cerrando la bolsa. Ya le cubría el mentón.

—Alex, necesitas ayuda —dijo Susan, procurando que su voz no revelara desesperación—. Tu suerte ha terminado. Si te detienes ahora aún puedes salvarte.

—Pero es que no quiero parar, Susan —repuso con toda naturalidad. El timbre de un teléfono hizo que se pusiera en pie de un salto. Ambos escucharon atentamente mientras Don Richards dejaba un mensaje, diciendo que iba camino de la consulta.

Por favor, Dios mío, que llegue pronto, pensó Susan.

—Ha llegado la hora —dijo Alex Wright con calma.

Y con un movimiento repentino de la mano, le pasó el resto de la bolsa por la cabeza y la selló con premura. En aquel momento la empujó debajo del escritorio.

Se puso de pie y contempló su obra.

—Morirás mucho antes de que Richards llegue aquí —dijo con la confiada despreocupación de quien sabe lo que hace—. Será cosa de unos diez minutos. —Hizo una pausa para que sus palabras calaran hondo—. Es lo que tardó Regina.

108

—Vea, señor, yo no inventé los embotellamientos —dijo el taxista a Don Richards—. El túnel está atascado, qué remedio.

—Ha hablado por teléfono con su central. ¿No podrían haberle advertido del atasco?

—Señor, dos tíos se dan un golpe en los parachoques y al cabo de treinta segundos hay un atasco.

Don maldijo la situación. Susan, pensó, tu secretaria tiene que haberte dado el mensaje, y al enterarte de que te llamaba por lo de Owen, me habrías esperado. Entonces, ¿por qué no contestas?

—Por favor, Susan —murmuró—, espero que estés sana y salva.

109

El poco aire que quedaba en el interior de la bolsa estaba a punto de acabarse. Susan notaba que la cabeza le daba vueltas. Respira despacio, se ordenó. No agotes el oxígeno.

De pronto la asaltó el recuerdo de uno de los primeros casos en los que trabajó como ayudante del fiscal de distrito. Habían encontrado a una mujer con una bolsa de plástico en la cabeza. Ella fue quien dijo que no podía tratarse de un suicidio, y tuvo razón. Aquella mujer quería demasiado a sus hijos como para abandonarlos por voluntad propia.

La mujer asesinada con la bolsa de plástico apareció con la tez rosácea. Era culpa del monóxido de carbono, explicó el médico forense...

Susan notaba que la mente se le adormilaba, como si estuviera dispuesta a darse por vencida. Dee. Alex se reuniría con ella al día siguiente y sería su última víctima. Me voy a dormir, pensó Susan. No puedo evitarlo... No quiero morir. Y no quiero que Dee muera. Su mente luchaba por resistir, por sobrevivir sin aire.

Estaba metida debajo del escritorio. Con un súbito empujón, apoyó los pies en el panel frontal y consiguió arrastrarse unos centímetros. Notó la papelera en el costado derecho. ¡La papelera! ¡Los cristales del jarrón roto estaban dentro!

Jadeando, arremetió contra la papelera hasta volcarla y oír el tintineo de los cristales rotos. Al volver la cabeza, notó que la papelera se alejaba y estuvo a punto de perder el conocimiento.

Con un último esfuerzo, agitó la cabeza de un lado a otro. Sintió una terrible punzada de dolor cuando el cristal mellado, atrapado entre su cuerpo y el suelo, cortó el plástico resistente de la bolsa. La sangre le empapó el hombro, pero advirtió que el plástico comenzaba a separarse. Siguió boqueando mientras movía el cuerpo adelante y atrás, adelante y atrás, notando que la sangre le salía a borbotones de las heridas pero recibiendo por fin el primer débil soplo de aire.

Fue allí, en el suelo de la consulta, donde la encontró Don Richards una hora más tarde. Estaba casi inconsciente; tenía una sien magullada y el pelo empapado de sangre; la espalda le sangraba profusamente; los brazos y las piernas estaban desgarrados e hinchados a causa del forcejeo con la cuerda que la ataba. Alrededor de la bolsa había unos trozos de cristal desparramados.

¡Pero estaba viva! ¡Viva!

110

Alex Wright esperaba en el muelle cuando el *Valerie* llegó a San Blas el martes por la mañana. Eran las ocho en punto. Había salido de Nueva York la noche anterior yendo directamente de la consulta de Susan Chandler al aeropuerto. Se preguntaba si Don Richards, que la había telefoneado para pedirle que lo esperara, al final se habría dado por vencido. Alex había apagado todas las luces antes de marcharse, de modo que Richards seguramente supuso que no lo había esperado. Con toda probabilidad, la secretaria hallaría su cuerpo al cabo de una hora más o menos.

Buena parte del pasaje del *Valerie* estaba en cubierta. Tenía algo mágico estar a bordo de un barco cuando entraba en un puerto, pensó. Aunque quizá fuera simbólico, porque cada nuevo puerto significaba el final del viaje de alguien.

Aquél sería el último viaje de Dee. Era su última dama solitaria. Y luego se marcharía a Rusia. Allí estaría cuando le notificaran la trágica muerte de las dos hermanas que habían sido sus invitadas la noche del sábado. Susan le había dicho que lo identificarían en alguna foto del crucero de Regina. A lo mejor, pensó, aunque su aspecto había sido muy distinto en aquel crucero. ¿Acaso alguien lo identificaría sin titubear? No lo creo, concluyó confiado.

Divisó a Dee en la cubierta. Sonreía y lo saludaba con la mano. ¿O lo estaba señalando?

De pronto se percató de que dos hombres se habían apostado a ambos lados de él. Entonces oyó una voz baja y grave que le dijo:

—Queda arrestado, señor Wright. Por favor, acompáñenos.

Alex Wright ocultó la sorpresa y se encogió de hombros. Se volvió, dispuesto a acompañarlos, y comprendió, con amarga ironía, que aquello suponía el final de su viaje.

Don Richards esperó en el vestíbulo del hospital mientras Susan visitaba a Jane Clausen. Aquella mañana estaba en cama, con una sola almohada debajo de la cabeza y las manos cruzadas sobre la colcha. Las persianas estaban bajadas.

A pesar de la penumbra de la habitación, enseguida reparó en la magulladura de la sien de Susan.

—¿Qué le ha sucedido, Susan? —preguntó.

—Oh, nada. Me di un golpe, eso es todo. —Susan notó las lágrimas mientras se inclinaba para besar la mejilla de Jane Clausen.

—No sabe cuánto afecto le tengo —dijo Jane Clausen—. Susan, no creo que mañana siga aquí, pero al menos ayer tuve ocasión de ocuparme de la fundación. La dejo en manos de personas dignas de confianza que la dirigirán en mi lugar. ¿Se ha enterado de lo de Douglas?

—Sí. No sabía si usted estaría al corriente.

—Lo lamento por él. Podría haber llegado muy alto. Y me preocupa su madre; era hijo único.

—Señora Clausen, no sé cómo decirle esto, pero creo que le gustará saberlo. El hombre que mató a Regina, y como mínimo a otras cinco personas, ha sido detenido. Hay muchas pruebas que demuestran su culpabilidad. Además, la decisión que tomó usted de hablar conmigo en aquel momento tuvo una importancia vital en la resolución del caso.

Vio el prolongado temblor que recorrió el cuerpo agonizante.

—Me alegro. ¿Dijo algo sobre Regina? Siempre me he preguntado si pasó mucho miedo.

Regina tuvo que sentirse aterrorizada, pensó Susan, y sé de qué hablo.

—Espero que no —respondió.

Jane Clausen levantó la vista hacia ella.

—Susan, lo único que ahora importa es que pronto me reuniré con ella. Adiós, querida, y gracias por su amabilidad.

Mientras Susan bajaba en el ascensor, rememoró los acontecimientos de la semana anterior. ¿Tan poco tiempo había transcurrido?, se preguntó. ¿En verdad hacía sólo nueve días que había conocido a Jane Clausen? Sí, el misterio de la desaparición de Regina se había resuelto, pero por el camino habían muerto otras tres personas, y una cuarta estaba gravemente herida.

Pensó en Carolyn Wells y en su marido, Justin. Había hablado con él aquella misma mañana: Carolyn había salido del coma y los médicos esperaban una recuperación completa, aunque prolongada. Susan se había deshecho en disculpas; al fin y al cabo, de no haber sacado a la luz el caso de la desaparición de Regina Clausen, nada de lo que les había ocurrido a él y a Carolyn habría tenido lugar. Justin insistió, no obstante, en que a pesar de la agonía de la semana anterior, todas las cosas pasaban por alguna razón. Tenía previsto retomar la terapia con el doctor Richards, y abrigaba la esperanza de que una vez que controlara su exceso de celos, el temor que había inducido a Carolyn a ser tan reservada dejara de formar parte de sus vidas.

—Además —añadió Justin con una risa entre dientes—, no me habría perdido por nada la satisfacción de ver balbucear de vergüenza al capitán Shea cuando me pidió disculpas. Estaba convencido de que yo era un asesino.

Por lo menos Carolyn y él estarían bien, pensó Susan. No así la pobre Tiffany Smith, ni las otras dos personas cuyas muertes se vinculaban al caso: Hilda Johnson y Abdul Parki. Tomó nota de visitar la tienda de Nat Small en la calle MacDougal durante la semana para hacerle saber que habían atrapado al asesino de su amigo.

Todo había comenzado de la forma más inocente. Susan sólo se había propuesto plantear la cuestión de las mujeres solitarias y confiadas que, a pesar de su inteligencia y aparente sofisticación, caen en la trampa de relaciones dudosas y a veces fatales que les tienden hombres sin escrúpulos. Era un gran tema, y el resultado una serie de programas muy animados. Y tres asesinatos, pensó. ¿Tendré miedo de seguir haciendo este tipo de programas de investigación? Espero que no. Al fin y al cabo, han atrapado a un asesino en serie. ¡Quién sabe a quién más habría matado, aparte de a mí y a Dee, si no lo hubiesen detenido!

Por otra parte, también habían pasado cosas buenas. Había conocido a Jane Clausen, a quien pudo ofrecer consuelo, y a Don Richards, un individuo de lo más peculiar, un psiquiatra que se negaba la clase de ayuda que ofrecía a diario a sus pacientes, pero que al fin había reunido las fuerzas necesarias para hacer frente a sus propios fantasmas.

Podría haberme desangrado si me hubiese quedado allí toda la noche, pensó haciendo una mueca de dolor a causa de los puntos que llevaba en el hombro y la espalda. Cuando Don había llegado a la consulta y la encontró cerrada, el instinto le hizo pedir al guarda de seguridad que abriera la puerta y registrara el despacho con él. En mi vida he estado tan contenta de ver a alguien, pensó. Mientras Don desgarraba la bolsa y la levantaba, había ternura y alivio en su rostro.

Cuando Susan salió del ascensor, Don Richards le sonrió y la rodeó con el brazo. A ambos les pareció que aquel gesto era de lo más natural.